I0612068

Christophe Darlanuc

Natures Mortes

Thriller

Trompe-l'œil

Du même auteur :
Post-Reproduction. 2012

© 2014. Christophe Darlanuc. Trompe-l'œil
Tous droits réservés
ISBN : 978-2-9550358-0-1
Pour toute remarque concernant ce roman,
vous pouvez joindre l'auteur à cette adresse :
darlanuc@gmail.com

Toi qui entre ici, abandonne toute espérance
Dante. La Divine Comédie. L'Enfer

Quand on est mort, c'est pour longtemps.
Émile Zola. L'Assommoir

*Aucune création ne mérite le titre d'œuvre d'art
si elle ne contribue pas à nous rendre plus humain.*
Bernard Berenson

Prologue

Un bruit mat.

Celui de l'acier qui, à coups réguliers et vigoureux, mord la terre battue.

À chaque impact, dans un jaillissement de fines particules et d'éclats projetés, la pointe forgée de la pioche s'enfonce un peu plus et délite le sol de la cave.

Il fait froid. Pas plus d'une dizaine de degrés. Et humide.

Pourtant, torse nu, il ruisselle. Sa sueur se mêle à la poussière et embourbe son visage, ses épaules et son dos d'une gangue grisâtre.

Il ne pense à rien. Il n'est qu'une mécanique, juste capable de soulever haut l'outil au-dessus de sa tête puis de l'abattre sur le sol avec le plus de force possible.

Bruit mat.

Acier qui s'enfonce.

Jaillissement de la terre...

Le fer arrache une grosse motte.

Recommencer.

Lever la pioche.

L'abattre.

Bruit mat.

Acier qui s'enfonce.

Jaillissement de la terre.

Arracher.

Recommencer…

Depuis combien de temps creuse t-il ?
Deux heures ?
Trois ?

Il ne se pose pas la question. Le temps est pour lui une notion qui n'a plus cours.

Dans la pénombre que perce avec difficulté les vingt watts d'une ampoule en bout de course, il creuse, ne s'interrompant que pour pelleter les débris hors du trou.

Encore un coup…
Un autre…
Un autre encore.

Cette fois, le fer sonne clair et rebondit avec une vibration douloureuse qui se propage de ses doigts à ses épaules. Le sol est plus dur à cet endroit. Probablement des morceaux de briques ou des cailloux comme il en a déjà trouvé tout à l'heure.

Il lâche le manche de la pioche et ramasse un vêtement qui traîne à même le sol. Avec, il essuie la transpiration noirâtre qui macule son front et qui coule dans ses yeux.

Il s'extrait du trou pour jauger son travail.

Dans la lumière chiche distillée avec parcimonie par la lampe marbrée de poussière et de chiures d'insectes, se découpe un rectangle de ténèbres aux bords irréguliers.

Un mètre soixante-dix de long sur soixante-cinq centimètres de large.

Et profond de presque un mètre.

Ça suffira.

Il s'empare de la pelle, redescend dans le trou et en dégage les mottes brisées. L'outil vient buter contre les irrégularités. Il doit pousser, s'aider du pied dans une position malcommode. Pelletée après pelletée, il racle de manière à obtenir un fond à peu près plat.

À côté, la terre extraite forme un monticule.

Il sort du trou, dépose les outils contre le mur de briques noirâtre et s'époussette.

Il enfile sa chemise sur son torse nu et sale.

Creuser, c'était facile.

Maintenant, le plus dur reste à faire.

Il quitte la cave et remonte. Il jette un rapide coup d'œil à la pendule murale de la cuisine.

Quatre heures et quart.

Il a donc travaillé presque cinq heures. Il faut qu'il se dépêche. Il veut terminer avant le lever du jour.

Il traverse le couloir et s'arrête un instant devant l'entrée de la salle de bain. Il respire plusieurs fois à fond avant de se décider à pousser la porte.

Roulé dans une couverture en tissu synthétique d'un vert criard qui lui blesse les yeux, le corps repose dans la baignoire.

Il l'extirpe avec difficulté, en prenant garde à ne pas le découvrir. Il est surpris de le trouver si lourd alors qu'il lui a semblé ne rien peser tout à l'heure.

Malgré toutes ses précautions, une longue mèche blonde s'échappe du paquetage.

Elle pendouille, lamentable, flasque et déjà terne.

S'équilibrant tant bien que mal d'un genou posé sur le rebord d'émail, il tire sur la couverture et parvient à dissimuler la mèche rebelle sous l'étoffe.

Il se redresse, le paquet en travers des bras.

Ahanant sous la charge, il sort de la salle de bain, traverse la cuisine et s'engage avec précaution dans l'escalier étroit et pentu qui mène à la cave.

Il dépose avec délicatesse son chargement sur le bord du trou puis le laisse glisser au fond en le retenant du mieux qu'il peut.

Malgré la douleur qui taraude son dos, ses épaules et ses bras, il ne prend pas le temps de souffler.

Sans un regard pour le paquet qu'il vient d'y déposer, il rebouche l'excavation à grosses pelletées poussiéreuses.

Lundi…

1

Euphrosyne dort.

Elle doit avoir trop chaud car dans son sommeil, elle a repoussé le drap et est en partie découverte.

Sa lourde chevelure aux reflets de miel s'ordonne en une auréole indisciplinée autour de son visage. Les boucles épaisses accrochent la lumière avec vigueur et semblent parfois irradier à la manière d'un métal rare et précieux.

Plus il la regarde, plus il lui trouve la grâce d'un ange. Son visage, d'une douceur évanescente et éthérée, semble désincarné.

Il s'attarde sur ses lèvres. Elles sont charnues, onctueuses et veloutées et s'ourlent d'une nuance plus sombre sur leurs pourtours. Il cherche le terme qui les décrirait le mieux mais il ne trouve rien de très original.

Des lèvres parfaites.

Tout simplement.

Il les fixe longtemps, fasciné, puis, avec quelque chose qui ressemble à un regret, il s'arrache à la contemplation de sa bouche.

Comme un papillon vise une fleur, ses yeux se posent sur l'épaule droite, un arrondi délicieux dont le bronzage discret est souligné par la bretelle du léger vêtement. Ici, la peau semble très douce et brille avec le nacré d'un coquillage un peu usé.

Durant un instant, il a envie de toucher cette épaule, d'appliquer sa paume et ses doigts sur ce velours qui doit avoir la tiédeur d'un nid d'oiseau.

Comme si elle l'avait deviné, Euphrosyne bouge. Elle fait un geste avec son bras puis elle se tourne sur l'autre côté. Dans son mouvement, elle entraîne le drap léger qui glisse encore un peu.

Il apprécie. C'est mieux ainsi.

De l'épaule, il laisse glisser son regard au pli de l'aisselle puis, de là, avec paresse, jusqu'à la pointe des seins.

Les deux tétons forment un imperceptible relief sous l'étoffe. Il les observe avec attention durant un moment puis se concentre sur l'ombre et la lumière qui modèlent la poitrine. Le mouvement respiratoire lent, ample et répétitif a un effet envoûtant dans lequel il pourrait s'oublier pour l'éternité.

Il doit se forcer pour poursuivre son exploration. Des seins, il se laisse descendre lentement sur la courbe des hanches et franchit sans s'y arrêter l'ourlet du fin tissu.

À partir de là, la peau est nue.

Ses yeux filent en droite ligne, décidés à aller sans détour jusqu'à la toison blonde, lorsqu'un bref miroitement de lumière accroche son regard et le détourne de son but.

Il fronce les sourcils et se tourne vers le nombril, surpris d'y découvrir un piercing.

Pourquoi n'a-t-il pas remarqué auparavant le petit ornement qui semble le narguer ?

Il s'en détourne et s'efforce de ne plus y penser. Pourtant, ni le galbe des cuisses ni la petite touffe claire qui les couronne ne parviennent à lui faire oublier cette horreur qu'elle s'est plantée dans la peau. Malgré lui, il y revient sans cesse, aimanté par les chatoiements fugaces que lance la pierre sertie.

Ça ne va pas du tout.

Elle ne peut pas garder ça.

L'idée de le lui retirer tout de suite lui traverse l'esprit. Il se lève, décidé à régler ce problème sans tarder.

Et puis non.

Il renonce. S'il parvient à ne pas trop y penser, ça attendra ce soir lorsqu'il lui portera son repas.

Enervé, il éteint d'un geste brusque l'écran où s'affiche l'image d'Euphrosyne.

Il pivote son fauteuil de quelques degrés pour se placer en face du deuxième écran.

Thalie ne dormait pas, elle.

Il l'observa un moment marcher d'un mur à l'autre en se demandant s'il avait fait le bon choix.

Certes, elle aussi était parfaite. Mais elle était si difficile à maîtriser que ça en devenait un sérieux problème. Depuis plus de trente-six heures maintenant, elle n'avait pas fermé l'œil. Il se demandait où et comment elle trouvait la force de ne pas sombrer. Elle s'allongeait parfois une demi-heure, jamais plus, mais même étendue, elle restait aussi agitée que lorsqu'elle cavalait en long et en large.

Une tigresse.

Elle ressemblait à une tigresse. Ses cheveux d'abord. Si roux que, sous une certaine lumière, ils semblaient s'enflammer. Et puis ce caractère, indomptable et imprévisible.

Un caractère qui ne l'arrangeait pas du tout. À force de s'énerver, elle risquait de se faire mal.

Tout à l'heure, lorsqu'il lui a glissé son repas à travers le passe plat, elle s'est jetée sur la porte avec une telle rage qu'il a craint qu'elle ne se blesse. Bien sûr, elle a balancé le plateau et n'a rien mangé.

L'avant-veille, encore sous le coup de la première injection, elle était restée assez lucide. Jamais encore, il n'avait vu quelqu'un résister de la sorte. Durant tout le trajet, elle lui avait posé des questions, d'abord confuses puis de plus en plus précises. Elle voulait savoir où ils allaient. Il lui avait expliqué qu'elle avait eu un léger malaise et qu'il la conduisait à l'hôpital. C'est lorsqu'elle s'était mis en tête de téléphoner et qu'elle s'était rendu compte que son appareil ne fonctionnait plus, qu'elle avait eu une crise frôlant l'hystérie.

Heureusement, ils arrivaient.

Il aurait dû lui administrer une seconde dose dans la foulée mais il n'avait pas osé. Il le regrettait parce que maintenant, elle avait retrouvé toute sa vigueur.

Elle parcourait sa chambre sans relâche, ne s'arrêtant que pour hurler.

Elle pouvait passer dix minutes à l'insulter sans paraître avoir besoin de respirer. Quand il observait son cou mince tendu sous l'effort, il redoutait qu'elle s'arrache les cordes vocales : « Espèce de putain d'enfoiré de merde, ouvre ! Ouvre cette porte que je puisse t'arracher la gueule !... Connard !... Pédé !... Fils de pute !... »

Par moment, elle redevenait raisonnable. Elle mettait de côté la provocation et les insultes, revenait au vouvoiement et essayait de parlementer : « Mais qu'est-ce que vous me voulez à la fin ? Faites-moi sortir d'ici. Je deviens folle là-dedans. Si vous me laissez partir, je vous promets que je ne dirai rien. Vous m'entendez ? Vous ouvrez, je disparais et vous n'entendez plus jamais parler de moi. Je vous le jure ! S'il vous plaît... Répondez-moi... »

Mais le naturel revenait au galop. « Mais qu'est-ce que tu veux espèce d'enculé ? Une rançon ? C'est ça ? Tu veux du blé ? Tu vas être servi connard ! J'ai pas une thune... La seule chose qui soit vraiment à moi, c'est le crédit de ma bagnole ! Si tu le veux, je te le donne. De toute manière, tu voudrais me taper de cinquante euros que je pourrais pas te les filer, tête de nœud ! Et mes vieux c'est encore pire ! Mon père, ça doit faire quinze piges qu'il est au chômdu. Tu crois pas que c'est avec les ménages que fait ma mère que tu vas faire fortune quand même ? Ou alors quoi ?... C'est après mon cul que t'en as ?... Pointe-toi alors ! Allez pointe-toi ! On règle ça tout de suite et après tu me laisses partir. Tu m'entends ? Tu tires ton coup et on se quitte bons amis... »

Il l'avait écoutée un moment puis lassé, il avait coupé le son des haut-parleurs. Heureusement, l'isolation phonique était parfaite et elle pouvait s'époumoner tant qu'elle le voulait sans qu'Euphrosyne, qui dormait de l'autre côté, ne puisse l'entendre.

Alors qu'il l'observait tourner comme un fauve dans sa cage, il se décida. Si ce soir, elle était toujours aussi agitée, il augmenterait la dose de trente pour cent. Et si ça ne suffisait pas, il doublerait l'injection. Il espérait ne pas devoir en arriver là mais tant qu'elle serait aussi excitée, il ne pourrait rien en faire.

Soulagé d'avoir pris une décision ferme, il se tourna vers les quatre autres écrans.

Ceux-là étaient éteints.

Il se pencha sur le plus proche et adressa un sourire bref à son reflet flou.

Hormis l'agitation de Thalie, tout allait bien.

Non… À vrai dire, il y avait un petit quelque chose qui le titillait mais il ne parvenait pas à mettre le doigt dessus.

Bon, à part cette petite sensation énervante, dans l'ensemble tout allait bien.

Une fois de plus, il récapitula : il irait chercher Aglaé demain. Vénus arriverait jeudi, Flore vendredi et Chloris samedi.

Il avait hésité longtemps pour cette dernière mais depuis qu'Euphrosyne était là, il savait. D'ailleurs quand il y réfléchissait, il s'étonnait d'avoir tant douté. La solution était tellement évidente !

Il s'adressa encore un sourire qu'il ponctua d'un sifflement joyeux.

Le petit sourire satisfait se figea lorsqu'il pensa à toutes ces bouches à nourrir. Pendant les quelques jours à venir, l'intendance allait être compliquée. Enfin, ça irait. Il s'était organisé en conséquence. Il disposait de six micro-ondes et de trois congélateurs remplis de surgelés.

Il reporta son attention vers l'écran. Thalie venait de s'asseoir sur le bord du lit.

Tiens, la tigresse a l'air de se calmer...

Il la vit se recroqueviller sur elle-même. Entourant ses jambes de ses bras, elle bascula sur le côté. Il monta le son et l'écouta sangloter.

Parfait.

Peut-être qu'après avoir pleuré, elle finirait par se calmer.

Il consulta sa montre.

Bientôt neuf heures.

Il ferait bien d'aller dormir. Avec tous ces préparatifs, il n'avait pas eu le temps de se coucher et la nuit avait été longue. Il avait besoin de se reposer s'il voulait rester au maximum de ses capacités.

Par réflexe, il se tourna vers Euphrosyne et s'étonna un instant de trouver l'écran éteint. Il se rappela alors ce qui le titillait depuis tout à l'heure.

Le piercing...

Ce putain de piercing !

Il se leva, décidé à aller le retirer tout de suite.

Oh et puis merde !

Il verrait ça plus tard.

En attendant, plus question de dormir. Il se sentait trop énervé pour se coucher.

Comment faire pour oublier cette saleté ?

Un thé et un livre...

Voilà.

Il allait s'en préparer un et le déguster en lisant un moment dans la bibliothèque.

2

Comme un bloc, Pierre Solarges s'écroula sur sa chaise.
Il venait de courir trente kilomètres et se sentait vidé.
Enfin vidé.
Pendant une heure, un peu plus avec de la chance, il ne penserait à rien d'autre qu'à ses muscles durs et douloureux.
Une heure d'apaisement, ce n'est pas grand chose, mais c'est mieux que rien.

Les premiers mois, après sa sortie de l'hôpital, il n'avait fait que ça.
Courir.
Courir jusqu'à ne plus pouvoir. Courir jusqu'à l'épuisement. Courir jusqu'à s'écrouler et pourtant courir encore. Le jour, la nuit, sous la pluie, dans le froid, contre le vent… Des millions de petites foulées régulières, sans jamais accélérer ni ralentir.
Des kilomètres de douleurs.
Et des kilomètres d'oubli.
Il n'avait pas le choix.
C'était courir ou crever.

Aujourd'hui, il parvient à se limiter. En général, une heure le matin au saut du lit avant la douche et une heure et demie le soir. C'est suffisant pour pouvoir dormir.

Mais pas cette nuit.

Son sommeil a été épouvantable, peuplé de cauchemars et entrecoupé de longs réveils hallucinés durant lesquels il ne savait plus s'il entendait résonner son prénom ou si c'est lui qui le murmurait.

Camille, Camille, Camille…

Il avait eu la sensation effroyable qu'elle était là, dans la chambre, revenue d'entre les morts.

Avant que le jour pointe, épuisé de se tourner et de se retourner, il a préféré se lever.

Ahuri de fatigue, il s'est forcé. Il fallait qu'il aille au bout de lui-même. Et même au-delà.

Courir pour ne plus penser à rien.

Juste avoir mal.

– Oh Forrest ! Tu rêves ?

Il sursaute. Il n'a pas entendu Frazier entrer. Comme d'habitude, son adjoint est en retard.

Depuis qu'il a revu *Forrest Gump*, Frazier ne l'appelle plus qu'ainsi. Ça doit faire deux mois que ça dure. Il laisse faire. Solarges, Pierre, Machin ou Forrest, il s'en fout.

– Non… Je réfléchissais.

– Mouais… Ca avait l'air profond ta réflexion. Je vais chercher du café. Pas eu le temps de dej' ce matin… T'en veux un ? T'as l'air d'en avoir besoin…

Il observe son adjoint qui fouille les poches de son cuir râpé à la recherche d'une pièce pour le distributeur de boissons. Il doit avoir un peu plus de trente ans. Il ne sait pas exactement. Il ne le lui a jamais demandé. Il n'est même pas certain de se souvenir de son prénom. Thierry ? Pascal ? Il a dû le lui dire, au moins la première fois où ils se sont vus, mais il a oublié.

Peu importe… De toute façon, il ne l'appelle que Frazier. Et seulement si c'est indispensable.

– Ça ira. J'irai en chercher un plus tard.

Frazier fait sauter dans sa main la pièce qu'il a trouvée.

– Comme tu veux… Au fait, je sais pas si t'as vu mais je t'ai laissé un mémo sur les affaires du week-end.

– Je regarderai…

En refermant la porte du bureau, Frazier lui adresse un clin d'œil.

Ce petit con n'a aucun respect pour les aînés, et encore moins pour la hiérarchie. Heureusement pour lui, c'est un bon flic. Logique, patient, obstiné, efficace… Son plus gros défaut, c'est cette propension qu'il a à raconter ses exploits sexuels à travers tout le commissariat. Et puis, particulièrement énervant, ces mots qu'il conjugue à toutes les sauces en se bidonnant à la moindre occasion : *Susdite, cuticule, concupiscent, truculent. Nous concupissons… Tu trucules…* Sa dernière trouvaille : « *c'est un lapsus, je le confesse* ». La phrase doit lui plaire parce qu'il la fait tourner en boucle depuis des semaines.

Probable qu'un jour, ses frasques lui reviendront dans la gueule à Frazier. Comme un boomerang.

Avec regret, il prit conscience que la brûlure de ses cuisses et de ses mollets s'estompait peu à peu.

Ses yeux se posèrent sur la pochette jaune qui contenait le mémo que lui avait laissé son adjoint. Aucune envie d'ouvrir ça. Il verrait plus tard.

Il se renversa en arrière, le dos calé sur le dossier de la chaise et ferma les yeux.

Il était resté un peu plus de quatre mois à l'hôpital psychiatrique.

Service zombie.

La perf à neuroleptique soudée aux artères.

Durant des semaines, il avait exploré les recoins les plus obscurs de la planète Défonce. À ne plus savoir où était sa droite de sa gauche ni le haut du bas. À ne plus même savoir comment il s'appelait.

Il n'y avait pas d'autres choix. S'il avait le malheur de redescendre sur Terre, il cassait tout. Il se souvenait qu'au moins à deux reprises, les infirmiers avaient dû lui tomber dessus pour le calmer. Tous taillés comme des catcheurs mais quand même obligés de s'y mettre à cinq ou six pour lui enfiler la camisole. François, le grand Martiniquais au sourire perpétuel, lui avait raconté qu'il y avait eu deux ou trois autres mêlées du même genre, de celles que les anciens du service aiment raconter aux nouveaux pour les mettre dans l'ambiance. Il n'en conservait aucun souvenir.

Après cent trente-deux jours d'internement, les toubibs l'avaient estimé inoffensif pour lui-même et pour les autres et l'avaient autorisé à retrouver la lumière du dehors.

Sitôt sorti de l'hôpital, il avait balancé ordonnances et médicaments dans la première poubelle croisée.

Et il s'était mis à courir.

Chaque jour un peu plus. Dix, douze, quinze kilomètres. Puis vingt. Puis trente. Et parfois plus…

Il se levait avec l'aube. Et souvent bien avant. Parfois, il ne se couchait même pas.

Il courait.

Il n'espérait pas guérir. Il savait que de ça, il ne guérirait jamais. Il voulait juste tenir, ne pas sombrer tout à fait. Le dernier fil qui le raccrochait à la vie, ténu mais solide, c'est la certitude qu'un jour, il retrouverait celui qui lui avait pris Camille.

Et que ce jour-là, il lui exploserait la tête.

C'est pour cette raison que deux ans après sa sortie de l'hosto, il avait demandé à redevenir flic.

Il y avait eu des commissions, des dossiers épais comme des annuaires, des rendez-vous, des examens des expertises, des contre-expertises, d'autres commissions, d'autres examens...

Après des mois d'attente et des tonnes de paperasses, il avait obtenu gain de cause. Bien sûr, avec son nouveau profil, hors de question de réintégrer son ancien poste. De toute façon, il n'y tenait pas. Il avait été muté dans ce commissariat de banlieue plutôt tranquille comparé à d'autres. Un coin qu'il connaissait bien parce qu'il avait grandi pas très loin de là. Sa mère habitait encore la maison familiale à quelques kilomètres d'ici. Il faudrait qu'il aille la voir d'ailleurs. Ça devait bien faire six mois qu'il n'y avait pas mis les pieds et il lui avait promis d'aller réparer deux ou trois bricoles.

Il se redressa et ouvrit les yeux. Les muscles de ses jambes ne le brûlaient plus.

C'était passé vite aujourd'hui.

Bien trop vite…

La vieille horloge accrochée sur le mur pisseux qui faisait face à son bureau indiquait neuf heures et demie. Frazier n'allait pas tarder à remonter. Il ne passait jamais plus d'un quart d'heure à la machine à café.

Il fallait s'y mettre. Il ramassa la pochette jaune et l'ouvrit. Il parcourut rapidement la liste des affaires du week-end. Frazier en avait dressé un résumé laconique.

Sept poubelles et deux bagnoles incendiées.

Un camion de pompier caillassé.

Trois bastons conjugales.

Deux coups de couteaux.

Un shiteux en garde à vue.

Un week-end assez calme pour un mois de mai. Sans doute grâce à la météo pourrie…

Il ne s'attarda pas sur les poubelles et les bagnoles cramées ni sur les pompiers lapidés. Même si on retrouvait les mômes qui avaient fait ça, ça ne servait jamais à rien d'autre qu'à exciter encore plus leurs copains.

Il passa aux coups de couteaux.

Sortie de boîte bien sûr. Trois heures du matin. L'heure où la viande saoule se sent prête à en découdre pour une bousculade involontaire ou un regard égaré sur le cul qu'il ne fallait pas. C'était la même chose tous les week-ends…. Une fois dessaoulés, les apprentis-surineurs ne se rappelaient généralement de rien.

Il s'intéressa un peu plus au fumeur de joints. Il s'était fait alpaguer la veille au soir par une patrouille de la BAC. Un petit con pas bien gros mais méchant comme la gale et qu'ils avaient déjà secoué deux ou trois fois auparavant tant il était teigneux. Rien de tel ce coup-là. Il était tellement raide qu'il n'avait même pas cherché à filer en voyant la patrouille arriver. Il était resté scotché sur son banc, les yeux explosés et un sourire idiot accroché aux lèvres. Il avait un peu plus de vingt-cinq grammes sur lui. Le hic, c'est qu'il ne s'agissait pas du mauvais shit marocain qu'ils retrouvaient habituellement dans les poches des mômes du quartier mais d'un produit de première bourre. Le morceau était en route pour le labo afin d'être analysé. Frazier estimait à sa couleur sombre, à sa friabilité et à son odeur prégnante qu'il s'agissait probablement d'Afghan ou de Népalais. Un haschich très pur qu'on ne voyait jamais par ici. Il faudrait qu'ils creusent un peu ça, faire le point et voir si les filières d'approvisionnement ne s'étaient pas diversifiées ces derniers temps. C'était une guerre sans fin : à peine parvenaient-ils à creuser une brèche ou à démanteler un réseau qu'un autre prenait la place laissée libre. Ça devait être vrai que la nature avait horreur du vide…

Il faudrait qu'il cause avec le shiteux tout à l'heure. Il y aurait peut-être quelque chose d'utile à en tirer.

Il enchaîna sur les batailles matrimoniales.

Ça pouvait aller loin les calottes entre époux... Pas plus tard que la semaine dernière, un type avait tellement tabassé sa femme qu'il l'avait laissée pour morte. Lorsqu'ils étaient intervenus, ils avaient retrouvé le mari installé devant sa télé, une bière à la main, en train de regarder un match de foot sur Eurosport, pas du tout dérangé que le petit de sept mois hurle de faim sans discontinuer dans le fond de l'appartement ni que sa chère moitié pisse le sang sur le carrelage de la cuisine qu'elle venait de laver. Aux dernières nouvelles, entre les trois fractures du crâne, les deux côtes cassées, le foie, la rate et le rein droit éclatés, le pronostic vital de Madame était au minimum mal barré. On attendait pour savoir s'il fallait inculper le mari pour coups et blessures ou pour violences ayant entraîné la mort sans intention de la donner.

Egal à lui-même, Frazier avait pris les paris.

Résigné, il lut la première déposition puis la seconde qui lui ressemblait presque mot à mot. A quelques détails près, c'était toujours la même histoire : le petit qui pleure, la télé qui hurle, l'engueulade qui commence pour un oui, pour un non ou pour rien, la situation qui dérape jusqu'à ce que les voisins excédés prennent le téléphone et appellent le commissariat.

Enfin, cette fois rien de grave… Quelques baffes, des hurlements, un peu de vaisselle cassée…

Rien d'autre que le train-train de la vie de couple rythmé par les claques dans la gueule et les rappels à la loi.

Il soupira en pensant qu'il allait devoir convoquer tout ce petit monde, supporter les jérémiades des uns, les récriminations des autres, les promesses de faux-cul, les regrets hypocrites et les pardons lamentables.

Il prit le dernier dossier et le parcourut en diagonale. Un petit copain qui s'inquiétait de ne pas avoir de nouvelle de sa nana depuis vendredi.

C'est alors qu'il vit la photo d'identité que Frazier avait agrafé dans le coin supérieur gauche de la déposition.

En découvrant le portrait, il s'immobilisa, le corps en porte à faux et la respiration suspendue à la recherche d'un air qui n'existait plus.

Ses yeux exorbités restaient bloqués sur les boucles blondes et les joues pâles.

C'est…

Il se sentit défaillir.

3

Un mug fumant à la main, il s'immobilisa à l'entrée de la bibliothèque. Il se pencha et huma l'odorant mélange, un Darjeeling très doux au parfum délicat où se mélangeaient des arômes de muscat, de fleurs et de noisette.

Une merveille.

Il savoura une première gorgée puis entra dans la pièce.

C'était un vaste volume de douze mètres de long sur huit de large et haut de plus de six. Cinq larges baies vitrées donnaient sur l'extérieur où par delà les arbres du parc, il voyait une belle portion de l'étang qui miroitait dans la lumière du matin.

Malgré ses grandes ouvertures, la bibliothèque orientée à l'ouest, était encore plongée dans une relative pénombre à cette heure. Il appuya sur l'interrupteur en prenant garde à ne pas renverser son thé sur le tapis persan. Une quinzaine de lampes disposées avec harmonie s'allumèrent.

Trois des murs étaient couverts de rayonnages surchargés. D'après le catalogue tenu avec soin, il y avait là plus de huit mille livres, l'immense majorité traitant d'histoire de l'art, de peintres et de peinture. Chaque époque, chaque style, chaque mouvement, chaque artiste probablement, du plus célèbre au plus obscur, devait figurer au moins une fois dans cette pièce.

Les rayonnages du fond étaient réservés aux livres anciens et contenaient un grand nombre de raretés telles que l'intégrale des éditions originales de Winckelmann publiées entre 1755 et 1786, les deux éditions parues en 1550 et en 1568 de *Le Vite de' più eccellenti pittori, scultori e architettori* de Vasari, la traduction par Louis Meigret des *Quatre livres* d'Albert Dürer paru en 1557, une version latine de *De Pictura* d'Alberti publiée en 1436, et même une version manuscrite datée de la même année du *Il Libro dell'arte* de Cennino Cennini. Il les avait souvent feuilletées, tournant avec délicatesse les pages vénérables en regrettant de ne pas pouvoir déchiffrer les textes originaux.

C'est Grand-Père qui avait constitué cette collection au fil des ans, de ses trouvailles et de ses coups de cœur. Pour l'abriter, il avait fait refaire le grand salon d'honneur utilisé par le passé comme salle de bal.

Depuis toujours, il adorait cette pièce. Elle l'apaisait et, excepté lorsqu'il travaillait à l'atelier, il y passait la plupart de son temps.

Il fit quelques pas en respirant profondément l'odeur des lieux, ce mélange si particulier de vieux bois et de papiers anciens. Tout en savourant une gorgée de thé, il parcourut les tranches situées à hauteur de ses yeux, la tête un peu penchée pour mieux les déchiffrer.

Il fit une petite moue. Décidément, rien ne le tentait vraiment ce soir.

Arrivé au bout du rayonnage, il s'immobilisa devant une des étagères. C'est la seule qu'il avait vidée de ses livres, bien des années plus tôt. Il avait disséminé les ouvrages un peu au hasard et à la place, il avait rangé le journal de Grand-Père. Plus d'une centaine de cahiers. Grand-Père avait commencé ce journal alors qu'il avait vingt et un ans et l'avait poursuivi jusqu'à la veille de sa mort.

Oui, il y a longtemps qu'il ne s'y était pas plongé. Cela lui ferait beaucoup de bien de passer un moment avec Grand-Père.

Il fit courir ses doigts sur les tranches, hésitant à choisir celui-ci plutôt qu'un autre. Les trente-deux premiers tomes, de couleurs et de formats divers étaient dépareillés. Les suivants étaient tous de luxueux cahiers cousus main, protégés par un cuir d'agneau clair, doux et agréable au toucher.

Il se décida pour le premier de la rangée, un modeste carnet quadrillé à la couverture fatiguée.

Il alla s'installer sur son sofa favori et l'ouvrit. Une feuille pliée en quatre s'en échappa. Il la ramassa et la considéra avec attention, étonné de la trouver à cet endroit. Il pensait l'avoir glissée dans le dernier tome de la série.

Il en connaissait le contenu par cœur et pourtant, il la déplia.

L'écriture fatiguée l'absorba instantanément.

Mon Cher Antoine,

Je suppose que tu ne t'attendais pas à recevoir cette lettre que je te fais parvenir d'outre-tombe, grâce aux bons soins de Maître Bongrain. J'espère d'ailleurs que tu vas lui laisser notre clientèle car il connaît bien nos affaires et c'est quelqu'un sur qui nous pouvons compter.
Enfin peu importe. C'est maintenant à toi de décider et l'objet de ce courrier n'est pas de faire du battage pour le notaire.

Il avala une gorgée de thé. Même tiède, celui-ci restait excellent.

Si tu reçois cette lettre aujourd'hui, c'est parce que j'ai donné instruction à Maître Bongrain de te la faire parvenir dès qu'il aura connaissance du décès de ton père.
Je te connais et je sais à quel point tu es impatient de prendre ta destinée en main. Si je t'avais laissé faire, tu serais parti à dix ans à Hollywood pour y réaliser des films !
Ce que tu m'as fait rire avec ça !
Bref, là n'est pas le sujet. Si je m'égare trop souvent et trop loin dans les souvenirs, la mort viendra me cueillir

avant que je termine cette lettre et j'ai des choses importantes à te dire.

C'est de ton père dont je veux te parler.

Bien sûr, il est possible que je me trompe, auquel cas tu voudras bien me pardonner et mettre cette lettre sur le compte des divagations d'un vieux fou. Mais je suis si sûr d'avoir raison que je ne risque pas grand chose.

Je sais que tu l'as tué.

Drôle d'accusation d'un grand-père à son petit-fils, n'est-ce pas ?

Rassure-toi, ce n'est pas un reproche que je t'adresse.

Bien au contraire.

D'ailleurs, confidence pour confidence, je dois t'avouer que j'ai aussi tué le mien.

Je ne sais pas comment tu as fait. J'espère que tu es allé au plus simple et au plus logique. J'espère aussi que tu as su te montrer suffisamment patient et que tu n'as pas agi avant d'avoir dix-huit ans.

Moi, j'ai dû attendre plus longtemps encore. À mon époque, tout allait moins vite et la majorité n'était qu'à vingt et un ans.

J'ai utilisé une ficelle tendue à travers les marches d'un escalier. C'était un peu sommaire mais ça a très bien fonctionné tout en m'évitant les soucis d'une enquête trop poussée. Les gendarmes ont vite conclu à une chute accidentelle.

C'est ainsi que j'ai conquis ma liberté. Je n'en suis pas fier mais je n'en ai pas honte non plus.

Il fallait que ce soit fait.

Pour toi, cela semble encore plus évident. Comment supporter ne serait-ce qu'un jour de plus que nécessaire, cette larve qu'est ton père ? Et je le dis avec d'autant plus de facilité que ce père encombrant fut pour moi un fils tout aussi encombrant.

Si j'avais vécu assez longtemps, je me serais chargé moi-même de cette corvée afin de te l'épargner. Je me suis retenu parce que si j'étais venu à disparaître avant ta majorité – et il est de plus en plus évident que ce sera le cas – tu te serais retrouvé orphelin et placé je ne sais où. De ça, il ne pouvait être question. Je sais que tu ne l'aurais pas supporté.

J'ai pensé t'émanciper mais au moment où j'écris ces lignes, tu n'as pas encore seize ans et je sais que je ne vivrai pas suffisamment longtemps pour entreprendre les démarches nécessaires.

Voilà, tu sais tout. Toi et moi, nous sommes des parricides.

Pour moi, il y a prescription depuis longtemps et je doute que la justice des hommes vienne me réclamer des comptes là où je me trouve aujourd'hui.

Toi, tu devras dorénavant apprendre à vivre avec ça comme j'ai appris à le faire.

Mais je suis persuadé que ce sera facile.

Ce n'est pas un homme que tu as tué. À peine un ver de terre.

Maintenant que toi aussi tu es libre, je sais que tu vas accomplir ton destin.

Ce qu'il sera, nul ne peut encore le dire mais ce dont je suis certain, c'est qu'il sera exceptionnel.

Avec toute mon affection.

Grand-Père

PS : Même si je sais que tu voudras conserver cette lettre, je te conjure de la brûler.

Il posa la lettre à côté de lui et, tandis que deux larmes perlaient aux coins de ses yeux, les souvenirs affluèrent.

4

C'est un vertige. Un éblouissement immonde semblable à l'abjection des neuroleptiques pénétrant ses veines. Une ivresse trouble, fétide et crasseuse qui l'aspire comme une vase avide.

Son regard fuit la photo alors qu'il veut la voir. Ses yeux sont comme des aimants devenus fous, attirés et repoussés en même temps.

En vagues successives, du fond de lui-même, il sent monter la nausée, puissante, obstinée comme une marée. Il est emporté, incapable de résister à ce flot d'amour, de haine, de rage et de culpabilité qui lui retourne l'estomac.

Pourtant, ignorant les remous de ses entrailles, il se force. C'est plus dur que d'avaler quarante ou cinquante kilomètres en petite foulée mais, mobilisant toute sa volonté, il oblige ses yeux à s'immobiliser sur la photo.

C'est...

Alors, acéré comme une lame, le prénom ressassé durant un millier de nuits déchire sa conscience puis explose avec la puissance d'une bombe.

Camille !

L'onde de choc traverse son corps et attise les vieux charbons de la douleur enfouis sous la cendre des années.

Il sentit qu'il allait tomber, emporté par la sensation que tout se liquéfiait autour de lui. Le bureau, l'armoire de classement dont le rideau coulissait mal, l'écran et son faux contact qu'on ne domptait qu'avec une bonne claque, la pendule où l'aiguille des secondes semblait immobile, les photos, les affiches syndicales, les papiers épinglés un peu partout et même les murs cradingues semblaient se fondre en un tout écœurant.

Il prit appui sur son bureau, la tête entre les mains, essayant de maîtriser les battements emballés de son cœur et de ravaler sa gerbe.

Un goût de bile satura sa bouche d'une amertume abjecte. Il sentit qu'il n'allait pas pouvoir se retenir et qu'il allait vomir là, au milieu du bureau. Il plaqua la main sur ses lèvres, essayant de réprimer le puissant haut-le-cœur qui le ravageait.

En vain.

Le contenu de son estomac remonta et lui saccagea l'œsophage.

Il courut vers les toilettes où il se vida en trois spasmes violents qui le laissèrent abruti et sans force, grinçant et grimaçant au-dessus de la cuvette jaunie d'un tartre indélébile.

Les yeux pleins de larmes, la bouche brûlée par l'acide, il tâtonna pour trouver le lavabo. Il ouvrit en grand le robinet et plongea sa tête sous le jet glacé. Il y resta longtemps, incapable de faire un mouvement de plus.

Enfin, lorsqu'il sentit revenir un semblant d'équilibre, il se rinça longuement la bouche, essayant de diluer le goût ignoble.

Il s'essuya avec la petite serviette qui pendait le long du lavabo. Elle puait le vieux linge mal séché mais il n'avait rien d'autre sous la main.

Il tira la chasse d'eau et retourna jusqu'à son bureau à petits pas, avec l'impression d'avoir pris dix ans en trois minutes.

Il passa la main sur son visage humide et sentit sa barbe de l'avant-veille crisser sous ses doigts. Il se laissa tomber sur sa chaise et resta immobile le temps de rassembler ses esprits. Lorsqu'il se sentit mieux, il ramassa le dossier qui était tombé au sol.

Il se força à regarder la photo.

Bien sûr, ce n'était pas Camille.

Comment avait-il pu le croire ? La ressemblance était troublante mais la fille qu'il scrutait avait un visage plus rond. Un très léger embonpoint et des joues rebondies adoucissaient son visage encadré d'une lourde chevelure dorée.

Mais évidemment ce n'était pas elle.

C'était ses cheveux qui l'avaient trompé. Camille arborait une crinière de couleur identique, une masse extravagante de boucles blondes, ramassée en d'improbables chignons qui défiaient les lois de l'équilibre.

Il lut le nom que Frazier avait noté de son écriture sèche. La fille s'appelait Élisabeth Renan.

Il revint à la photo et la regarda avec intensité, y cherchant une révélation, un secret enfoui que lui seul serait capable de percevoir.

C'était un portrait banal, un visage où toute expression avait été bannie afin de répondre aux exigences d'un passeport ou d'une carte d'identité.

En un écho qui se refuse à mourir, il revit les quelques jours qui avaient suivi la disparition de Camille. Les premières heures d'abord, celles où l'on se raccroche à tout et surtout à rien, celles où l'espoir domine encore avant de s'étioler, de se faner puis de se dissoudre dans le temps qui passe.

Les recherches avaient mobilisé des centaines de flics, tous très motivés. Pour eux, c'était comme si on s'en était pris à l'un des leurs. Mais très vite, l'inquiétude avait laissé place à l'angoisse, puis à la panique. Aucune des pistes explorées n'avait donné le moindre résultat. Aucun des indices trouvés, aucun des témoignages enregistrés n'avait permis de la localiser.

Camille s'était volatilisée.

Au fil des jours, le dispositif de recherche avait été allégé puis suspendu. Impossible de mobiliser autant d'hommes sur une seule affaire pendant trop longtemps. On ne disait rien mais on s'était résolu au pire.

Lui, il avait demandé et obtenu sans difficulté sa mise en disponibilité.

Seul, il avait continué à chercher. Il avait battu toute la région, interrogeant des centaines de personnes, parcourant des milliers de kilomètres ou passant des journées pendu au téléphone.

Ne pas savoir était pire que tout. S'il avait pu choisir, plutôt que cette absence, plutôt que ce néant qui le rongeait jour après jour, il aurait préféré retrouver le cadavre de Camille pourrissant au fond d'un bois.

Il l'avait cherchée.

Jusqu'à l'obsession.

Et même plus loin. Jusqu'à l'anéantissement et au plongeon dans le puits sans fond de l'hôpital psychiatrique.

Il connaissait les statistiques par cœur. En France, chaque année, il se produisait environ dix mille disparitions dont un millier paraissaient « inquiétantes ».

Pour être qualifiée « d'inquiétante » aux yeux de la justice et que le dossier soit transmis au parquet, il fallait un élément probant, un indice tel qu'un vêtement ou un sac à main souillé de sang, un véhicule abandonné ou incendié, un quelconque élément pouvant laisser penser que la personne disparue courrait un danger. L'idéal, pour mettre en route les rouages de la machine judiciaire, c'était encore un morceau de corps. Ou tout simplement, d'être mineur.

Rien de tel dans le cas d'Élisabeth Renan. En l'absence d'éléments probants, Frazier avait conclu qu'il ne s'agissait que d'une nana qui avait posé un lapin à son copain. Rien de plus. À la fin du procès-verbal, souligné de deux traits nerveux, il avait noté : « Engueulade d'amoureux ! »

Non.

Il n'était pas d'accord.

Peu à peu, tandis que ses yeux fouillaient le visage sans expression figé sur le petit rectangle de papier glacé, une idée prenait forme.

Une idée terrifiante mais qui pourtant, le faisait vibrer d'espoir.

Cette photo, c'était un signe.

Le signe que ce qu'il attendait depuis tant de temps venait de tomber là, sur son propre bureau.

C'était incroyable.

Pourtant, plus il y pensait, plus il était persuadé de ne pas se tromper.

Il sentait que le portrait d'Élisabeth sur lequel il s'arrachait les yeux représentait bien autre chose qu'une simple engueulade d'amoureux.

Quelque chose de bien plus tragique.

Cette fille avait disparu et pas de son plein gré.

Élisabeth Renan avait été enlevée.

Et tout au fond de lui, il discernait que celui qui avait fait ça était le même que celui qui lui avait pris Camille. Pour savoir ce qu'elle était devenue, il fallait qu'il retrouve Élisabeth.

5

7 juin 1998.

Une journée qui l'a marqué comme un fer rouge. C'est l'année du bac et il a eu dix-huit ans hier.

Ce qui chez tous ses camarades se serait traduit par une fête à tout casser, a pris pour lui une allure de retraite monastique.

Ce qu'il s'apprête à faire pourrait aussi bien arriver demain. Mais ça pourrait aussi prendre six mois.

Ou cinq ans.

Il n'a pas envie d'attendre.

Il a clos les volets des fenêtres donnant sur l'agitation du boulevard Saint-Michel et allumé cinq grosses bougies qu'il a disséminées dans le grand salon. Pas question de gâteau, de guirlandes ni d'Happy Birthday.

Et encore moins de cadeaux.

Depuis deux heures, il est assis dans le grand fauteuil à oreillette en cuir rouge, celui qu'aimait Grand-Père.

Sa décision est irrévocable.

Il sait comment il va s'y prendre, mais il se donne encore un moment avant d'agir.

La solution lui est apparue deux ans auparavant, par une soirée semblable.

C'est si simple, si efficace, qu'il n'a même pas besoin d'être minutieux. Une paire de gants en latex suffit.

Le problème, c'est de s'y mettre.

Il est bien là, dans la tiédeur du salon et la pénombre flageolante des chandelles.

Il a du mal à s'extraire du fauteuil.

Un moment passe… Puis un autre…

Tout à coup, la flamme placée à sa droite s'allonge en un ultime sursaut avant de vaciller en répandant une petite fumée noire et malodorante. La bougie s'éteint dans un grésillement, la mèche noyée dans sa cire.

Il y voit un signe.

Il se décide.

Il s'arrache à la douceur du cuir, glisse ses doigts dans le latex et s'engage dans le long couloir qui traverse l'appartement sur toute sa longueur.

Au fur et à mesure qu'il s'approche de la porte du fond, la musique, jusque là imperceptible, s'accentue peu à peu. Les graves d'abord. Grosse caisse et basse épaisse.

Encore dix pas et il perçoit la voix rauque, saturée et ensorcelante de Jim Morrison.

Break on Through to the other side...

Il a un bref sourire.

C'est une chanson de circonstance.

La voix de Morrison se fait plus prégnante alors qu'approchent les dernières mesures du morceau.

Depuis qu'il est né, il connaît cet album. Chaque note, chaque coup de caisse claire, chaque accord d'orgue, chaque riff de guitare et la moindre intonation de Jim. Il l'a entendu des milliers de fois.

Papa n'écoute que ce disque.

Exclusivement et depuis presque vingt ans.

Deux ou trois fois par an, Papa va traîner aux puces de Saint-Ouen et en ramène un, deux ou dix exemplaires dans un état plus ou moins avancé. Il les use jusqu'à la trame puis retourne en acheter d'autres.

L'an dernier, à Noël, il lui a acheté un lecteur de CD avec l'intégrale des Doors et une vingtaine d'autres albums.

Des groupes des années 60 et 70. Les Rolling Stones, Pink Floyd, Jethro Tull, The Creams... Des trucs conseillés par le vendeur.

Avec des sanglots dans la voix et les yeux émerveillés d'un gosse, Papa lui avait demandé de lui montrer comment marchait tout ce fourbi. Pour ne pas lui faire un trop gros choc, il avait glissé son album fétiche dans le lecteur en lui précisant que grâce à la lecture aléatoire, il pouvait écouter les morceaux dans n'importe quel ordre et qu'il n'y avait plus besoin de changer de face.

Un sourire ravi au coin des lèvres, Papa claquait des doigts au son de l'intro d'*Alabama Song* mais au bout de quelques secondes, il s'était figé et avait jeté un œil mauvais vers l'appareil.

– Ça l'fait pas là... Ch'ai pas c'qui passe, mais ça l'fait pas ton machin. C'est pas Jim qui chante là. Enfin si, c'est lui mais en même temps, tu vois, c'est pas lui... J'sais pas comment t'dire... Tu vois ?

Il lui avait expliqué qu'avec les CD, le son était parfait. Plus de craquement, plus d'usure. C'était numérique donc c'était le top.

– Nan, nan... J'te crois...

Il secouait les bras en grands gestes désordonnés.

– C'est sûr qu'c'est le top ton truc ! C'est beau, ça brille, tout comme y faut... Super... Mais ça l'fait pas... Là, Jim, j'ai l'impression qu'c'est comme un robot, tu vois ? Y chante, tout... Y'a Ray, y'a Robby, y'a John, tout quoi... Y sont tous'là. J'les entends bien. Y jouent. Tout... Mais ça l'fait pas... on dirait... genre comme du plastique, tu vois ?

Papa avait débranché le lecteur et oublié tout ce bazar au fond d'un placard.

Il attendit la fin de *Break on Through*, frappa trois coups brefs et entra. Les Doors attaquaient pour la cent millième fois peut-être, *Soul Kitchen*.

Papa était allongé sur son lit, les yeux mi-clos. La vieille lampe de chevet couverte d'un voilage répandait une petite lumière jaune malpropre et étouffante.

Il souleva le bras de l'antique électrophone pour interrompre la musique.

Le silence soudain sortit Papa de sa léthargie. Il papillota des yeux avant de demander :

– C'est toi mon Toinou ? T'es où ? J'te vois pas…

– Je suis là.

Au son de sa voix, Papa tourna la tête vers lui.

Il le dévisagea un moment tandis que son père faisait des efforts désespérés pour se rappeler comment aligner ses deux yeux dans la même direction.

Il se sentait vaguement écœuré par l'odeur de sueur moite qui imprégnait la chambre jamais nettoyée.

Papa avait trente-neuf ans mais il paraissait en avoir vingt de plus. Depuis l'âge de vingt ans, il se shootait à l'héroïne.

Une carrière exceptionnelle pour un toxicomane. Comme par miracle, il était passé à travers tout. Overdose, sida, prison… Rien n'avait jamais eu de prise sur lui. Enfin, pour la taule, c'était surtout grâce à Grand-Père et à ses relations. Tout juste avait-il contracté une hépatite C qui lui faisait un teint en totale harmonie avec la lumière ambiante.

Il passait la plupart de ses journées dans cette chambre avec son disque, lisant un peu, rêvassant beaucoup, croyant encore qu'un jour, il parviendrait à terminer la licence de psycho commencée plus de vingt ans auparavant, juste avant que l'héroïne croise son chemin. Il ne sortait qu'une ou deux fois par semaine, à la nuit tombée, pour aller se ravitailler.

Papa avait le crâne dégarni. Seules pendaient encore quelques mèches de cheveux très longs et déjà gris, vaguement attachées par un élastique. Il portait une vieille chemise informe qu'il ne changeait qu'une ou deux fois par mois. Ses doigts s'alourdissaient d'une multitude de bagues colorées, des breloques à deux sous en forme d'aigles, de têtes de mort ou de croix celtiques. À son cou, attaché par un lacet en cuir, pendait un *peace and love* d'une dizaine de centimètres de diamètre. Pour parfaire le tableau, il portait une paire de petites lunettes rondes identiques à celle de John Lennon.

Papa vivait dans un autre temps, à une époque révolue depuis des lustres.

Il était maigre à faire peur, se nourrissant de rien, sans cesse au-dessus de l'abîme mais parvenant toujours à rétablir un semblant d'équilibre avant de sombrer pour de bon. Ce qu'il parvenait à faire au fil des années constituait en soi une performance que peu avaient réussi.

Papa réussit enfin à synchroniser ses deux yeux.

– Tu tombes bien Toinou... Tu vas pouvoir m'aider. J'sais pas c'que j'ai là... J'suis claqué, t'imagines pas comment... Il est quelle heure ?

– Bientôt deux heures... T'as mangé ?

– Hmm...

Ça pouvait dire oui. Mais ça pouvait aussi dire non.

– Tu veux un verre d'eau ? Un Coca ?

– Nooon... T'fatigue pas mon Toinou, j'ai d'jà bu t'à l'heure. Mais faut qu'tu m'aides là... Chais pas si j'vais y'arriver tout seul.

– Bouge pas. Je vais m'en occuper...

Il prend la vieille boîte en fer blanc qui, dans une autre vie, a contenu des gâteaux secs et l'emporte jusqu'à la petite table. Il repousse l'amoncellement de livres et de vieux vêtements puis pose la boîte sur la place conquise. Il en sort le matériel : une petite bouteille d'eau stérile qu'il achète lui-même pour que Papa n'utilise pas l'eau du robinet, un minuscule réchaud à alcool, une coupelle en aluminium censée être à usage unique mais qui a déjà beaucoup servi, une seringue et une aiguille qui semblent propres mais ne le sont sûrement pas, ainsi que deux sachets en plastique soigneusement fermés. Le plus grand contient de l'acide ascorbique. Le plus petit, qu'il ouvre avec précaution, est rempli aux trois quarts de poudre brune et granuleuse. Il estime qu'il doit en rester entre quatre et cinq grammes.

Il verse la totalité de l'héroïne puis l'additionne peu à peu d'acide ascorbique afin de la dissoudre. La coupelle est à peine assez grande.

Il ajoute de l'eau et fait chauffer le mélange à la flamme du réchaud jusqu'à ébullition.

– Fais en un bon hein… Faut qu'y dure toute la nuit…

– Oui… T'inquiète pas…

Il laisse refroidir quelques secondes, pique un filtre de coton au bout de l'aiguille et aspire le liquide blanchâtre dans la seringue.

Il pousse le piston de quelques millimètres pour chasser les bulles d'air. Quand il se retourne, il voit que Papa a les yeux exorbités par l'attente.

Il lui tend la seringue.

– Tu me r'mets le disque avant d'partir ? La face B steu'plaît…

– Si tu veux. Au revoir Papa.

– S'lut Toinou. Te couche pas trop tard hein…

Il retourne le disque et remet en marche l'appareil. Après une série de craquements, les premières notes de *Light My Fire* emplissent la chambre moite.

Il baisse le son et se dirige vers la porte. Avant de sortir, il se retourne vers Papa qui s'est déjà attaché un garrot autour de la cuisse. Il cherche d'un doigt fébrile une veine utilisable. Il doit se sentir observé car il relève la tête.

– J'aime pas quand tu r'gardes Toinou…

– Excuse-moi… Je te laisse.

Il ferme la porte.

Inutile de rester. Il sait ce qui va se passer.

Papa va planter l'aiguille dans sa chair, pomper un peu de sang puis appuyer sur le piston.

D'abord, ce sera le flash.

Intense comme jamais.

S'il n'est pas foudroyé dans l'instant par cette brutale orgie de plaisir, il tombera peu à peu de la somnolence au coma. Sa respiration s'étiolera. Il n'en restera qu'un souffle…

Un dernier.

Puis il n'y aura plus rien…

Il se secoua. Toujours pas envie de dormir. Il but une gorgée de thé mais le liquide était maintenant froid et il détestait cela. Il aurait pu le recracher dans la tasse mais il se força à l'avaler. Le Darjeeling lui sembla amer.

Il se souvenait qu'après, il avait fait le tour de l'appartement pour vérifier que toutes les lumières étaient éteintes puis il avait soufflé les quatre bougies encore allumées avant d'aller se coucher.

Le lendemain, il s'était rendu au lycée comme n'importe quel autre jour de la semaine. Il était rentré à midi et demi et il avait appelé le 18.

Papa était connu des services de police comme un toxicomane notoire et l'enquête avait conclu à un décès par overdose, ce qui après tout était parfaitement exact. Après l'autopsie et les formalités, le corps lui avait été rendu. En l'absence de volontés exprimées par le défunt, il avait choisi de le faire incinérer.

Ce moment s'était gravé avec une telle force dans son esprit qu'il pouvait en revoir chaque détail.

Il était seul dans le crématorium, bercé par la musique répétitive et la voix envoûtée de Morrison qui chantait *The End* une dernière fois sur le vieil électrophone.

Il avait regardé le cercueil de bois blanc disparaître dans le four incandescent mais n'avait pas attendu la fin du morceau pour partir, laissant la chanson se terminer sans lui.

Lorsqu'il s'était retourné, il s'était rendu compte avec surprise que quelqu'un était là. Assise tout au fond de la grande salle, se tenait une vieille dame, tout de noir vêtue. Elle tenait son sac à main serré sur ses genoux et une voilette lui couvrait le visage. Sans doute était-elle en avance pour la cérémonie suivante et plutôt que d'attendre dehors, elle était entrée pour s'asseoir.

Au moment où il sortait, leurs regards s'étaient croisés et, à travers le voile sombre, il lui avait semblé remarquer des larmes qui brillaient sur le visage de la vieille.

Quelques jours plus tard, il avait décroché son bac.
Avec mention *Bien.*

6

– Frazier ! Putain Frazier, t'es où…? Monte ! Monte tout de suite !

Penché au-dessus de la rampe de l'escalier, il hurlait. Enfin, deux étages plus bas, son adjoint lui répondit.

– Gueule pas comme ça, Forrest ! J'suis pas sourd… J'arrive.

Il l'entendit grimper les marches quatre à quatre puis le vit apparaître sur le palier, essoufflé.

– Putain, mais qu'est-ce qui t'arrive ? T'es trempé ! Pis t'es tout pâlot…

– T'occupe ! La déposition… C'est toi qui l'as prise… C'est qui le mec qui est venu ?

– La déposition ? De quoi tu me parles là ?

– Élisabeth Renand. La nana qui n'est pas rentrée de tout le week-end…

– Ah ça ? T'as vu la photo ? Mignonne la poupée hein ? À la place de son petit copain, je me ferais du mouron aussi parce qu'une nana comme ça, ça doit être pas mal sollicitée…

Frazier lui fit un clin d'œil égrillard puis ajouta :

– Me dis pas que t'es intéressé quand même ? Merde ! Forrest… Tu pourrais être son père…

– Arrête tes conneries tu veux. Le type, ce Nicolas…

Il se pencha sur le dossier pour relire le nom qu'il n'avait pas retenu :

– Nicolas Morot… Il était comment ?

– Attends que je me souvienne… Vingt-deux ou vingt-trois ans. Beau gosse. Bien sapé. Très propre sur lui. Sérieux. Une tête à vendre des assurances… T'es sûr que tu veux pas que j'aille te chercher un café ou un Alka-Seltzer ? T'as une pauvre mine là…

– C'est bon, ça va aller.

– Bon… Viens t'asseoir au moins. On va pas rester à causer sur le palier. T'as vraiment pas l'air dans ton assiette…

Ils entrèrent. Il prit une chaise et s'installa à califourchon en face du bureau de Frazier.

– Je t'écoute.

– Tu veux savoir quoi ?

– Tout.

– Je vois pas pourquoi tu t'intéresses à cette histoire.

– …

– C'est juste une nana qu'a décidé de prendre un peu l'air, tu sais. Elle fait ce qu'elle veut. Elle est majeure…

– J'ai vu. J'ai lu le procès-verbal… Ce qui m'intéresse, c'est ce Nicolas Morot. Il est passé quand exactement ? C'est pas noté.

– Hier en fin d'après midi.

– Il avait l'air comment ?

– Inquiet. Il avait rendez-vous vendredi soir avec sa meuf. Il l'avait pas vue depuis le week-end dernier alors il était un peu impatient. Une nana comme ça ! Je me mets à sa place…

– Et ?

– Et rien. Que dalle. Elle s'est pas pointée. Il l'a appelée cinquante fois sur son portable mais elle n'a pas répondu. À chaque fois, ça passe direct sur le répondeur comme si le téléphone était éteint. Il a laissé passer le samedi et le dimanche puis il s'est décidé à venir nous voir. Il a dû passer un sale week-end le petit Nicolas… Il avait un peu la tête que t'as en ce moment d'ailleurs…

– C'est lui qui a apporté la photo ?

– Evidement. Qui veux-tu que ce soit ? Le Père Noël ?

– Il a appelé les parents ?

– Non... Il ne les connaît pas. D'après ce qu'il m'a expliqué, c'est la guéguerre entre la Miss et ses darons.

– Tu les as appelés toi ?

– Tu délires ! Ça fait pas trois jours qu'il est sans nouvelles. Et puis elle est majeure je te dis. Ça ne nous concerne pas. Il n'y a rien d'inquiétant. Aucun élément.

– Il a bien dû essayer de joindre des amis d'Élisabeth, non ?

– Je lui ai demandé. Il est étudiant à Nanterre et elle est à Lille. Ils se sont rencontrés sur le web. Ils n'ont pas d'amis en commun.

– Tu l'as senti comment ?

– Comment ça comment ?

– Enervé ? Exalté ?

– Exalté ? Non, pas du tout... Juste inquiet. La tête exacte du cocu potentiel. À mon avis, sa souris, elle en a eu marre de sa tronche de premier de la classe. Elle doit s'être tirée avec un autre gus qui la fait vibrer plus fort. Elle a pas encore trouvé le courage ou l'envie de le dire au jeune et frais Nicolas. Ou alors, elle s'en fout... Te casse pas la tête, va... C'est jamais qu'une histoire de plus qui finit mal...

Frazier continuait à parler mais il ne l'écoutait plus. Il réfléchissait.

Peut-être que son adjoint avait raison et que Nicolas Morot n'était qu'inquiet. Il n'était sûrement pour rien dans la disparition de son amie Élisabeth.

Et puis, son raisonnement ne tenait pas debout.

Il délirait.

D'abord, rien ne prouvait que la fille ait réellement disparu. Elle pouvait tout simplement être dans les bras d'un autre comme Frazier en était persuadé. Et puis pourquoi, si ce Morot venait de lui faire un sort, viendrait-il de lui-même déclarer sa disparition au commissariat ? Et dans *son* commissariat en plus... Et puis ça ne collait pas. Vingt-deux ou vingt-trois ans... Non, beaucoup trop jeune. Celui qu'il recherchait devait avoir au moins la trentaine. Tiens, à peu près l'âge de Frazier.

– … Moi les nanas, ça me connaît. Ça fait un moment que j'ai assimilé leur psycholo…

Il le coupa.

– T'as quel âge Frazier ?

Son adjoint s'interrompit et lui jeta un regard surpris.

– Trente-trois… Pourquoi tu me demandes ça ?

– Comme ça…

– Tu penses à un petit cadeau ? C'est bientôt, tu sais… Je suis du seize juin.

– T'as toujours le mot pour rire toi, hein ? Bon, ce Nicolas Morot, je vais aller le voir et discuter un peu avec lui. Toi, tu t'occupes des affaires en cours. Vois le shiteux notamment. S'il est redescendu parmi nous, discute un peu avec et essaie de savoir où il a trouvé son morceau de paradis. Faudrait en savoir plus sur ce truc. C'est pas commun dans le quartier…

– J'aurais préféré qu'on le travaille à deux. T'aurais fait le gentil et moi j'aurais été le méchant. Il nous aurait craché jusqu'à la recette de son plat favori et même le petit nom que lui donnait sa maman quand il était gosse…

– Je te laisse t'en occuper. Je suis sûr que tu vas assurer.

– T'es sûr que t'as envie de perdre du temps avec cette histoire ? Je t'assure que c'est juste une môme qui a découvert le véritable amour.

– Je suis sûr que tu vas t'en tirer tout seul je te dis… Si Daguasse demande où je suis, tu lui dis que je travaille sur l'histoire du chichon mystérieux. Je sais pas quand je serais de retour.

– Merde Forrest ! T'abuses là… Putain mais qu'est-ce qui t'intéresse là-dedans ? Des mecs éplorés dont la nana s'est cassée, on en reçoit deux par jour. Ils n'arrivent pas à admettre que leurs meufs se soient tirées sans rien leur dire. C'est au-dessus de leur capacité d'entendement !

Il fit un rapide mouvement de va-et-vient avec sa main droite au-dessus de son ventre :

– Z'ont pas la raisonnette qui monte aussi haut que ça ! Qu'est-ce que t'en as à foutre qu'elle ait quitté son copain ? Si tu la retrouves dans les bras d'un autre, tu crois que Daguasse va te tresser des lauriers ?

Il répondit plus sèchement qu'il ne l'aurait voulu :

– Cherche pas. Fais juste comme je te dis.

Frazier leva les deux mains devant lui en signe d'apaisement :

– Ok... Ok, te fâche pas... Moi ce que j'en dis, c'est uniquement pour la bonne marche de ce service... Mais explique-moi au moins... T'as flairé un truc pas clair ?

Il regarda son adjoint droit dans les yeux. Jamais il ne lui avait raconté quoi que ce soit. Ni à lui, ni à personne d'autre.

D'ailleurs, qu'est-ce que ce petit con seulement intéressé par sa queue pouvait comprendre ?

Ils se jaugèrent durant quelques secondes qui semblèrent ne jamais vouloir se terminer.

Quelque chose, peut-être une expression étrange et inhabituelle qu'il lui sembla lire sur le visage de son adjoint, fit qu'il se décida à lâcher un peu de lest. Et puis, il était inutile de s'en faire un ennemi.

Il soupira en passant sa main dans ses cheveux mouillés puis murmura :

– La photo...

– Quoi la photo ?

– Élisabeth Renan... C'est le portrait craché de ma gamine...

Interloqué, Frazier le dévisagea, les yeux arrondis de surprise :

– De ta gamine ?... T'as une gamine toi ?...

– J'ai... J'avais une fille... Il y a trois ans, elle a disparu... Comme ça...

Il fit un geste de magicien avec les mains.

– Elle s'appelait Camille... Elle avait dix-sept ans quand c'est arrivé. Elle n'a jamais été retrouvée. Elle en aurait eu vingt il y a quelques semaines... Elle était du quatre avril...

– Attends… Je me rappelle de cette histoire… Je débarquais tout juste dans la maison… On parlait que de ça à l'époque.

Il se colla une grande claque sur le front.

– Putain, c'est pas vrai ! Le poulet dont la gosse a disparu, c'est toi ? J'le crois pas… Oh putain ! Ça fait quatre mois qu'on bosse ensemble et j'ai pas été foutu de faire le rapprochement ! Ben merde ! J'suis trop con… Et moi qui passais mon temps à te charrier…

– T'en fais pas. Tu m'as distrait… Quand j'ai vu la photo, pendant une seconde, j'ai vraiment cru qu'il s'agissait de Camille. En regardant mieux, j'ai bien vu que ce n'était pas elle mais je veux savoir ce que cette Élisabeth est devenue. Donc je vais voir ce Nicolas Morot.

Frazier le regarda, incrédule.

– Tu crois que ça pourrait être lui qui…

– Non… Je suis certain que non. Par contre, je n'exclus pas qu'Élisabeth et Camille aient croisé le même enfoiré à trois ans d'intervalle… Il faut que je sache Frazier, tu piges ?

– Tu penses à quoi ?

Il ne répondit pas mais Frazier insista :

– Un tueur en série ? C'est ça ?

Il eut la sensation qu'il y avait quelque chose comme de la gourmandise dans le ton de sa question. Il le dévisagea et il lui sembla lire une sorte d'excitation dans les pupilles brusquement dilatées de son adjoint.

C'était très exactement ce à quoi il pensait mais il préféra louvoyer :

– Je ne sais pas… Mais il faut que je découvre qui était cette Élisabeth et ce qu'elle est devenue. T'as peut-être raison… Sûrement même… Elle s'est peut-être tout simplement barrée avec un autre type. Mais je veux vérifier. Depuis trois ans, c'est la première piste qui me passe sous le nez… C'est pas épais, je le reconnais, mais c'est tout ce que j'ai. Je…

Il colla une pichenette sèche sur la feuille où était agrafée la photo de la jeune fille.

– ... J'ai l'impression qu'il y a quelque chose... La ressemblance est trop évidente... Alors tu m'emmerdes pas. Si tu veux pas me couvrir, pas de problèmes. Je comprendrai et je t'en voudrai pas. Je me débrouillerai avec Daguasse. Mais il faut que je sache.

– Et si tu trouves quelque chose, tu feras quoi ?

Il sentit son corps se durcir, se cristalliser comme s'il devenait minéral.

Il tourna le dos sans répondre.

7

« Né d'une seringue. Et mort avec. »

La phrase lui traversa l'esprit alors qu'il se penchait pour poser la tasse de thé froid sur une table basse marquetée. Il ne put s'empêcher de sourire en pensant que ça aurait fait une belle épitaphe et qu'il tenait là la biographie la plus brève jamais écrite. Toute la vie de Papa se résumait en six mots. Et deux points.

Le plus raisonnable aurait été d'aller dormir. Demain, la journée allait être longue et il aurait besoin de disposer de toutes ses capacités. Pourtant, il sentait que le sommeil ne viendrait pas avant longtemps. Il allait se retourner des heures dans un sens et dans l'autre en ressassant cette histoire de piercing.

Merci bien.

Autant lire ici jusqu'à tomber de sommeil. Il s'installa plus confortablement, à demi allongé et la nuque calée sur un coussin.

Il reprit le journal de Grand-Père et l'ouvrit à la première page.

Vendredi 16 septembre 1932
Nous avons appareillé voici une dizaine de jours et nous naviguons maintenant sur les eaux de la mer Rouge. En mettant ma main en visière, je peux encore deviner la

*ville de Suez qui d'instant en instant, s'évanouit,
vacillante et irréelle, à la limite de l'horizon.*

*Après notre départ de Marseille, il nous a fallu une
semaine pour traverser la Méditerranée avant d'arriver
à Port-Saïd et d'emboucher le canal de Suez. Nous avons
mis trois jours à le franchir à vitesse réduite et par une
chaleur accablante. J'avais l'impression que nous
voguions sur le sable.*

Samedi 17 septembre 1932
*Passée l'excitation des premières heures du voyage, une
sorte de morne torpeur s'est abattue sur l'ensemble des
passagers. Je n'y échappe pas. Les journées sont
interminables et se ressemblent toutes. Le Chenonceaux
a beau être un paquebot capable de transporter huit
cents passagers, c'est un univers minuscule. On y croise
toujours les mêmes personnes et les sujets de
conversation s'épuisent vite. Par lassitude, j'ai cessé de
faire semblant et je ne fais plus que l'effort de saluer mes
compagnons de voyage d'un vague signe de tête.*

*Pour passer le temps, je dessine beaucoup. J'aimerais
pouvoir peindre mais c'est impossible à cause des
mouvements du bateau. Je me contente donc de mon
carnet de croquis et d'une boîte de fusain. J'attends avec
impatience de retrouver la terre ferme pour ressortir ma
palette et mes pinceaux.*

Et j'ai entamé ce journal.
Jamais je ne m'y étais essayé jusqu'à présent.
*Je me rappelle que Norbert, un ami de pensionnat, en
tenait un. De temps à autre, il me le donnait à lire. Ne
voulant pas le blesser, je me forçais à parcourir ses
lignes laborieuses, qui malgré la méticulosité qu'il y
apportait, étaient souvent ponctuées des taches violettes
de l'encre indocile.*

*Avec ce qui me semblait beaucoup de grandiloquence et
de naïveté, Norbert s'y épanchait à longueur de pages. Il
revenait sans cesse sur l'amour qu'il éprouvait pour*

Jeanne, une fille qui avait emménagé en face de chez lui dans le courant de l'été précédent. Jeanne avait vingt ans, quatre de plus que Norbert, et ne lui avait jamais fait l'aumône d'un regard. À longueur de lignes, il se désespérait de cet amour sans retour.

Je trouvais un peu ridicule cette manie qu'il avait de passer la plupart de son temps libre à noircir les pages de son cahier à fermoir en tirant la langue. Plusieurs fois, il a insisté pour que je l'imite mais je n'en ai jamais eu envie. Je préférai dessiner.

Hier, toutefois, je ne sais pas ce qui m'a pris. Comme à mon habitude, je m'étais installé sur un de ces fauteuils de toile qui parsèment le navire dans un recoin peu fréquenté du pont supérieur. Mon carnet de croquis sur les genoux et mon fusain en main, j'ai tâtonné un moment sur quelques traits, sans but précis. Brusquement, du moins c'est ce qu'il m'a semblé, j'ai remplacé mon fusain par un crayon de papier et j'ai écrit une dizaine de lignes. C'est venu comme ça. D'un jet. Ma main courait toute seule.

Hier soir, dans la solitude de ma cabine, je me suis relu. Ça m'a semblé très mauvais.

Bien pire que ce qu'écrivait Norbert. Pourtant, j'ai pris un carnet à carreaux que je comptais utiliser pour pratiquer quelques exercices de perspectives. Sur la première page, j'ai recopié avec soin ce que j'avais noté plus tôt dans la journée. J'ai ensuite ajouté la date en haut à gauche et je me suis dit que demain, je recommencerais peut-être. Je crois que j'y ai pris un réel plaisir.

Ce matin, après le petit déjeuner, je suis revenu à mon carnet. J'ai noté la date d'aujourd'hui en me disant que maintenant qu'il en comptait deux, ce n'était plus un carnet mais un journal. Et je me suis laissé aller. À nouveau, ma main a couru toute seule sur le papier. J'ai écrit toute cette page.

Je pense que je vais essayer de me tenir à une page par jour jusqu'à la fin du voyage.

Dimanche 18 septembre 1932
Aujourd'hui la mer est agitée et le bateau tangue beaucoup. De nombreux passagers sont malades et les ponts sont déserts. Par chance, je suis plutôt insensible au mal de mer. Enfin, jusqu'à un certain point. J'ai demandé à un officier que j'ai croisé si la météo pouvait empirer. Il m'a répondu que non mais je lui ai trouvé le regard fuyant. Nous verrons bien.
Puisque je tiens ce journal et que j'ai décidé de tout y écrire, autant commencer par le commencement.
Maman est morte en 1919, emportée par la grippe espagnole. Je n'avais que huit ans et j'en conserve peu de souvenirs. Sans la photographie que Papa a toujours conservée, posée sur le guéridon de la salle à manger, je ne parviendrai pas à me souvenir de son visage. Je ne peux l'imaginer qu'avec l'expression qu'elle a sur ce cliché, les yeux dans le vague et un sourire rêveur, noyée dans un flou où la couleur n'existe pas.
Je suis donc resté avec Papa et Léonie, à la fois notre cuisinière et notre servante. Toutes ces années m'ont paru semblables les unes aux autres. Ma chambre, l'école, les interminables repas en tête-à-tête avec Papa où le bruit sinistre du balancier de la comtoise constituait l'essentiel de la conversation. Tout se noie dans une grisaille d'où rien n'émerge.
Les seuls éclats de rires qui me reviennent, le seul souvenir joyeux que je conserve, c'est celui du Docteur Marcel. Marcel, ce n'était pas son nom mais son prénom. Je l'ai toujours appelé Docteur Marcel. Tomber malade était pour moi une véritable bénédiction : mon Ami allait venir me voir. Même brûlant de fièvre, je m'en réjouissais.
Il m'auscultait en faisant un tas de bruits incongrus avec sa bouche. J'en pleurais de rire et je guérissais toujours

trop vite à mon goût. Je dois bien avouer qu'il m'est arrivé plusieurs fois de simuler une prolongation de la maladie pour le plaisir unique de retrouver mon Ami.

La dernière fois où je l'ai rencontré, c'est juste après l'accident. Après que Papa eut rendu son dernier souffle, il m'a regardé longtemps, le stylographe dans une main et le certificat de décès dans l'autre. Je me souviens avoir eu la sensation étrange et déplaisante qu'il me fouillait l'âme. J'étais paralysé. Enfin, il a eu un petit rire et m'a dit quelque chose comme : « Louis, maintenant, toi et moi, nous sommes pareils. » Je n'ai pas compris ce qu'il voulait dire. Il a signé et m'a tendu le certificat de décès.

C'est tout ce qui m'importait.

Lundi 19 septembre 1932

C'était le 9 mai dernier. Le lendemain de ma majorité. Papa est tombé dans l'escalier de la cave. Celui-là même que, depuis des mois, je lui conseillais d'équiper d'une rampe et d'un éclairage efficace. Dans sa chute, il s'est rompu les vertèbres cervicales. Il a agonisé une demi-journée avant de mourir et de m'offrir la liberté.

Mobilisé dès août 14, Papa a traversé les deux premières années de la grande boucherie sans une égratignure, mais en juillet 1916, sur les hauteurs de Verdun, alors que sa compagnie donnait l'assaut sur une position allemande, il a été fauché par deux balles de mitrailleuse. La première lui a traversé un poumon. Il était si proche au moment où il a été touché que la balle brûlante l'a traversé de part en part et a presque cautérisé sa plaie. La seconde lui a arraché la clavicule. De ses deux blessures, il a gardé un essoufflement permanent et une paralysie totale de son bras gauche.

Je l'ai souvent entendu crier et pleurer la nuit. Une fois, j'ai poussé la porte de sa chambre. Il dormait mais dans son sommeil, il n'arrêtait pas de répéter d'une voix pleine de rage et d'angoisse : « Et pourquoi ?

59

Pourquoi ? Le lendemain, les Boches étaient revenus. Alors pourquoi ? Pourquoi ?»

Je suppose que la mort de Maman, quelques mois après sa sortie de l'hôpital, l'a achevé. Il ne vivait plus que pour remâcher ses rancœurs et ses haines. D'une certaine manière, je crois que je l'ai libéré.

Son désir le plus cher était que je prenne sa suite à la scierie. C'est pour cela que j'ai dû suivre ces infâmes études de comptabilité. Mais pour moi, il n'en a jamais été question. Jamais je n'ai eu l'intention de m'installer dans son fauteuil plein de sciure au fond du bureau sombre et tapissé de toiles d'araignées, à attendre le paiement des clients et à redouter de ne pas avoir assez d'argent en caisse pour régler un fournisseur ou les salaires des dix ouvriers.

Le lendemain de l'enterrement, j'ai licencié tout le personnel et j'ai demandé à Maître Voyer, notre notaire, de mettre en vente la maison et la scierie. Il a accepté de m'avancer 10 000 francs sur le futur produit de la vente.

J'ai quitté Villeneuve par le premier train en partance pour Paris. J'y ai vécu durant plus de deux mois, passant mes journées à visiter musées et galeries. J'y ai vu beaucoup de choses sans aucun intérêt. Je sais maintenant que je n'ai aucune appétence pour l'abstraction. Un carré noir sur un fond blanc ne provoque chez moi qu'un irrépressible ennui... J'ai besoin d'ombre, de lumière et de volume. Heureusement, j'ai aussi découvert des choses extraordinaires qui m'ont beaucoup inspiré.

Le soir, après avoir regagné ma chambre d'hôtel, je peignais jusqu'à tard dans la nuit. Des petits formats sans grand intérêt mais qui m'ont permis de mieux me connaître. Les conditions, sans être mauvaises, n'étaient pas vraiment propices à la création. Je me contentais de me chercher et de beaucoup réfléchir.

Début août, j'ai reçu une lettre de Maître Voyer me prévenant qu'il avait trouvé un acquéreur.

Malgré la crise venue d'Amérique et qui par vagues, déferlait sur l'Europe, j'ai eu la chance de vendre à un prix honorable.

Riche de 250 000 francs (moins bien sûr mon emprunt augmenté de 2,3 % d'intérêts mensuels, une commission non négligeable et les inévitables frais), j'ai mis le cap au Sud. Par petites étapes, en m'arrêtant à Dijon, à Lyon puis en Avignon, j'ai rejoint Marseille. Un billet pour l'Indochine, acheté par télégramme depuis Villeneuve, m'attendait au comptoir des Messageries Maritimes.

Durant mon séjour à Paris, j'ai pu découvrir à la Galerie Charpentier, rue du Faubourg Saint-Honoré, le travail d'André Maire. J'ai vu aussi quelques-unes de ses œuvres dans une collection privée. J'ai été fasciné, que dis-je, envoûté, par la puissance et la densité qui se dégagent de ses toiles et de ses dessins.

J'ai le temps, la jeunesse et l'argent. Je veux moi aussi trouver ma lumière, fut-elle au bout du monde.

Imperturbable, le Chenonceaux, sur une mer bien plus calme qu'hier, file ses quinze nœuds et m'emporte vers mon destin.

Si les Dieux de la navigation ne contrecarrent pas sa marche, nous arriverons dans trois semaines.

Je suis impatient.

8

Il attendait que Nicolas Morot sèche ses larmes. C'était la deuxième grosse crise en à peine dix minutes de conversation.

Ça promet…

Il considéra le jeune homme qui hoquetait en face de lui.

Exactement ce que lui avait décrit Frazier.

Grand. Mince. Blond. Sérieux.

Un fantasme de belle-mère un garçon pareil.

Et sensible avec ça. La larme qui vient toute seule.

Dire que pendant quelques secondes, il l'avait imaginé dans la peau d'un tueur…

Nicolas était sapé d'un costard sombre rehaussé de très fines rayures blanches. Sur sa chemise d'un beau jaune crème aux plis parfaits, tranchait une cravate assortie.

Il songea que jamais il n'aurait été capable de si bien accorder une cravate et une chemise. Ça devait être un don. On l'avait ou on ne l'avait pas. À moins que maintenant, on leur enseigne aussi ça à l'école ?

Enfin pour le moment, sa cravate à Nicolas, c'était plutôt une corde. Elle l'étouffait. Il n'arrêtait pas de tirer dessus sans avoir l'idée de desserrer le nœud impeccable.

Il n'avait pas appris grand-chose mais il ne désespérait pas d'arriver à ses fins s'il parvenait à rester diplomate et patient. Il ne fallait pas brusquer le jeune homme sous peine de le voir se fermer comme une huître et de ne rien en obtenir.

Pour meubler et parce qu'il avait l'impression que le gamin se reprendrait plus vite s'il lui parlait, il résuma ce qu'il avait noté en parlant lentement et en articulant avec soin :

– Bon… je résume. Donc Élisabeth prépare un master en littérature russe à la fac de Lille. Vous vous êtes connus sur Facebook en septembre dernier. Après environ trois mois à correspondre, vous vous êtes rencontrés début décembre. Entre vous, ça a été le coup de foudre. C'est bien ça ?

Nicolas eut un hoquet larmoyant avant de confirmer en reniflant :

– Oui, c'est ça… Le coup de foudre…

Puis les larmes reprirent le dessus.

Il réprima un soupir.

Ça promet vraiment.

Il fit courir le bout de ses doigts sur la table en faux marbre, un rien agacé.

– Nicolas, s'il vous plaît, essayez de vous calmer. Si vous voulez aider Élisabeth, il faut me dire tout ce que vous savez. Tout ce dont vous vous souviendrez peut avoir de l'importance. Faites un effort.

Nicolas ressorti d'une poche de son costume le beau mouchoir brodé qu'il avait déjà utilisé et essuya son nez morveux.

– Oui… Pardonnez-moi. Je vais essayer…

Durant quelques secondes, il douta. Peut-être que Frazier avait raison et qu'Élisabeth avait préféré aller s'encanailler un peu, fatiguée des trop belles manières du trop beau Nicolas. La bonne éducation, à ce niveau, ça devenait presque pathologique.

– Si j'ai bien compris, un week-end sur deux, Élisabeth prend le TGV et vient à Paris passer deux jours avec vous. Elle repart le dimanche soir. C'est ça ?

Il hocha la tête.

– Est-ce que vous, vous alliez la voir à Lille ?

– Non… Ce n'est jamais arrivé. Elle ne disposait que d'une petite chambre à la résidence universitaire tandis que j'ai un appartement. Et puis elle aimait passer le week-end ici. Elle ne connaissait pas Paris et elle était enchantée de découvrir la ville.

C'était la plus longue phrase qu'il avait réussi à prononcer jusque-là sans se mettre à chialer.

On progresse.

– Est-ce qu'Élisabeth vous a fait part de quelque chose d'inhabituel qu'elle aurait remarqué ces derniers temps ?

– Non… Je ne crois pas…

– Elle ne se sentait pas menacée ?

Nicolas ouvrit de grands yeux ahuris.

– Menacée ? Non… Je vous assure que non…

– Et vous-même, vous n'avez rien remarqué de particulier ? Un changement dans son attitude ? De l'inquiétude peut-être ?

– Non… Je ne vois pas…

– Comment étaient vos relations avec elle ?

– Nos relations étaient basées sur la sincérité, l'honnêteté et la franchise.

C'était sorti si vite et avec tellement de conviction qu'il eut l'impression que Nicolas déclamait un texte appris par cœur.

– Je m'excuse de devoir vous demander ça, mais… Est-il envisageable qu'Élisabeth entretienne une autre relation que celle qu'elle a avec vous ?

Nicolas rougit et eut une sorte de spasme. Il cligna plusieurs fois des yeux et cracha :

– Vous êtes fou !

Et puis il sembla se rappeler qu'il parlait à un flic. Il mit sa main devant sa bouche et il le regarda avec un air effrayé.

– Oh mon Dieu ! Pardonnez-moi…

Il lui indiqua d'un haussement d'épaules que ce n'était pas grave.

– C'est moi qui m'excuse de vous poser ces questions de manière aussi abrupte mais je dois cerner le mieux possible la personnalité d'Élisabeth et comme vous la connaissez intimement...

Nicolas vira à l'écarlate. Il l'interrompit en bégayant :

– Ce... ce n'est pas ce que vous croyez... Nous n'avons, nous n'avons jamais heu... je... comment dire...

Il considéra le jeune homme avec surprise, se demandant s'il ne se foutait pas purement et simplement de lui.

Mais non, il avait l'air tout à fait sérieux.

– Vous voulez dire que votre relation avec Élisabeth était purement platonique ?

Le jeune homme opina, les joues en feu et le regard plongé sous la table... Il reprit dans un murmure :

– Nous attendions d'être mariés...

Il leva un doigt interrogateur.

– Attendez... Vous êtes en train de me dire qu'Élisabeth et vous ... Vous êtes vierges ? C'est bien ça ?

– ... Oui...

Cette fois, la voix de Nicolas n'était même plus un souffle. C'est au mouvement de ses lèvres qu'il comprit ce qu'il disait.

Pour la première fois depuis trois ans, il sentit monter en lui ce qui ressemblait à une envie de rire. Ce grand dadais costumé qui s'étranglait avec sa cravate lui semblait presque drôle tout à coup.

– Mais... Lorsque Élisabeth venait vous voir, vous faisiez quoi ?

Nicolas respira un grand coup et répondit sans quitter du regard sa tasse de café au lait.

– Nous allions voir des films, des expos, des pièces de théâtre parfois... Une fois, je l'ai emmenée à l'opéra. Et puis, nous avons nos examens en fin d'année... Nous révisions.

– Mais enfin... Je ne comprends pas... Lorsqu'elle était chez vous, vous ne dormiez pas ensemble ?

L'écarlate des oreilles reprit de la vigueur. C'était vraiment un sujet sensible.

– Non... Je lui laissais ma chambre et je dormais sur le clic-clac du salon.

Incroyable ce grand puceau de presque vingt-cinq ans…
Et pourtant il le sentait sincère. Touchant presque.

– Mais c'est très bien Nicolas. Vous n'avez pas à avoir honte. C'est… rare.

Il aurait voulu dire autre chose mais il n'avait pas trouvé de terme plus approprié.

Il pensa à Frazier. Si son adjoint avait entendu ça, il aurait henni de rire.

Nicolas reprit, la voix brisée :

– Nous devons nous marier en septembre…

C'était plus qu'il ne pouvait en dire. À nouveau, il fut submergé par une crise de larmes.

Il le laissa geindre. Il avait besoin de réfléchir.

Il avait supposé qu'Élisabeth menait une vie plus agitée, faite d'aventures et de liaisons successives comme beaucoup de filles de son âge. Pourtant, plus il y pensait et plus il était convaincu que cette conception que la jeune femme avait de la vie et de l'amour ne faisait que confirmer ce qu'il présageait. Camille aussi menait une vie sage et réservée. Ce qui ne l'avait pas empêché de disparaître.

Il jeta un œil au jeune homme tout secoué de sanglots. Son beau mouchoir brodé commençait à ressembler à une serpillière.

Après sa discussion avec Frazier, il avait appelé la fac de Lille, où d'après la déposition de Morot, Élisabeth était étudiante. Après une vingtaine de minutes à se faire balader de service en service, il avait eu la confirmation que la jeune fille ne s'était pas présentée à ses cours ce matin. Il avait ensuite appelé Morot. Le jeune homme, malgré ses coups de fil répétés toutes les heures, n'avait toujours pas réussi à joindre sa Dulcinée.

Ils avaient convenu d'un rendez-vous à midi et demi dans un bar de Nanterre.

Cette fois, Nicolas semblait inconsolable. Il s'efforça de le rassurer.

– Vous vous marierez comme prévu. Nous allons retrouver Élisabeth.

Il espérait avoir été convaincant mais l'image de Camille s'était interposée et avait provoqué une sorte de chevrotement dans sa voix. Nicolas sembla ne rien avoir remarqué. Il leva ses yeux emplis de larmes et le regarda enfin dans les yeux, plein d'espoir.

– C'est vrai ? Vous allez la retrouver ?

Il eut l'impression d'avoir en face de lui un gamin de dix ans. Pour ne pas le décevoir, il décida de mentir. Il ne cilla pas lorsqu'il répondit :

– Je vous le promets. Mais il faut que vous m'aidiez. Faites travailler votre mémoire. Il doit obligatoirement y avoir quelque chose d'inhabituel.

– Je cherche… Je cherche de toutes mes forces… Mais non, je ne vois pas…

Tout à coup son visage s'illumina :

– Attendez ! Mercredi soir, la dernière fois où je l'ai eu au téléphone, Élisabeth m'a raconté qu'elle avait un rendez-vous pour un travail.

– Un travail ?

– Oui, pour cet été. Juillet et août. La traduction du livre d'un écrivain russe. Elle espérait vraiment… Elle m'a dit que c'était très bien payé.

– C'était quand ce rendez-vous ?

– Vendredi en fin de matinée.

– Elle vous a dit où ?

– Oui… Un hôtel… Attendez que je retrouve le nom… Le… Le… Le Beffroi je crois… C'est ça. Le Beffroi. Un établissement en centre-ville.

– Elle avait déjà fait ce genre de travail ?

– Non. Jamais.

Bizarre…

Un job bien payé alors qu'elle ne disposait d'aucune expérience à faire valoir, c'était au minimum bizarre. Le monde du travail n'offrait pas souvent ce genre d'opportunité. Tenait-il enfin quelque chose ?

– Vous a-t-elle dit avec qui elle avait rendez-vous ?

– Le responsable de la maison d'édition qui va publier la traduction. Mais elle ne m'a pas dit son nom.

– Et le nom de cette maison d'édition ?

– Non plus.

– Pourquoi n'avez-vous rien dit à ce sujet lorsque vous êtes venu faire votre déclaration ?

– Je ne sais pas… Je n'y ai pas pensé sur le coup. Ça ne m'a pas semblé important. Élisabeth ne reçoit aucune aide de ses parents et n'a pas de bourse. C'est elle qui finance ses études. Elle est très courageuse. Je lui ai proposé de l'aider mais elle a refusé. Elle est sans arrêt à la recherche d'un nouveau job. Elle passe des entretiens d'embauche presque toutes les semaines.

Il ne savait pas ce que cette histoire d'emploi pouvait signifier. Mais il devait vérifier.

– Encore une question… Est-ce qu'Élisabeth avait un signe distinctif, quelque chose de particul…

– Un piercing !

– Un piercing ?

– Au nombril… Elle se l'est fait poser il y a deux mois environ. Sa meilleure amie en porte plusieurs… Elle m'a expliqué qu'elle avait besoin de le faire aussi, que c'était important pour elle.

Nicolas eut une grimace exaspérée :

– Elle voulait d'abord s'en faire poser deux. Un sur le nez et l'autre au nombril… Je n'étais pas d'accord mais elle s'est quand même fait poser celui du nombril. C'est la seule fois où nous nous sommes disputés…

Les derniers mots se diluèrent dans un sanglot.

Il n'apprendrait pas grand-chose de plus. Il était temps de partir.

– Voici mon numéro de téléphone. Ne le perdez pas. Si quelque chose vous revient, contactez-moi sans tarder même si c'est en plein milieu de la nuit. De mon côté, je vous appellerai si j'ai des nouvelles ou d'autres questions à vous poser.

Tout en pleurant, Nicolas prit la carte qu'il lui tendait et la rangea avec soin dans son portefeuille.

En sortant du bar, il sentit ses jambes le démanger. Il serait volontiers allé courir quelques kilomètres. Mais il avait autre chose à faire.

9

Un bruit interrompit sa sieste. Il ouvrit les yeux et leva la tête vers le plafond où s'alignait, loin au-dessus de sa tête, une série de solives sombres. Il écouta avec attention et crut percevoir un léger crissement sur le bois.

Des loirs sans doute.

Tous les ans, au printemps, un clan prenait possession des greniers. Il les apercevait parfois, allant et venant à toute vitesse, accrochés aux aspérités des murs ou cavalant sur les rameaux de la vigne vierge.

Il se demanda si Thalie s'était endormie. Il serait bien allé vérifier mais alors il ne pourrait pas s'empêcher de regarder Euphrosyne. Il pouvait penser au piercing sans s'énerver mais il ne fallait surtout pas qu'il le voie.

Il consulta l'heure.

15h05.

Il avait dormi trois heures.

Il rouvrit le journal et fit défiler quelques pages avant de reprendre un peu plus loin.

2 novembre 1932
Enfin ! Depuis hier, j'ai mon chez moi.
Je ne regrette pas l'Hôtel Majestic ! Je ne sais pas si c'est la chambre que j'occupais ou l'hôtel lui-même, une sorte de gâteau à la crème resté trop longtemps au soleil,

mais tout ce que j'ai essayé de peindre là-bas n'a rien donné de bon. Je crois que l'ambiance ne s'y prêtait pas. C'était très décourageant. Saïgon est une ville étrange et déconcertante. Ici, tout paraît vieillir plus vite qu'ailleurs. Les gens, mais aussi les rues, les maisons, les bâtiments...

Celle que les journaux de métropole surnomment « la perle de l'Orient » a beaucoup perdu de son éclat. J'ai le sentiment que le moindre effort, la plus petite parcelle d'énergie, se dilue et finit digéré par la moiteur de la ville.

Si je n'avais pas trouvé cette maison, j'aurais sûrement quitté Saïgon et je serais remonté plus au Nord. Peut-être que j'aurais poussé jusqu'à Angkor et ses temples étranges et merveilleux dont André Maire a su restitué l'ambiance avec tant de puissance.

Et puis, tout est allé très vite.

Avant-hier, dans la salle à manger du Majestic, j'ai croisé quelqu'un qui connaissait quelqu'un qui cherchait un locataire pour une durée de six mois. Je me suis procuré l'adresse et je suis allé visiter.

J'ai tout de suite été séduit.

La maison est située dans le nord de la ville, aux abords du champ de course. Elle appartient à un couple de colons rappelés en urgence en métropole à cause d'une sombre histoire de famille qu'ils m'ont raconté par le détail mais dont je n'ai pas retenu grand chose. Ils étaient soulagés de trouver un locataire, qui plus est, un jeune peintre plein de promesses venu chercher l'inspiration dans les colonies. Et surtout, capable de verser en une fois, six mois de loyer.

La maison est bien trop grande pour moi. Je dispose, outre les commodités de toilettes et d'une grande salle de bain, d'une belle chambre toute blanche équipée d'une moustiquaire somptueuse, d'un immense salon à l'éclairage parfait où je me suis installé pour peindre (j'ai promis de ne pas tacher le parquet de teck, aussi ai-

je acheté un grand morceau de toile cirée pour le protéger) et de trois autres pièces dont je ne sais que faire.

Un grand jardin entoure la maison et atténue beaucoup les bruits de la ville. C'est le jardin d'Eden ! Il est plein d'arbres, de plantes et de fleurs aux couleurs incroyables et aux formes tarabiscotées. Ici, la végétation pousse à une allure effarante. Les propriétaires m'ont prévenu : deux semaines sans entretien et c'est la jungle. J'ai d'ailleurs gardé le jardinier. Il viendra trois jours par semaine faire ce qui doit être fait.

J'ai aussi embauché une cuisinière.

Ici, les domestiques ne coûtent rien. J'aurais pu en prendre une demi-douzaine et me faire servir comme un prince. C'est ce que font de nombreux colons.

Je suis étonné que les gens acceptent de travailler pour de si minces salaires.

Je suis aussi soulagé d'avoir retrouvé un peu de solitude. À l'hôtel, c'était difficile d'échapper aux autres. Le grand sujet, le seul presque, c'est le prix du caoutchouc qui ne cesse de tomber toujours plus bas. En trois semaines, je n'ai entendu parler que de ça.

Autre changement d'importance, depuis hier, je dispose d'une automobile. J'étais allé me renseigner dans un garage du boulevard Norodom pour connaître le prix d'une location pour quatre ou cinq mois. Le vendeur m'a proposé une Peugeot 201 de couleur verte. Il m'a promis qu'elle était très fiable. Le fait que je ne possède pas mon permis de conduire n'a pas eu l'air de l'inquiéter. Le temps de signer quelques papiers et je suis parti au volant de mon carrosse, fier comme un coq mais un peu inquiet tout de même. Même si j'ai souvent conduit la voiture de Papa et le camion dans la cour de la scierie, c'est la première fois que je me retrouvais dans les rues au milieu de la circulation. Par chance, même si le trafic est dense, les voitures sont rares et les gendarmes coloniaux plus enclins à verbaliser un paysan qui a versé son chargement de légumes ou de riz sur la chaussée qu'un Européen au volant d'une automobile.

Et, pour parer à toute éventualité, et surtout parce que je me rends compte que j'ai de gros progrès à faire, je vais prendre quelques leçons et passer l'examen. J'irai me renseigner dès demain.

Maintenant que je dispose enfin de conditions idéales, je vais pouvoir me mettre sérieusement au travail.

12 novembre 1932.

Ça fait maintenant dix jours que je m'obstine et il n'en sort rien. Tout ce que j'ai fait est décidément mauvais. Je n'arrive à trouver ni rythme, ni mouvement, ni lumière.

Dans les premiers jours qui ont suivi mon arrivée, je me suis beaucoup promené et j'ai fait de nombreux croquis dont l'un me semblait intéressant : un groupe de femmes, dont deux nettement détachées des autres, lavant du linge dans l'Arroyo. Je croyais avoir bien saisi l'ambiance, le mouvement et la lumière de la scène.

J'ai commencé ce sujet mais il n'y a rien à faire. Mes deux femmes ressemblent à des pantins. Aucune souplesse, pas de mouvement, aucune énergie.

Pas de vie.

Quant au groupe à l'arrière-plan, c'est pire encore. On dirait une tache.

C'est sans relief, sans vibration.

Un pâté. Voilà c'est ça, un pâté.

Il n'y a rien dans ce que je fais.

15 novembre 1932

Hier soir, dans un accès de rage, j'ai détruit « les Laveuses ». Dans ma folie, j'ai éventré la toile et tout envoyé valser. J'ai renversé de la peinture partout sur le précieux parquet. Pire encore, je me suis coupé profondément avec le rasoir que j'utilise pour tailler mes pinceaux. J'ai un énorme pansement sur l'avant-bras gauche. J'espère que je ne me suis pas abîmé un tendon.

Je crains que sous ce climat humide, la cicatrisation prenne des semaines...

21 novembre 1932
Enfin, je crois tenir quelque chose. Une scène observée sur le marché de Cholon entre un vendeur de poissons et trois clientes mécontentes. J'ai le vendeur. J'aime assez son expression à la fois outrée et malhonnête. Les poissons rendent bien aussi. On voit bien qu'ils ne sont pas frais. On sent presque l'odeur qu'ils dégagent rien qu'en les regardant.
Demain, j'attaque la première des trois clientes, celle qui est au premier plan.
A contrario de ce que je redoutais, la guérison de ma blessure semble se passer au mieux. Hormis une belle balafre, je ne devrais pas en conserver de séquelles.

24 novembre
Je suis fatigué. Cette chaleur moite me rend fou. Et je n'arrive toujours à rien. Ma scène de marché n'a rien donné. Les trois femmes sont minables et même le vendeur est manqué. Quant aux poissons, si je n'écris pas « poissons » dessus, je doute que quelqu'un devine de quoi il s'agit. Je suis désespéré.

Il tournait les pages de plus en plus vite, s'y arrêtant juste le temps d'y saisir une phrase. Au fil des jours, la belle écriture toute en rondeur de Grand-Père se déformait et devenait peu à peu illisible.

2 décembre
C'est de pire en pire. Je crois que je touche le fond. Peut-être que j'aurais dû écouter Papa et reprendre la scierie...

5 décembre

Malgré les déceptions, je m'accroche. Je me lance dans un nouveau sujet. Je vais essayer de simplifier. Je ne peux pas tout dire en une fois. Je dois avancer par étape.

10 décembre
Trois jours que je n'ai pas touché mes pinceaux. Tout laissé en plan. Tout a séché et est à jeter. Suis épuisé.

19 décembre
Il faut que je me reprenne.
J'ai renvoyé le jardinier et la cuisinière. Je ne supportais plus de voir quiconque. Je ne sais même pas ce que j'ai mangé durant tout ce temps. D'ailleurs, je ne sais même pas si j'ai mangé...
Il faut que je me reprenne. Il faut...

24 décembre
Je crois que je vais mieux. Ces derniers jours ont été terribles mais je crois que je vais mieux. Je me demande si je n'ai pas eu un accès de fièvre...

29 décembre
Hier, j'ai racheté des pinceaux neufs et des tubes de couleurs.
J'ai pris la voiture et j'ai roulé un peu au hasard durant une trentaine de kilomètres. Je me suis arrêté en pleine campagne et j'ai commencé un paysage. Des rizières, de l'eau, un de ces buffles étranges comme il y en a ici, qui patauge, enfoncé à mi-poitrail.
C'est un bon début je crois.

10 janvier
Encore manqué. Durant presque deux semaines, j'ai travaillé à ce paysage et c'est encore manqué...

Il fit encore défiler les pages, ne saisissant plus qu'un mot de-ci de-là. À ce moment là, Grand-Père ne notait même plus la date.

Minable… Dégoûté… Partir… M'accrocher… Suicide… Reprendre… Impossible…

Grand-Père avait eu des semaines et des semaines difficiles.

Arrivé à la date du 3 février 1933, il cessa de feuilleter et reprit sa lecture avec une concentration particulière.

10

Il faisait donner à sa vieille Golf tout ce qu'elle avait sous le capot. Et même un peu plus. Le moteur éructait d'une manière inquiétante et une fumée sombre restait suspendue dans son sillage.

Il aurait dû prendre une voiture de service mais il aurait eu du mal à justifier les 450 kilomètres aller-retour. Aussi, malgré son état de décrépitude avancée, avait-il préféré utiliser son antiquité.

Il redoutait d'exploser le joint de culasse ou d'achever la courroie de distribution avant d'arriver à destination. Pourtant, il ne parvenait pas à lever le pied de l'accélérateur.

Il venait de dépasser Péronne. Il devait lui rester environ une heure de route.

Avec un peu de chance, si le moteur de la voiture ne partait pas en morceaux, il arriverait autour de 15h30. Il comptait une petite demi-heure pour parvenir à l'hôtel et trouver à se garer. Il pouvait y être vers seize heures.

Avec un peu de chance…

Son téléphone, sonna. Il lut le nom de Frazier sur l'écran. Il hésita avant de se décider à répondre :
– J'écoute…
– Putain mais t'es où ? Il est deux heures et demie. Je commence à m'inquiéter sérieux, là…

Il ignora la question et demanda :

– Ça se passe comment avec Daguasse ?

– Je l'ai pas vu depuis ce matin. Pour le moment, tout va bien. Il a pas encore dû s'apercevoir que t'étais pas là.

– Bon, c'est déjà ça...

– T'es où bordel ?

Qu'est-ce que ça peut te foutre ?

Il faillit ne pas répondre et couper la communication. Mais non. Il connaissait Frazier et il savait qu'il ne s'en débarrasserait pas comme ça. Il aurait dû se taire ce matin. Pourquoi s'était-il laissé aller à s'épancher ? Maintenant, il était coincé et bien obligé de lui répondre.

– Sur l'A1. Je fais un aller-retour à Lille. Je devrais être de retour vers vingt heures. Enfin, si ma bagnole me lâche pas avant...

– À Lille ? T'as trouvé quelque chose ? Qu'est-ce qu'il t'a raconté le beau Nicolas ?

Il sentait une tension dans la voix de son adjoint qui lui fit penser à un chien à l'arrêt. Frazier n'allait plus le lâcher. Il soupira avant de répondre.

– Pas grand chose. Il a surtout beaucoup chialé. Il a quand même fini par se rappeler qu'Élisabeth avait un rendez-vous vendredi matin pour un job.

– Un job ? Dans un Pôle emploi ?

– Non. Un hôtel du centre-ville. Un boulot bien payé d'après ce qu'il m'a dit. J'ai trouvé ça un peu surprenant. Je vais essayer d'en savoir plus.

La transmission fut brouillée durant quelques secondes.

– Allô ? Tu as dis quoi ? J'ai pas compris...

– Je te demande si elle fait la pute Élisabeth ? Un boulot bien payé dans un hôtel... Ça laisse pas beaucoup d'autres options.

– Non... C'est pas le genre... Je verrai bien sur place.

– Si tu veux mon avis, tu risques surtout de perdre ton temps... Tu veux que je rappelle la fac pour voir s'il y a du nouveau ?

– Normalement, ils ont promis de m'appeler si Élisabeth reprenait ses cours.

– Ouais… Tu sais ce que c'est hein ? Suffit que le post-it s'envole ou que la secrétaire change et c'est mort…

Il hésita, se demandant pourquoi Frazier prenait cette histoire autant à cœur.

– Bon d'accord… Appelle si tu veux.

– Je te tiens au courant s'il y a du nouveau. Pas la peine que t'ailles jusqu'à Lille si elle est sagement revenue en cours… Ah au fait, j'ai causé avec le shiteux.

– Ça donne quoi ?

– Pas grand chose à en tirer… Il était redescendu parmi nous mais tout juste. Gentil comme un agneau pour une fois. J'ai même pas eu besoin de lui faire peur. Il soutient qu'il a acheté son morceau dans une rue derrière la gare à un certain Ahmed. Il prétend qu'il sait pas le nom de famille de ce Ahmed.

– C'est tout ?

– Ouais…

– Nous voilà bien avancés.

– Je te le fais pas dire… Maintenant, si on veut en savoir plus, faudra le secouer un peu. J'ai préféré t'attendre.

– Bon, on verra ça tout à l'heure. Si tu vois Daguasse, refile-lui le dossier. Qu'il essaie d'obtenir une prolongation de la garde à vue de vingt-quatre heures. Ça l'occupera. S'il demande après moi, t'as qu'à lui dire que je suis parti à la recherche d'infos sur le mystérieux Ahmed.

– Ben voyons !… Fais pas le con hein ?… Te fais pas trop remarquer. Tu sais que tu n'as rien à foutre à Lille. T'as aucune compétence là-bas. Si Daguasse apprend ça, ton compte est bon. Et le mien aussi par la même occas…

– Frazier ?…

– Quoi ?

– Non rien…

Il avait failli lui dire d'aller se faire foutre mais à la dernière seconde, il s'était retenu.

Il eut la chance de trouver Le Beffroi facilement et une place de parking à peine à cent mètres. À 15h50, il franchit la porte tournante de l'établissement.

C'était un bel hôtel. Moquettes épaisses, fontaine aux jets délicats, éclairages raffinés, personnel en uniforme et aux petits soins… Des plantes vertes, des bouquets, quelques fauteuils club à l'air accueillant et des tables basses couvertes de journaux meublaient le hall. En face de l'entrée, derrière le vaste comptoir de l'accueil luisant de cire, trônait le réceptionniste, petit et tout rond.

Celui-ci détailla ses yeux cernés, sa tronche mal rasée et ses vêtements froissés sans se départir du sourire qu'il devait s'être collé ce matin en arrivant et qu'il laisserait au vestiaire ce soir en partant.

Il posa sa carte sur le comptoir et prononça d'un ton sec :
– Police.

Le concierge eut un léger haut-le-corps tandis que son sourire tournait à la grimace. Il se pencha par-dessus son comptoir et demanda d'un ton mielleux mais à voix basse :
– Que puis-je faire pour vous ?

Il lui tendit la photo d'Élisabeth.
– Je recherche cette jeune femme. Je sais qu'elle avait rendez-vous ici vendredi dernier en fin de matinée.

Le réceptionniste prit la photo, ajusta ses lunettes et la contempla avec attention avant de la lui rendre.
– Non, ça ne me dit rien. Une chose est sûre, ce n'est pas une cliente habituelle. Elle avait rendez-vous vendredi matin, dites-vous ?

Il confirma d'un signe de tête.
– Le problème, c'est que vendredi, je n'étais pas de service. Peut-être que mon collègue pourrait vous en dire plus. Le problème, c'est qu'il n'est pas là.

Ça fait déjà beaucoup de problèmes…
– Il reprend le travail à quelle heure votre collègue ?
– Dans deux semaines. Il est en vacances aux Canaries.

Et merde !

– Si cette personne avait rendez-vous dans notre établissement, c'était peut-être au bar. Nous pouvons poser la question à Thomas. Il était de service vendredi. Il pourra peut-être vous répondre. Suivez-moi.

Le réceptionniste le conduisit jusqu'à une vaste pièce aux bois sombres et aux cuirs crème attenante au hall d'accueil. Quelques clients engoncés dans les profonds fauteuils sirotaient un verre en devisant à voix basse. La sono diffusait en sourdine un air de jazz qu'il était certain de connaître mais dont le titre ne lui revenait pas.

Il marqua un temps d'arrêt en découvrant le demi-queue qui attendait son heure. Camille jouait du piano et la vue de l'instrument lui remit en mémoire un concert de fin d'année qu'elle avait préparé durant des semaines. Elle avait joué sur un piano identique à celui-ci. Deux morceaux de Liszt et deux de Chopin, des pièces difficiles dont elle était venue à bout avec brio. Elle devait avoir treize ans à l'époque. Quand, à la fin de sa prestation, elle avait salué le public, elle resplendissait dans sa robe blanche.

D'un signe discret, le réceptionniste attira le barman un peu à l'écart, là où une jungle de plantes en pots les rendaient invisibles de la salle.

– Monsieur est de la police. Il voudrait te poser quelques questions…

Malgré la pénombre relative des lieux, il eut la certitude de voir Thomas se troubler.

Il se tourna vers le réceptionniste.

– Vous pouvez nous laisser. Nous allons nous débrouiller.

Le concierge eut une mimique contrariée. Il aurait sûrement aimé assister à l'entretien. À regret, il se décida à rejoindre son poste.

Il se tourna vers le jeune homme et planta ses yeux dans les siens. Il devait avoir vingt-cinq ou vingt-six ans, très maigre, très brun et il avait le plus grand mal à contrôler les échappées de son regard.

Thomas avait quelque chose à se reprocher. Il le sentait à son attitude. Quoi exactement ? Difficile à dire mais il avait précisément la tête de quelqu'un qui donnerait beaucoup pour ne pas avoir à parler avec un flic.

Il posa la photo sur le comptoir et demanda d'une voix sèche :

– Avez-vous déjà vu cette jeune femme ?

Après une seconde d'hésitation, le barman ramassa la photo et jeta un coup d'œil rapide.

– Non… Je… Je ne crois pas.

À l'instant où Thomas parlait, il sut qu'il mentait.

Il lui tendit une perche.

– Vous êtes sûr ? Regardez mieux. Tournez-vous vers la lumière. Vous ne voyez pas bien là où vous êtes.

Thomas se décala d'un pas, jusque sous un spot. Il sembla se perdre dans l'image.

Il le laissa mijoter un moment avant de demander d'un ton claquant :

– Alors ?

Thomas sursauta.

– Oui… Vous avez raison. Je l'ai vue…

– Quand ?

– En fin de semaine dernière… Vendredi, il me semble…

– Elle était seule ?

– Je crois…

– Vous croyez ou vous êtes sûr ?

– Je… Je ne sais plus… Laissez-moi réfléchir… Oui… Non… Vous avez raison… Elle était avec quelqu'un.

– Un homme ? Une femme ?

– Un homme.

– Comment cet homme ?

– Pas très grand, je crois. Un brun…

– Quel âge ?

– Environ trente, trente-cinq ans. Habillé avec beaucoup d'élégance. Il a pris un thé. La jeune dame aussi. C'est lui qui a payé les consommations. Ça, je m'en rappelle...

– Il a payé comment ?

– En espèces.

Ben voyons.

– Les souvenirs reviennent on dirait... Vous avez remarqué quelque chose de particulier ?

– Non... Rien.

Thomas, tu mens mal.

Pourquoi ne répondait-il pas simplement à ses questions ? Il avait d'abord pensé que le barman arrondissait ses fins de mois en piquant quelques bouteilles ou bien qu'il avait fait main basse sur les pourboires de la semaine.

Mais non.

Son attitude semblait avoir un rapport direct avec la photo d'Élisabeth qu'il lui avait montrée.

Il perdit patience.

D'un mouvement féroce, il saisit le jeune homme par le revers de sa veste et lui plaqua le visage avec brutalité contre la ronce de noyer immaculée du comptoir.

Il se pencha et lui murmura à l'oreille :

– Ecoute-moi bien espèce de trou du cul... C'est d'un enlèvement dont je te parle là. Un en-lè-ve-ment. Tu piges ? Alors ou tu me dis tout ce que tu sais tout de suite sans faire d'histoire ou je t'embarque pour complicité. Tu sais ce que tu risques ?

Le barman fit un petit mouvement qui pouvait dire aussi bien oui que non.

- Vingt ans connard... Tu risques de passer vingt années de ta putain de vie à te faire enfiler par plus gros que toi au fond d'une putain de tôle. Tu m'as bien compris ?

Terrorisé, Thomas secoua la tête pour dire oui. Cette fois, le mouvement était sans équivoque.

Il le relâcha.

Tremblant et effaré, le jeune homme se redressa et répéta en bafouillant :

– Un en… Un en… lè… lè… vement ?

Il ne répondit pas, se contentant de le fixer d'un regard glacial.

Non...

Il avait imaginé une seconde que Thomas puisse être impliqué d'une manière ou d'une autre dans la disparition d'Élisabeth. À le voir, flageolant et papillonnant des yeux, il n'y croyait plus du tout. Il essaya d'adoucir un peu le ton avant de poursuivre :

– Je répète. As-tu remarqué quelque chose de particulier ?

– La fille…

– Quoi la fille ?

– Et ben, c'est une belle fille…

– Et alors ?

Thomas prit une toute petite voix pour répondre :

– Je l'ai photographiée.

– Quoi ?

Il le dévisagea, sidéré.

– J'ai pris des photos d'elle. Je croyais que c'était pour ça que vous veniez. Qu'elle m'avait remarqué et qu'elle avait porté plainte…

Thomas croisa son regard une demi-seconde avant de baisser les yeux :

– Mais c'est pas ce que vous croyez hein ! C'est pas pour faire du chantage ou un truc dans le genre ! C'est juste un concours avec des potes sur Facebook. Celui qui prend en photos les plus belles nanas… On a fait un jury, on compte les points comme au patinage artis…

Il le coupa, fébrile :

– Et le type qui était avec elle, tu l'as sur tes photos ?

– Sur deux ou trois oui.

Il l'aurait embrassé.

– Elles sont où ces photos ?

– Sur mon téléphone.

– Montre-moi.

Thomas désigna une porte qui s'ouvrait derrière lui.

– Je vais le chercher. Il est dans la réserve.

Il revint au bout de quelques instants avec un iPhone qu'il manipula avec dextérité avant de le lui tendre.

Les images étaient sombres et de mauvaise qualité mais il reconnut sans peine Élisabeth. Elle portait une veste claire sur un chemisier aux reflets satinés. Elle avait discipliné ses cheveux en les attachant en arrière.

Il sentit ses tripes se nouer violemment. La ressemblance avec Camille était encore plus frappante que sur la photo d'identité.

Il fit défiler les trois photos suivantes rapidement car elles ne montraient que la jeune femme.

Sur la cinquième, l'homme apparaissait enfin. Il était au second plan, un peu flou, assis confortablement dans un des fauteuils, les jambes croisées avec nonchalance. Il se tenait de profil, une tasse à la main. Il était tourné vers Élisabeth et semblait rire.

En écartant son pouce et son index sur l'écran, il zooma sur le visage de l'inconnu.

Il portait des lunettes à montures carrées, très élégantes. Une fine moustache un peu désuète, barrait sa lèvre. Ses cheveux bruns, assez longs, étaient plaqués vers l'arrière et luisaient de ce qui devait être du gel.

Enfin te voilà…

Il fixa l'image un bon moment avant de passer à la suivante qui était inexploitable, l'homme étant de dos.

Sur la dernière photo, Thomas avait changé d'angle. Élisabeth était de profil tandis que l'homme apparaissait de face, la bouche entrouverte et l'air attentif de celui qui se passionne pour les propos de son interlocuteur. Il avait un visage fin mais ses paupières lourdes donnaient à son regard un air d'intelligence et de scepticisme un peu méprisant.

Durant un millier de jours et de nuits, il avait tenté d'imaginer à quoi pouvait ressembler celui qui lui avait volé Camille. À force, son esprit avait façonné une sorte de monstre, court sur pattes, tout en muscles et en poils, une créature répugnante incapable d'articuler autre chose que des monosyllabes gutturales. Rien à voir avec l'homme aux manières raffinées dont il observait le portrait.

Pourtant, il n'avait aucun doute. Il était certain qu'il s'agissait de celui qu'il cherchait.

Enfin, il savait à quoi il ressemblait.

Et bizarrement, bien qu'il soit certain de ne l'avoir jamais vu auparavant, il avait la sensation de le *reconnaître*.

Il rendit le téléphone au barman. Thomas cadra l'image sur le visage d'Élisabeth.

Il demanda d'une voix étranglée :

– Vous croyez qu'elle court un danger ?

11

3 février 1933

Hier, j'ai tué une femme.

Comme je le fais depuis plusieurs semaines maintenant, je suis parti travailler à la campagne.

J'ai ébauché quelques croquis, en attendant avec impatience la fin de la journée. Je voulais tenter de saisir cette lumière si particulière qui précède le crépuscule. J'étais allé bien plus loin qu'à l'accoutumé, jusqu'à un endroit que je ne connaissais pas encore. J'ai laissé la voiture au bord de la route poussiéreuse et je me suis engagé dans un chemin à ma droite. J'ai marché longtemps, m'enfonçant toujours plus dans un paysage de rizières. À un moment, j'ai eu le sentiment d'avoir trouvé le lieu parfait.

Les couleurs étaient fabuleuses : le vert intense des plants de riz, l'eau où se reflétait les bleus et les oranges du ciel et le blanc grisé des nuages.

Trois grands arbres solitaires qui s'élançaient tout droit vers le ciel ponctuaient le quadrillage formé par les digues de terre.

Je n'avais pris ni chevalet, ni peinture, ni pinceau, juste mon carnet de croquis, quelques fusains et une série de pastels rangés dans un étui ressemblant à une cartouchière que je porte autour de la taille.

Je me suis installé sur une souche et j'ai commencé à travailler. J'étais en train de terminer une première esquisse lorsqu'elle est apparue à un détour du sentier.

Elle était vêtue de larges vêtements sombres et informes. Sur sa tête, un peu repoussé vers l'arrière, elle portait un de ces chapeaux de paille conique, noué par deux lacets comme ils en ont tous ici. À son épaule, suspendus à une longue perche qui oscillait sous la charge, elle portait deux ballots empaquetés avec soin et qui semblaient fort lourds.

Je me suis levé tandis qu'elle approchait d'un bon pas. Elle n'était plus qu'à quelques mètres de moi. Elle m'a semblé très jeune. Plus jeune que moi probablement. Peut-être dix-neuf ou vingt ans.

Sans ralentir l'allure, elle m'a adressé un sourire lumineux et me disant quelque chose que bien sûr je n'ai pas compris. Elle avait une petite voix haut perchée et un débit volubile qui ressemblait au pépiement d'un moineau.

Elle était assez proche pour que je distingue les reflets espiègles qui dansaient dans ses yeux sombres et étirés sur ses tempes.

Je ne sais pas ce qui m'a pris.

Je lui ai souri à mon tour et je lui ai dit quelque chose dont je ne parviens pas à me souvenir.

En même temps me semble-t-il, j'ai glissé la main dans la poche de mon pantalon.

Je sentais le manche de corne de mon rasoir me démanger la paume et l'acier de la lame repliée me brûler les doigts.

Elle s'est arrêtée. Elle était si proche qu'en tendant le bras, j'aurais pu la toucher. Je me souviens du trouble extrême que j'ai éprouvé à ce moment.

Et tout à coup, j'ai sorti le rasoir. Je ne sais pas comment je l'ai ouvert. Je me souviens de mon geste, un arc de cercle parfait, rapide, ample et d'une précision dont je ne me serais jamais cru capable.

Je lui ai ouvert la gorge sans même toucher les lacets qui retenaient son chapeau.

Je revois avec netteté la lame, qui dans sa course, a accroché l'ultime rayon du soleil puis le jaillissement écarlate prolongeant la courbe tracée par l'acier.

Son sourire s'est figé et elle a laissé échapper la perche où étaient suspendus ses ballots.

Elle a porté ses deux mains à la blessure. À travers ses doigts joints sourdait un sang épais d'un rouge hallucinant.

Lorsqu'elle est tombée à genoux, je l'ai rattrapée. Je me rends compte maintenant à quel point c'était idiot de ma part, mais, à ce moment là, j'ai eu peur qu'elle se fasse mal en chutant.

Elle est restée longtemps comme ça. C'est du moins l'impression que j'ai eue.

Je l'ai soutenue quand, sans force, elle a glissé sur le côté. Agenouillé près d'elle, je l'ai regardée mourir, fasciné par ce jus carmin qui s'échappait de plus en plus faiblement de sa gorge.

Et brusquement, j'ai eu une révélation.

Avec fébrilité, j'ai vidé ma gourde de l'eau qu'elle contenait et, du mieux que j'ai pu, j'ai essayé de soustraire à la terre avide un peu de ce sang.

À cause de la position dans laquelle elle était et de la forme du récipient, ce n'était pas facile mais j'ai récupéré environ l'équivalent d'un petit verre.

Puis la source s'est tarie.

Je me suis relevé. J'étais recouvert d'une croûte opaque. Ma chemise et mon pantalon en étaient imbibés.

C'est à ce moment-là, en découvrant l'état dans lequel je me trouvais, que j'ai pris conscience de ce que je venais de faire.

Je venais d'assassiner une femme.

Froidement.

C'était vertigineux.

Puis la peur m'est tombée dessus. Si quelqu'un, paysan ou promeneur, m'avait vu, j'étais bon pour la Louison. Durant un court instant, il m'a semblé sentir la froide caresse du biseau d'acier sur ma nuque. Paniqué, j'ai regardé tout autour de moi mais je n'ai vu personne.

La nuit n'était pas encore tout à fait tombée mais il faisait déjà sombre. Ce n'était plus qu'une question de minutes.

J'ai basculé le corps dans l'eau boueuse puis je me suis rincé les mains. J'ai rassemblé mes affaires en prenant garde de ne rien oublier. Sans un regard pour le cadavre qui flottait à mes pieds, je me suis enfui en courant.

Arrivé à la voiture, malgré la chaleur, j'ai enfilé ma veste sur ma chemise souillée.

Sans m'en rendre compte, j'ai roulé jusqu'à la maison. Je ne sais pas combien de temps m'a pris le trajet. Je ne sais même pas par où je suis passé. Je roulais, les yeux collés à la lueur des phares.

La gourde, hermétiquement close, je l'ai placée entre mes cuisses, au chaud.

Lorsqu'enfin, je suis arrivé à la maison, je n'ai pris ni le temps de me changer ni même de me laver. Je me suis jeté sur une toile déjà apprêtée et j'ai peint. Toute la nuit, porté comme jamais par l'inspiration, j'ai peint.

J'avais le souffle, j'avais l'esprit, et la conscience d'accomplir un miracle.

Le soleil se levait quand, enfin, vaincu, je me suis écroulé dans un fauteuil.

J'ai dormi quelques heures d'un sommeil lourd et distordu.

En me réveillant, la première chose que j'ai vue, c'est ma toile, posée sur son chevalet.

J'ai peint la scène d'hier.

Tout y est. La rizière, les arbres, les couleurs du ciel et de l'eau.

Pour peindre la fille, j'ai utilisé son sang. Je l'ai représentée comme elle se tenait, à genoux, les deux mains à sa gorge. On dirait qu'elle prie.
Je n'ai jamais rien fait de meilleur.
Ai-je enfin trouvé ma voie ?

Il leva les yeux et s'étira.

Il avait relu ce passage peut-être cent fois. Il le connaissait par cœur mais il ne s'en lassait pas. Ce jour là, Grand-Père avait… comment dire ? René ? Renaquit ? Ou était rené peut-être ? Non plus… Le mot qu'il cherchait ne devait pas exister.

Il se releva du sofa et alla examiner la toile peinte quatre-vingt ans plus tôt. Il l'avait accrochée sur le mur lors de l'été qui avait suivi ses dix-huit ans.

Il avait passé des jours à fouiller l'amoncellement que, génération après génération, les occupants successifs du manoir avaient accumulé et oublié là. Presque trois siècles de bordel ! Il y avait de tout : des vieux meubles bancals, des vêtements, des chapeaux par dizaines, des perruques, plusieurs postes à galène, des outils rouillés, des jouets cassés… Un capharnaüm invraisemblable. Enfant, il y avait passé des journées entières, déguisé en cow-boy ou en corsaire, construisant en fonction de ses lectures du moment, des îles pleines de pirates ou des fortins imprenables.

Mais ce n'était pas pour jouer, qu'il était retourné affronter la poussière et les toiles d'araignées cet été là.

Il cherchait le journal de Grand-Père.

Il avait fini par trouver une malle métallique enfouie sous un tas de vieilleries. Elle était très lourde, poussiéreuse mais neuve.

Premier indice. Ici, rien n'était neuf.

La malle était fermée d'une barre d'acier épaisse et d'un verrou solide.

Deuxième indice. Ici, pas grand-chose n'était fermé à clef et lorsque c'était le cas, les serrures ne résistaient pas longtemps.

Il n'avait pas cherché à finasser. Comme à l'époque, il n'avait pas encore le permis de conduire, il avait appelé un taxi et s'était fait emmener jusqu'au magasin de bricolage le plus proche. Il avait acheté une meuleuse équipée d'un disque au tungstène, des lunettes et des gants de protection ainsi que deux rallonges de cinquante mètres.

Il ne lui avait fallu que quelques secondes pour scier la barre qui empêchait l'ouverture de la malle.

À l'intérieur, il avait trouvé les cent deux volumes du journal de Grand-Père, classés avec soin par ordre chronologique. Il y avait aussi un rouleau épais protégé par une toile cirée et tout au fond, un antique rasoir au manche de corne blanc.

En plusieurs voyages, il avait transporté le contenu de la malle jusqu'à la bibliothèque.

Avec le rasoir, il avait coupé la ficelle qui retenait le rouleau, s'étonnant du tranchant incroyable du vieux coupe-chou. En se disant qu'il n'aurait pas aimé se raser avec un engin pareil, il avait retiré l'enveloppe. Dedans, roulées sur elles-même, il avait trouvé dix-huit toiles. Avec peine, tant elles étaient durcies par le temps, il les avait étalées à même le sol. Pour qu'elles restent en place, il avait posé des livres sur chacun des coins.

Il les avait ensuite regardées une à une, sans comprendre de quoi il s'agissait.

Sans plus s'en préoccuper, il s'était lancé dans une séance marathon de deux jours de lecture, ne s'interrompant que toutes les deux ou trois heures pour préparer une cafetière et avaler un paquet de gâteaux secs.

D'une traite, il avait dévoré l'intégralité du journal, soit un peu plus de huit mille pages.

Huit mille pages qui lui avaient appris des choses incroyables sur son grand-père, sur son père, mais surtout sur lui-même.

12

Ses yeux rougis larmoyaient comme s'il les avait frottés avec un abrasif ou une poignée de sable.

Rivé à l'écran depuis plus de deux heures, il avait fait défiler une à une peut-être huit ou neuf cent fiches. Neuf cent sur les quelques six millions que contenait le STIC, le Système de Traitement des Infractions Constatées.

Pour limiter le nombre d'entrées, il avait filtré sa recherche de manière à n'afficher que les données concernant un homme de trente cinq ans au plus, suspecté ou ayant déjà commis un délit sexuel et incluant une photo. Malgré cela, c'était encore plusieurs centaines de milliers de profils qu'il lui restait à regarder. Un travail titanesque qui lui prendrait des mois même s'il avait la possibilité de s'y consacrer à plein temps.

Et qui pouvait ne donner aucun résultat.

L'homme dont il avait imprimé et posé la photo devant lui pouvait ne jamais avoir eu affaire à la justice auparavant. Il en doutait mais c'était possible. Et puis, il savait par expérience que la base de données du STIC n'était pas correctement tenue à jour, qu'elle contenait beaucoup d'erreurs, d'adresses erronées, de photos manquantes ou inversées.

Il comptait sur la chance pour parvenir à mettre un nom sur le portrait, tout en sachant que sa méthode était très hypothétique.

Son intention première avait été d'emporter le téléphone du barman, mais devant les supplications du jeune homme, il avait renoncé. Il lui avait laissé son appareil en échange de la promesse d'un silence absolu sur leur entrevue et à condition que Thomas lui envoie les photos tout de suite par courriel. Cela l'arrangeait finalement parce que, à moins de se mettre dans la plus complète illégalité, il aurait dû saisir le téléphone comme pièce à conviction.

Ce qui aurait laissé des traces.

Or, il préférait en laisser le moins possible.

Malgré toutes les questions qu'il avait posées à Thomas, celui-ci, en dépit de son évidente bonne volonté, ne lui avait rien appris d'utile.

Il n'y avait que les photos, ce qui était déjà énorme.

Restait à identifier celui qui y figurait.

Il passa à la fiche suivante.

Une sale gueule comme on n'en voit pas tous les jours. Une boule de bowling rougeaude et rasée à blanc, couturée de cicatrices et ornée de part et d'autre de grandes oreilles décollées qui évoquaient les poignées d'une amphore. Le type avait le regard d'une carpe, des yeux dénués de la moindre expression. Il ne put s'empêcher de parcourir la fiche. Il avait pris perpète pour le viol et le meurtre d'une gamine de huit ans qu'il avait croisée par hasard dans la rue alors qu'elle rentrait de l'école.

Fiche suivante.

Un maigre au regard qui flambait de haine et de méchanceté. Un violeur avec un goût affirmé pour les adolescentes. Sept victimes identifiées.

Fiche suivante.

Encore un violeur. Ex-prêtre et amateur de très jeunes garçons.

Il soupira et frotta ses yeux irrités avant de pivoter vers Frazier qui venait d'entrer dans le bureau, une grosse pile de dossiers sous le bras.

À son retour de Lille vers 21 heures, il avait trouvé son adjoint qui l'attendait, impatient de savoir ce qu'il avait trouvé. Il n'avait pas pu faire autrement que de lui montrer les photos prises par le barman. Frazier avait insisté pour l'aider à identifier l'inconnu mais il avait refusé. Depuis, l'autre n'arrêtait pas d'aller et venir, prétextant du boulot en retard, tournant, virevoltant, aussi énervant qu'une mouche à merde.

– Ça va ? Tu trouves quelque chose ? Entre les pointeurs, les exhibos et les pervers, tu dois passer une super soirée...

Frazier désigna l'impression du portrait qu'il avait scotché sur le bord de son écran.

– À mon avis, t'es pas prêt de l'identifier ton Gugusse.

– Me casse pas les couilles Frazier. T'es pas fatigué là ? Il est pas loin de minuit... T'as pas envie de rentrer chez toi pour roupiller un peu ?

– Tu rigoles ! Avec le boulot que j'ai à faire ! Je vais me chercher un petit café et je m'y remets.

Il donna une tape sur l'unité centrale recouverte de post-it qui encombrait son bureau.

– Si on avait enfin le système de reconnaissance faciale qu'on nous promet depuis la Saint-Glinglin, y'a longtemps que tu l'aurais trouvé... Comme le FBI à la télé... Tu mets la photo dans la fente et le zinzin te ressort le pedigree complet du bonhomme dans les trois secondes. Mais nous, non... On n'a que des pauvres PC souffreteux. Des trucs que même Mathusalem voudrait pas utiliser... N'importe quel gamin de quinze ans a un engin dix fois plus performant dans sa chambre. Comment veux-tu bosser avec du matos pareil ?

Il eut un regard écœuré vers l'ordinateur.

– T'es sûr que tu veux pas un coup de main ?

– ...

– Bon allez... Je vais chercher du café. T'en veux un ?

– ...

Lorsque Frazier fut sorti, il revint à son écran où l'ex-curé collectionneur de petits garçons semblait le narguer d'un regard obscène et narquois.

Il s'en détourna, dégoûté.

Il fallait qu'il réfléchisse. Il savait que ce travail de fourmi n'avait que peu de chance de donner des résultats concrets, ou en tout cas, pas avant des mois.

Pourtant, il fallait qu'il fasse vite. Plus le temps passerait et plus la piste se refroidirait. Et plus elle serait froide et plus les chances de retrouver le type de la photo s'amenuiseraient.

Il ramassa le portrait de celui qu'il cherchait à identifier. Il le fixa avec intensité, la mâchoire crispée par la concentration.

Il approcha le visage imprimé vers le sien, comme si réduire la distance pouvait lui permettre de deviner.

Tu ne les choisis pas au hasard hein ? Il faut qu'elles correspondent à des critères bien précis. Tu les cherches. Tu les sélectionnes avec soin... Pour en faire quoi ?

Tout au long de la journée, il avait repoussé cette question. Pourtant, malgré lui, elle s'imposait, revenant de plus en plus souvent et avec de plus en plus de force. Il en était épouvanté mais il allait lui falloir maintenant affronter la réponse.

Qu'est-ce que tu leur fais ? Qu'est-ce qui te pousse ? Quels besoins tu cherches à assouvir...?

Le portrait était si près maintenant qu'il devinait les fibres du papier.

Tu les baises...? C'est ça...? Tu t'amuses avec leur corps...? Tu jouis de leur terreur hein ? C'est ça qui t'excite... ? Leurs hurlements...

Sa respiration se transforma en une sorte de halètement, comme si la pièce avait été brutalement dépressurisée. Il avait la sensation de suffoquer. Il dut faire un effort pour quérir un peu d'oxygène.

Ou alors t'es tellement tordu, que tu peux pas comme ça... Alors tu utilises des objets... Des bouts de bois...Des bouteilles... Des tessons...

Il respirait mieux mais il eut un haut le cœur accompagné d'un renvoi acide qui lui fit remonter un goût âcre de bile dans le fond de la gorge.

Tu les tortures hein ? C'est ça qui te plaît... ? Tu prends ton pied en leur faisant mal...? C'est leur souffrance qui te fait bander... ?

Son regard se brouilla. Il éloigna la photo d'une vingtaine de centimètres.

Tu dois les garder un moment non ? Combien de temps ? Pendant combien de temps tu t'amuses avec ? Une heure ou deux ? Non... T'es pas comme ça. Tu te donnes trop de mal pour les trouver... T'aimes prendre ton temps hein...? T'aimes faire durer... Combien alors ? Des jours...? Des semaines...? Des mois...?

Il se leva et se mit à arpenter la pièce.

Et où ? Pour les garder, il faut que tu disposes d'un endroit pour t'éclater tranquille. Un p'tit coin peinard où les hurlements ne dérangeront personne...

Il s'arrêta vers la fenêtre et jeta un bref regard dehors. Rangées dans la cour de l'hôtel de police, il devina les carrosseries des voitures de service qui brillaient de pluie dans le halo orange du lampadaire.

Il revint à la photo.

Et une fois que tu es fatigué de jouer avec, qu'est-ce que tu fais...? Tu les étrangles...? Tu les égorges...? Tu leur fais sauter la cervelle ? À moins que tu les laisses crever de faim...?

Il se sentit tout à coup poissant de sueur. Il la sentait couler dans son dos, sur son visage. Il frotta ses paumes humides sur son pantalon et s'essuya le front sur la manche de sa chemise.

Et après...? C'est pas simple de se débarrasser d'un cadavre... Pourtant, tu es bien obligé. Tu peux pas les collectionner... Comment tu t'y prends alors...? Comment tu te débrouilles pour qu'on ne retrouve rien...?

Il avait maintenant la sensation que tout son corps suintait, que de tous les pores de sa peau s'écoulait un jus épais et poisseux.

Tu les découpes en petits bouts ?

Un corps dépecé dont les morceaux gisaient au fond d'une baignoire maculée de sang... L'image s'imposa à lui avec la fulgurance et la brutalité d'une décharge électrique. Il sentit son estomac exploser et la douleur irradier en ondes puissantes jusqu'à l'extrémité de ses membres. Il se replia sur lui-même, suffoqué par une envie de gerber comparable à celle qui l'avait terrassé ce matin.

Il parvint à se contenir.

Tout en se forçant à maîtriser sa respiration, en avalant l'air à petits coups brefs, il se redressa. Un tressaillement douloureux lui parcourut l'échine.

Il s'obligea à regarder encore le portrait.

Depuis quand ça te travaille...? T'as quoi... trente cinq piges maxi ? Ça doit bien faire dix ans que ça te chatouille non ? Peut-être plus longtemps encore... C'était quand la première fois ?

Il ferma les yeux, tandis que ses mains trituraient la feuille gondolée par la moiteur de ses mains.

Parce que Camille n'était pas la première hein...? T'avais déjà pas mal d'expérience quand tu l'as attrapée...? Elle n'est pas tombée dans les mains d'un débutant... À combien t'en es espèce d'ordure ? C'est quoi ton putain de score ? Cinq ? Dix ? Douze ? Quinze ? Plus...?

Il tira si fort que la feuille se déchira. Il rouvrit les yeux et fixa les deux morceaux inégaux du portrait.

Comment tu les trouves hein ? Comment t'as fait pour tomber sur Camille ? Et Élisabeth ? Comment tu t'y prends bordel ?

Il froissa les deux bouts de papier en une boule dérisoire. Il la jeta au sol et l'écrasa d'un coup de talon où se mêlaient dans une intimité suffocante la haine et la rage.

Il entendit un bruit derrière lui.

Il se retourna d'un bloc, prêt à tuer.

Ce n'était que Frazier qui l'observait depuis la porte. Il portait un plateau de guingois où étaient posés deux gobelets fumants. Il s'approcha avec précaution et déposa les cafés sur son bureau avant de désigner d'un coup de menton la boule de papier écrabouillée sur le lino usé.

– Tu comptes faire quoi si tu le retrouves ?

Il leva la main à hauteur de son visage, le poing resserré autour d'une crosse imaginaire, le pouce replié en forme de chien, un œil fermé et l'autre fixé sur la ligne de mire de son index.

Son visage et sa voix prirent la densité de l'acier lorsqu'il répondit :

– Il est mort. Je te jure qu'à l'instant où je le trouve, il est mort.

13

Il se leva et alla se planter devant la toile. Comme il l'avait déjà fait des centaines de fois, il l'examina avec soin.

C'était un format moyen, de soixante-dix centimètres sur cinquante environ. Beaucoup de verts, de bleus, de violets, d'oranges... Des tons criards.

Légèrement décentrée, dans un marron un peu passé, la jeune fille se tenait à genoux, les mains à sa gorge.

Malgré l'amour infini qu'il éprouvait pour Grand-Père, il ne comprenait pas comment celui-ci avait pu s'enthousiasmer d'avoir peint ce truc.

À ses yeux, ce n'était qu'un assemblage de tâches empâtées, indigestes et sans harmonie. Une croûte sans aucun rapport avec ce que lui avait fait découvrir Grand-Père lorsqu'il l'emmenait au Louvre le mercredi.

Cet été-là, après avoir terminé la lecture du journal de Grand-Père, il avait dormi quatorze heures d'affilée. À son réveil, après un solide repas, il avait commencé à fabriquer des cadres en bois pour y tendre les toiles. Ce n'était pas une tâche facile. Il avait dû faire pas mal d'essais et de nombreux allers-retours jusqu'au magasin de bricolage avant de trouver une solution. Au bout d'une semaine d'effort, il avait posé la dernière agrafe, assez satisfait de lui.

Il avait accroché l'ensemble de la collection sur le mur ouest de la bibliothèque.

Il avait passé des heures à scruter chaque tableau, essayant de comprendre mais sans jamais y parvenir. Même s'il était fasciné par la méthode utilisée, l'art de Grand-Père restait impénétrable.

Dans l'inépuisable bibliothèque, il s'était lancé dans de fiévreuses recherches, s'efforçant de raccrocher les œuvres qui s'étalaient devant lui à quelque chose de connu. C'est chez Matisse qu'il avait trouvé le plus de points communs : couleurs fauves, formes brutes, déconstruction des corps et des décors... L'ensemble évoquait pour lui plus un collage qu'une peinture.

Ses yeux glissèrent en bas de la toile, où, fine comme une coupure, figurait la signature tracée à la peinture noire.

Louis Decize

Le L formait un angle ouvert à 75° et la barre inférieure s'allongeait de manière à souligner le prénom et le nom. Il s'était longtemps demandé si à travers ce L ouvert selon un angle précis et répété sur chacune des toiles, Grand-Père avait cherché à symboliser son rasoir.

Il avait conclu que oui, mais sans raison objective. Un sentiment, rien de plus.

En dessous et en plus petit, Grand-Père avait aussi ajouté la date :

03-02-1933

Les autres toiles étaient datées de la même façon.

17-05-1933
22-07-1933
11-09-1934
10-10-1934
09-02-1935
16-04-1935
30-07-1935
01-01-1936
03-02-1936
24-05-1936

15-06-1936
29-08-1936
20-09-1936
19-04-1937
23-10-1937
07-03-1938

La dernière était datée du 26 mars 1939. C'était aussi la seule où Grand-Père avait figuré deux personnages. Lorsqu'il l'avait examinée la première fois, il avait cru y voir un oiseau noir déployant ses ailes. Le journal lui avait appris qu'il s'agissait de deux femmes entrelacées et que le tableau avait été peint à Dakar, au Sénégal.

Quelques jours plus tard, alors qu'il s'apprêtait à peindre sa dix-neuvième toile, Grand-Père avait failli se faire surprendre.

8 avril 1939
J'ai tenu plus d'un an sans peindre. Et puis, il y a deux semaines ça m'a repris.
Deux sœurs. Des prostituées. J'ai essayé de me retenir mais ça a été plus fort que moi.
Et puis hier encore. Mais cette fois, il s'en est fallu d'un rien. A quelques secondes près, je me faisais attraper.
Il faut que je cesse parce que sinon, je crois que je vais devenir fou. Il faut que je détruise mes toiles et mon journal et que je rentre en France.
Peut-être que là-bas, je pourrais enfin trouver l'apaisement et me consacrer à autre chose.

Au terme d'un voyage qui avait duré presque sept ans et qui l'avait conduit à travers toute l'Asie du Sud-Est, l'Amérique du Sud et l'Afrique, Grand-Père avait décidé de revenir et de s'installer à Paris.

En juin 1939, en provenance de Dakar, il avait débarqué à Marseille, d'où il était parti en septembre 1932, riche et en bonne santé. Il y revenait sans un sou et malade. Il ne possédait plus que son journal et ses toiles qu'il ne s'était pas résolu à détruire. Et bien sûr, le rasoir au manche de corne.

Dès lors, Grand-Père n'avait plus jamais touché un pinceau même s'il avait consacré sa vie à la peinture.

Il retourna à l'étagère et prit le vingt-quatrième volume du journal. Le marque page qu'il avait laissé s'y trouvait toujours et il retrouva tout de suite le passage qui l'intéressait.

22 octobre 1943
Hier en fin d'après-midi, il m'est arrivé quelque chose d'incroyable.
Je marchais sur le boulevard des Capucines. Il pleuvait, il y avait du vent et j'avançais tête baissée, les épaules engoncées le plus possible dans le col de mon manteau et le chapeau incliné sur les yeux pour essayer de me protéger de l'averse glaciale. Ne voyant pas grand-chose, je me suis heurté à un passant qui venait en sens inverse. Au moment où j'ai relevé la tête pour m'excuser, j'ai reconnu le Docteur Marcel.
Le docteur Marcel !
D'abord fâché de l'incident, il m'a adressé un regard noir puis il m'a reconnu à son tour. Nous ne nous étions pas revus depuis la mort de Papa, c'est-à-dire plus de dix ans. J'ai beaucoup changé durant tout ce temps, mais il m'a reconnu.
Nous sommes tombés dans les bras l'un de l'autre. Il a tenu à ce que nous allions prendre un verre et il m'a entraîné dans un café encore ouvert.
Il s'est enquis de mes nouvelles, m'a demandé ce que je devenais et où j'habitais. En quelques phrases, je lui ai raconté mon voyage, les pays où je me suis arrêté et mes tentatives pour devenir peintre. C'est cet aspect de mon histoire qui a semblé le plus éveiller son intérêt même si, bien sûr, je ne lui ai pas raconté les détails.
Il m'a écouté un moment mais j'ai très vite compris que c'est surtout de lui dont il avait envie de parler. Il m'a

laissé entendre que sous le faux nom de « Docteur Eugène », il était le maillon « capital » d'un réseau de résistance. Pour masquer ses activités clandestines, il utilisait comme couverture une clinique située dans le XVIe arrondissement qu'il avait racheté et aménagé à ses frais.

Il parlait vite, en utilisant beaucoup de sous-entendus, de doubles sens et de non dits. Il n'arrêtait pas de répéter :« Tu comprends ? » Je lui assurais que oui ou bien j'opinais de la tête mais en réalité je ne saisissais pas grand-chose de ce qu'il me racontait. Assez tout de même pour m'étonner qu'il me confie si vite après nos retrouvailles, des informations susceptibles de le conduire sans détour dans les caves de la Gestapo ou devant un peloton d'exécution. Après tout, j'aurais pu tout aussi bien être un informateur à la solde des Allemands.

Il me semblait singulièrement manquer de prudence.

Au fur et à mesure qu'il parlait, je me sentais de plus en plus mal à l'aise. La magie qui marquait nos rencontres lorsque j'étais enfant avait disparu pour ne laisser place qu'à un sentiment déplaisant.

Au bout d'une demi-heure environ, il m'a demandé si je cherchais du travail. Avec mon apparence misérable, mes joues hâves et mes vêtements brillants d'usure, je n'ai pu que lui répondre par l'affirmative. Il m'a alors proposé un emploi dans sa clinique. Lorsque je lui ai objecté que je ne connaissais rien à la médecine et que j'étais même incapable de faire un pansement correct, il a ri, me disant que ce n'était pas grave et qu'il avait d'autres tâches à me confier et qu'il était certain que je m'en sortirais parfaitement. Il a aussi ajouté que puisque j'étais connaisseur en peinture, il avait « peut-être des choses intéressantes à me montrer » et qu'il « voulait mon avis. »

Il m'a donné l'adresse de son établissement et un rendez-vous pour le surlendemain. Je lui ai promis de venir.

Promesse qu'il m'a fait répéter à nouveau lorsque nous nous sommes quittés.

24 octobre 1943
Il est presque minuit.
Je grelotte de froid mais je ne peux pas attendre demain pour noter ce qu'il m'est arrivé aujourd'hui.
Ce matin, je me suis rendu comme convenu chez le Docteur. (En dépit de son insistance, j'ai du mal à l'appeler Eugène alors je me contente de Docteur).
Sa clinique est située 21 rue Lesueur, à un jet de pierre de l'Arc de Triomphe dans l'un des quartiers les plus élégants de Paris.
J'ai sonné plusieurs fois et j'ai attendu un long moment devant l'imposant portail.
Je m'apprêtais à repartir lorsqu'il a enfin ouvert. Il avait l'air tout étonné de me voir, comme s'il avait déjà oublié notre rendez-vous. Il a hésité un bon moment avant de me faire entrer.
C'est vraiment un drôle d'endroit que cette clinique. Rien à voir avec ce que je m'attendais à trouver. C'est vieux, sale et délabré. La cour est barrée par un mur qui fait écran à la lumière du jour. Il n'y a aucun patient ni aucune infirmière. En tous cas, je n'ai vu personne. Et puis, je n'en suis pas certain, mais il m'a semblé ressentir une sensation étrange et désagréable... Une odeur un peu visqueuse semblait imprégner les lieux, une sorte d'émanation, de mélange subtil où, un ton au-dessus du reste, dominait le parfum de la peur... J'ai retrouvé quelque chose qui m'a rappelé l'époque où je peignais.
En arrivant, je ne savais pas quelle serait ma réponse à propos de l'emploi que m'avait proposé le Docteur. Au bout de deux minutes, j'étais fixé. Quelle que puisse être sa proposition, il était hors de question que je travaille ici.

Etrangement, alors que je n'y étais jamais venu, cet endroit remuait en moi des souvenirs profonds que je préférais ne pas voir remonter à la surface.

Il m'a entraîné jusqu'à son « cabinet » situé dans les communs. L'endroit était insolite, crasseux, encombré et ne ressemblait en rien à un cabinet médical.

Je me sentais de plus en plus mal à l'aise. Il m'a demandé si j'avais réfléchi à sa proposition. J'ai bafouillé qu'il fallait voir, que je devais y penser encore un peu.

Pour faire diversion, je lui ai parlé des peintures qu'il devait me montrer. Il s'est donné une petite tape sur le front, comme s'il avait oublié, et s'est tourné pour ouvrir la porte de ce qui devait être un grand placard et dans lequel il a disparu.

Par l'entrebâillement, j'ai aperçu un bazar invraisemblable. Des valises, des vêtements, des manteaux, des fourrures, des chapeaux... Il a fouillé un moment puis est ressorti avec un rouleau de toiles qui m'a irrésistiblement fait penser à celui que je dissimule sous mon lit.

Il a dénoué la ficelle qui le maintenait et l'a déplié sur le carrelage malpropre. Il l'a calé avec le pied d'une chaise et m'a invité à m'approcher. Je me suis penché sur la première œuvre.

C'était un paysage avec une rivière en premier plan et une vague construction qui finissait de s'effondrer sur la rive opposée. C'était assez terne et m'a semblé sans grand intérêt. Il a lâché la toile qui s'est enroulée sur elle-même, découvrant celle du dessous.

Et là, j'ai cru m'évanouir.

J'avais sous les yeux ce qui m'a semblé être un autoportrait de Rembrandt peint à grands traits énergiques. J'en suis resté tétanisé.

J'ai essayé de masquer mon trouble par un haussement d'épaules mais les questions se bousculaient dans mon esprit. Comment une telle œuvre pouvait-elle se trouver ici ? Je n'ai pas eu le temps de l'examiner plus longtemps ni de vérifier si la toile portait une signature parce que Marcel l'avait déjà laissée s'enrouler pour me montrer celle du dessous.

Cette fois j'ai cru mourir.

Un Renoir !

J'en aurais mis ma main au feu. J'avais reconnu au premier coup d'œil ces petites touches brèves, cette manière si caractéristique, d'étaler la couleur. J'ai à peine eu le temps de vérifier si l'œuvre, un portrait de femme, portait une signature que déjà la toile suivante s'étalait sous mes yeux. Je n'arrivais pas à me concentrer dessus, tellement j'étais abasourdi par ce que je venais de voir.

Je ne savais que penser. Pourquoi me montrait-il de telles peintures ? Et surtout, comment les avait-il en sa possession, à peine dissimulées dans le foutoir de ce placard au contenu si étrange ?

Ce soir, je n'ai toujours aucune réponse à toutes ces questions.

Arrivé à la septième et dernière toile, il s'est redressé et m'a demandé :

« Tu en penses quoi ? Tu crois que ça vaut quelque chose ? »

J'ai fait la moue, j'ai eu plusieurs haussements d'épaules et ce qui, après coup, me semble un coup de génie : je lui ai répondu que je n'étais pas un expert mais qu'à mon avis, non, ça ne valait pas grand-chose de plus que le prix de la toile. Il m'a semblé lire sur son visage une petite expression de déception.

Je lui ai alors demandé s'il accepterait de me les céder. Je lui ai expliqué que la toile coûtait cher et, qu'une fois grattées et retendues sur un cadre, je m'accommoderais volontiers de celles-là.

Il a eu l'air de se fâcher :

« Eh là ! Comme tu y vas... J'ai des frais ici, tu ne peux pas imaginer. »

Il a réfléchi un moment puis il m'a dit : « Je te les laisse pour 100 francs. »

Je lui ai répondu que je n'avais que la moitié sur moi mais que je pourrais repasser dans quelques jours pour lui apporter le complément.

Il a réfléchi une seconde peut-être, avant de me dire qu'il était d'accord. En m'efforçant de ne pas trembler, j'ai pris les billets dans mon portefeuille et je lui ai tendu la somme. C'était tout ce que je possédais et j'allais devoir me passer de dîner ce soir.

Il a pris l'argent et l'a glissé dans la poche de sa chemise, apparemment satisfait de notre transaction. Il m'a laissé rouler les toiles. J'avais hâte de partir, de peur qu'il ne change d'avis.

J'ai prétexté un rendez-vous urgent et j'ai filé aussi vite que possible. J'ai attendu d'être de retour dans ma mansarde pour les regarder à nouveau.

Maintenant, j'en suis presque certain.

Je grelotte de froid, mon estomac crie famine, mais je suis propriétaire d'un Rembrandt et d'un Renoir.

Je possède cinq autres œuvres que je n'ai pas encore pu identifier. Je pense qu'au moins deux d'entre-elles sont très anciennes. Je n'en suis pas encore certain mais je dirais que la descente de la Croix a été peinte au seizième siècle. Une peinture italienne un peu dans l'esprit du Caravage. Je ne parviens pas à en déchiffrer la signature.

L'autre est plus récente. Peut-être début dix-huitième ?

J'essaierai d'en savoir plus dès demain.

14

– Non mais tu déconnes là… Tu peux pas faire ça !

Frazier fit claquer ses doigts.

– Tu peux pas buter un type comme ça !

Il dévisagea son adjoint, regrettant de lui en avoir trop dit. Il décida de ne pas lui répondre. Il se rassit devant l'ordinateur où le curé l'observait toujours de son regard obscène. Il sentait la rage qui le dévorait monter par degré. Il aurait préféré se retenir mais ce fut plus fort que lui.

Il explosa :

– Va te faire foutre Frazier ! Tu m'entends ? Va te faire foutre ! Tu commences sérieusement à m'emmerder ! Mais qu'est-ce que t'as à me tourner comme ça autour depuis ce matin ? Putain, mais t'es pire qu'un morbac sur un pubis ! Tu veux quoi au juste ? Tu cherches quoi, hein ? Ça t'excite cette histoire ? C'est ça ? Putain ! Mais tu m'as collé aux basques toute la journée. Une vraie nounou ! T'espères quoi ? Que t'es tombé sur l'affaire de ta vie ? Mais c'est pas ton affaire connard ! C'est la mienne.

Il se redressa et hurla en désignant la boule de papier écrasée par terre :

– C'est ma fille que cette ordure a bousillé ! Tu piges ça ? Ma fille !

Frazier, de la même façon qu'il l'avait fait quelques secondes plus tôt, pointa sur lui un doigt qui ressemblait à une arme.

– Vas-y, gueule Ducon ! Tu peux gueuler autant que tu voudras ! Mais t'auras beau gueuler à en faire ébouler ce putain de commissariat, ça te donnera pas raison.

Son doigt fit un arc de cercle et vint se pointer sur la boule de papier.

– Tu peux pas buter ce mec comme ça. Même s'il a tué Élisabeth ! Même s'il en a tué d'autres ! Et même si c'est lui qui a tué ta môme... Ça marche pas comme ça... T'es pas au Far West.

Frazier se cala les fesses contre son bureau et attrapa l'un des deux gobelets de café. Il en avala une gorgée en grimaçant. Sa voix avait baissé d'un ton lorsqu'il reprit :

– En plus, t'es pas certain que c'est lui. T'as rien. Que dalle ! Juste la photo d'un type que t'as obtenu en dehors de tout cadre légal !

Il avala une autre gorgée de café.

– Et il boit un thé... T'aurais même pas de quoi le coffrer pour ivresse sur la voix publique.

– Et la fille ? On est sans nouvelle.

– Oui mais jusqu'à preuve du contraire, on n'est pas certain qu'elle ait vraiment disparu et encore moins que ce type y soit pour quelque chose. On verra demain matin... Elle aura peut-être tout simplement repris ses cours...

– Je suis certain que c'est lui. Je sais pas comment t'expliquer ça...

Il se laissa tomber lourdement sur sa chaise, s'efforçant de ne pas voir l'ex-curé.

– Je le sens. Ce type, j'ai l'impression de l'avoir déjà vu. Je sais pas... Peut-être que je l'ai déjà croisé quand il tournait autour de Camille et que j'ai pas été foutu de comprendre ce qu'il préparait... Mais je te jure que c'est lui Frazier...

Il se tapa du plat de la main sur la poitrine.

– Je le sens. Là...

Frazier le dévisagea en soupirant.

– Ecoute… Le plus efficace, ce serait d'ouvrir une enquête et de lancer un avis de recherche à la fois sur la fille et sur le type.

Il bondit sur ses pieds.

– C'est hors de question. Tu m'entends ? C'est hors de question. Pas d'enquête. C'est entre lui et moi ! Me casse pas les couilles avec ta putain d'enquête !

– Mais qu'est-ce que tu racontes comme conneries ? Tu t'en rends compte ?

Frazier se redressa et se mit à parcourir la pièce à grandes enjambées.

– Putain mais c'est pas vrai ! Si Élisabeth est vraiment entre ses mains, il y a urgence à les localiser, tu crois pas ?

Il s'arrêta devant lui, le doigt tendu comme une accusation :

– Qu'est-ce que tu comptes faire exactement ? Parce que comme t'es parti là, tu risques d'avoir la mort de cette fille sur la conscience !

Frazier écrasa le gobelet et le jeta en direction de la corbeille. Il manqua son coup.

– C'est ça ta méthode ? Tu vas rester dans ce putain de bureau à mater des photos de tarés pendant des mois ? Faut faire vite. Très vite même ! Si elle est pas déjà morte, il va sûrement pas la garder plus de quelques jours.

Frazier reprit sa marche de long en large à travers le bureau.

– T'as peut-être eu le nez assez fin pour tomber là-dessus. Peut-être que grâce à toi, elle a une chance de s'en tirer. La lui gâche pas merde ! C'est pas ça qui te rendra ta gamine ! Tout seul, tu n'y arriveras jamais. Faut mobiliser tout ce qu'on a pour la retrouver le plus vite possible et…

Il n'entendit pas la suite de ce que disait Frazier.

Ce qu'il entendait, ce qu'il voyait, c'était Camille qui hurlait de terreur sous la morsure d'une lame. À moins que ce ne fut Élisabeth ? Dans son esprit, les deux visages se brouillaient et ne faisaient plus qu'un.

Malgré la vrille qui lui taraudait les tempes, il se força à fixer son adjoint qui continuait à faire les cent pas d'un mur à l'autre. Lorsqu'il répondit, sa voix ressemblait à un grincement.

– Pas d'enquête Frazier. Désolé, mais on n'ouvre pas d'enquête. Si dans huit jours j'ai rien, alors d'accord, j'aviserai.

– Putain ! Mais dans huit jours, elle sera morte. Tu piges ça ?

– Laisse-moi huit jours.

– Va te faire foutre !

Frazier marcha jusqu'à la fenêtre, jeta un coup d'œil dehors avant de revenir vers l'armoire métallique et d'y coller un coup de pied plein de hargne. L'armoire résonnait encore à travers le bâtiment désert quand il se planta devant lui :

– Trois jours, tu m'entends ? Je te laisse trois jours, Pierre. Pas un de plus.

Il sursauta en entendant Frazier l'appeler par son prénom. Ce devait être la première fois et cela lui fit l'effet d'une gifle.

– Et les trois jours ont commencé ce matin. Jeudi en fin de matinée, quoi qu'il arrive, je fonce chez le procureur et je lui déballe tout.

Le visage fermé, Frazier revint s'asseoir à son bureau.

Avec l'accent d'un roquet, il demanda :

– Tu connais quelque chose aux tueurs en série ?

– Non, pas grand chose… Avant… Avant tout ça, j'étais à la BRI. Je bossais sur les trafics de grosses bagnoles… Et avant de tomber sur la photo d'Élisabeth ce matin, j'avais jamais imaginé qu'il puisse y avoir d'autres…

Il buta sur le mot :

– … victimes…

Frazier hocha la tête et sa voix se fit douce comme un velours :

– Prenons par exemple… Je sais pas moi… Tiens Kemper…. Tu connais ?

– Qui ça ?

– Edmund Kemper. Californien. Dix victimes en tout... En 1963, à quinze ans, il a abattu ses grands-parents. Il a passé cinq ans dans une sorte d'asile. Là, des tests ont permis d'établir qu'il avait un QI de 136. Il a été relâché en 1969. Il a recommencé à tuer en 1972... Deux filles qu'il avait prises en stop. Il était pas du genre patient... Faut dire que ça le démangeait depuis un moment... Il a arrêté sa bagnole dans un bois. Il a étranglé une des deux filles et il a trucidé l'autre à coups de couteau. Ensuite il a ramené les cadavres chez lui, il les a décapités et il les a violés. Il a gardé les têtes quelques jours. Dans l'année qui a suivi, il a tué toujours plus ou moins de la même façon quatre autres nanas. Il a fini en éclatant la tête de sa mère à coups de marteau. Il l'a décapitée et l'a violée aussi...

Malgré sa répulsion, il ne pouvait s'empêcher d'écouter Frazier, partagé entre la fascination et l'envie de gerber.

– À l'opposé, tu as par exemple un type comme Edward Gein. Un américain aussi. Va pas croire que les Amerloques ont le monopole de l'horreur... Mais ils se débrouillent bien quand même et ces deux-là valent le détour. Ed Gein donc... C'est lui qui a inspiré le personnage de Psychose, le film d'Hitchcock. C'était presque un débile mais plutôt gentil... Le genre idiot du village... Il a été arrêté le 16 novembre 1957 et inculpé pour deux meurtres mais il a probablement tué beaucoup plus. Quand il a été arrêté, les poulets ont découvert des débris humains un peu partout chez lui et dans le jardin. Il a expliqué qu'il avait déterré une quarantaine de cadavres de femmes dans les cimetières du coin... Dans sa cuisine, il y avait un truc pendu. Les flics ont d'abord cru que c'était un cerf... En fait, c'était le corps de sa seconde victime qu'il était en train d'écorcher... Son truc à lui, c'était de devenir une femme. Il a tanné et cousu des peaux pour se faire une sorte de costu...

C'est plus qu'il ne pouvait en supporter. À chaque nouvelle monstruosité que lui décrivait Frazier de sa voix tranquille, il ne pouvait s'empêcher de superposer le visage de Camille.

– Ta gueule Frazier ! Ferme ta gueule s'il te plaît...

Frazier lui adressa un sourire ironique.

– Bienvenue dans le monde merveilleux des serial killers !

Son sourire se figea en une grimace sardonique :

– Mais c'est à ce genre de truc que tu risques d'être confronté. Faut que tu en prennes conscience. C'est pas le même répertoire que celui des voleurs de bagnoles...

Il se tut quelques secondes puis il poursuivit, imperturbable :

– Le point commun entre ces deux-là, c'est leur maman. Pour faire simple, disons que la mère de Kemper détestait son fils. Au contraire, la mère de Gein l'a tellement couvé qu'elle l'a empêché de grandir. Quand elle est morte, il a voulu la remplacer. Quand Kemper massacre des inconnues ramassées au bord d'une route, c'est sa mère qu'il tue. Quand Ed Gein bute deux bonnes femmes ou va déterrer des macchabées pour se tailler une robe, c'est le contraire. Ce qu'il cherche, c'est à faire revivre sa maman... Pour trouver l'assassin, cherche la mère ! Tu me suis ?

– ...

Frazier désigna le second café sur la table.

– Tu le veux pas ?

Il ne répondit pas.

Frazier s'en empara et but une longue gorgée. Il grimaça.

– Beurk... Froid, c'est encore plus dégueulasse.

Il s'essuya les lèvres sur sa manche puis reprit :

– Eux, c'étaient des petits joueurs. Certains ont été pris d'une véritable frénésie de massacre. Je sais pas moi... Tiens, prenons Henry Howard Holmes, ou plutôt Herman Webster Mudgett de son vrai nom. C'était presque un industriel de l'assassinant. Remarque, il était de Chicago... Ceci explique peut-être cela hein ?... À la fin du dix-neuvième siècle, il a fait construire une sorte d'hôtel avec tout un système de chambres à gaz, de four, de conduits pour évacuer les corps... Un précurseur le Holmes ! Cinquante ans avant les nazis, il avait déjà tout inventé. En fait, on ne sait pas grand-chose. Le bazar a cramé avant que la police ne fasse vraiment son boulot. Il a avoué vingt-sept meurtres mais on pense qu'il a peut-être tué une centaine de personnes, peut-être même deux cents... Des femmes surtout mais aussi des hommes, des enfants... Pour ce qu'on en sait, son truc à lui, c'était la domination. Il aimait sentir ses victimes en son pouvoir, coincées comme des souris...

D'un geste sec, il écrasa le gobelet de plastique qui craqua avec un bruit sinistre.

— Bref... Ce que je veux dire, c'est que si tu veux avoir une chance de retrouver ton Gugusse, il va d'abord falloir essayer de piger ses motivations.

— Mais d'où tu sors tout ça ? Ça t'intéresse ce genre de dingues ?

— Ça date pas d'hier. En fait, ça me passionne depuis que je suis môme...

Il haussa un sourcil :

— Depuis que t'es môme ?

— Ouais... C'est ça qui m'a motivé pour bosser mon anglais. En cinquième, on a fait un voyage scolaire à Londres. Dans une librairie, je suis tombé sur un bouquin consacré aux serial killers américains. En anglais of course. Je l'ai acheté et j'ai commencé à le déchiffrer mot à mot avec un dico, tout seul le soir dans ma chambre. Ma mère a jamais compris pourquoi mes notes ont commencé à s'améliorer très sérieusement...

— Originale comme motivation...

— Ouais... C'est sûrement pour ça que je suis devenu flic aussi... Depuis, j'ai lu des centaines de bouquins là-dessus. Je connais bien... Je pense vraiment pouvoir t'aider.

—Tu penses que parce que t'as lu des bouquins, tu seras capable de retrouver l'autre enfoiré ?

— Je suis sûr que je peux t'aider.

— Tu te prends pour quoi Frazier ? Un profiler ?

Il eut un haussement d'épaule plein de dérision.

— C'est au FBI que t'aurais dû faire carrière. Pas dans la police nationale.

Il se tourna vers l'écran de l'ordinateur et passa à la fiche suivante.

– Je vais te dire Frazier… À mon avis, tu la regardes trop ta putain de télé. C'est en train de te monter au ciboulot… Tu m'excuses là, mais j'ai du travail.

Mardi...

15

La Citroën C6 était si silencieuse qu'elle semblait glisser sur l'asphalte poussée par un souffle puissant. Il conduisait d'une seule main, le régulateur maintenant la vitesse juste en-dessous de la limite réglementaire. La radio du bord diffusait en sourdine un bulletin d'information qu'il n'écoutait pas.

Il était perdu dans ses pensées.

Il venait de dépasser l'échangeur de Courtenay où se croisaient l'A19 et l'A6. Il savait qu'il n'était qu'à quelques kilomètres de Villeneuve-sur-Yonne, là où était né et avait vécu Grand-Père jusqu'à sa majorité.

Il y était venu une fois, lorsqu'en octobre 1998, il avait entrepris ce long voyage qui l'avait conduit sur les traces de Grand-Père. Il lui avait semblé indispensable de partir lui aussi du même endroit.

Lors de sa visite, il avait découvert que la scierie avait été rasée des années auparavant. Aucune des personnes qu'il avait interrogées n'en conservait le moindre souvenir.

La maison existait toujours même si elle était maintenant presque entièrement dissimulée derrière une haute haie de thuyas. C'était une grosse bâtisse carrée construite en briques et agrémentée de pierres de taille dans les angles et sur le pourtour des portes et des fenêtres. Elle comportait deux étages surmontés d'un grenier et d'un toit couvert d'ardoises.

Il était resté un moment devant le portail de fer forgé à essayer d'imaginer ce qu'avait été la vie de Grand-Père ici.

Il avait ensuite pris la direction de Dijon, puis de Lyon, d'Avignon et de Marseille. Bien sûr, il ne s'était pas déplacé en bateau. Un avion l'avait ramené à Paris et il s'était envolé pour le Vietnam de l'aéroport Charles de Gaulle.

Le voyage de Grand-Père avait duré presque sept ans. Il avait fait le même parcours en cinq mois.

S'il avait eu le temps, il aurait quitté l'autoroute et se serait arrêté à Villeneuve. Il aurait été curieux de voir l'endroit où avait exercé le « Docteur Marcel » ainsi que la mairie où, piquante ironie, il avait siégé en tant que premier magistrat durant cinq ans.

Il connaissait bien son histoire.

Après avoir terminé brillamment ses études de médecine, il s'était installé à Villeneuve-sur-Yonne en 1922. Grand-Père avait onze ans à l'époque.

C'était tout de même curieux qu'ils se soient croisés par hasard des années après à Paris.

Cette rencontre avait transformé la vie de Grand-Père même s'ils ne s'étaient jamais revus après ce premier et étrange rendez-vous d'octobre 1943.

Grand-Père avait eu très peur lorsque Marcel Petiot avait été arrêté l'année suivante. Il avait alors compris comment les œuvres étaient arrivées entre ses mains.

La justice accusait Petiot de l'assassinat de vingt-sept personnes. Il en revendiquait soixante-trois. Des collabos d'après lui. En réalité, des juifs tentant d'échapper aux rafles et à qui il proposait, moyennant une forte somme, un passage en Argentine.

Grand-Père avait suivi l'enquête et le procès avec l'angoisse que son nom puisse être lié d'une manière ou d'une autre à l'affaire, ou que les enquêteurs se mettent en tête d'éplucher de trop près ce qu'avait fait Petiot dans les années passées. Durant toute cette période, il avait dissimulé ses propres toiles, celles achetées à Petiot, ainsi que son journal.

Jamais il n'avait été inquiété. La justice avait largement de quoi se mettre sous la dent avec ce qui avait été découvert rue Lesueur.

Petiot avait été condamné à mort et exécuté le 25 mai 1946, emportant beaucoup de secrets avec lui.

Au printemps de l'année suivante, lorsque l'agitation autour de l'affaire était retombée, Grand-Père s'était rendu à Amsterdam afin d'y négocier les toiles achetées quatre ans auparavant. Le marchand d'art ne lui avait pas posé de question sur la provenance de ce lot exceptionnel. L'expertise avait duré une semaine et Grand-Père avait profité de ce séjour forcé pour découvrir cette ville qu'il ne connaissait pas. Il l'avait trouvée très agréable.

Dix jours plus tard, il était de retour à Paris, emportant avec lui la coquette somme de deux millions de francs. Cet argent lui avait permis d'ouvrir sa galerie et de poser les bases de sa fortune.

Depuis qu'il était enfant, il savait que Grand-Père était riche mais il avait été très surpris d'apprendre à quel point. Lors de la succession, Maître Bongrain lui avait dressé la liste de ses possessions. Actions, obligations mais surtout, Grand-Père n'ayant vraiment confiance qu'en la pierre, un vaste parc immobilier acquis au fil des années à travers toute la capitale et la proche banlieue ouest. En tout, plus de quatre-vingt appartements, une quinzaine de locaux commerciaux et même un petit hôtel particulier en assez mauvais état.

Quant, au bout de deux heures, le notaire avait fini son interminable énumération, il avait déjà décidé de tout vendre. Il n'avait conservé que l'appartement du boulevard Saint-Michel où il avait grandi et le manoir en Touraine dont Grand-Père était tombé amoureux à la fin des années 50 et qu'il avait racheté à l'un des clients de la galerie durant l'été 1960.

L'évocation du manoir qu'il avait quitté en début de matinée, lui fit penser à Euphrosyne et à Thalie. Avant de partir, il avait dû s'occuper d'elles. Docile, Euphrosyne ne lui avait pas posé de problème. Il lui avait fait une injection légère. Juste 0,5 milligrammes. Après trois jours de traitement, elle était à point. Et contrairement à ce qu'il redoutait, il avait pu lui retirer le piercing sans aucune difficulté.

Avec Thalie, évidemment, tout avait été plus compliqué. Sa nuit de sommeil l'avait requinquée et elle était bien remontée. Il avait dû employer les grands moyens. Il aurait préféré ne pas en arriver là mais il n'avait pas eu le choix. Enfin, elle ne s'était pas abîmée en tombant. C'était le principal. Avec 1 milligramme, elle devait logiquement rester tranquille jusqu'à ce soir. Il avait nettoyé le bazar qu'elle avait fait et il l'avait couchée.

Il jeta un bref regard sur l'horloge de bord.

Neuf heures passées.

Il lui restait à peine une heure de route. Il lui fallait se concentrer sur ce qui allait suivre.

Il récapitula une fois de plus.

Il arriva à Troyes un peu après dix heures. Il avait fait trois repérages dans les quinze jours précédents et connaissait bien son chemin. Il gara la Citroën à deux rues de l'hôtel puis alla prendre un petit-déjeuner dans un bar du centre-ville.

À 11 heures, il demanda sa clé à la réception et monta dans la chambre qu'il avait réservée. Il examina les lieux, déplaça de trente centimètres le petit bureau qui faisait face à la fenêtre puis il installa et démarra le Macbook qu'il avait apporté avec lui. Il prit un peu de recul.

C'était parfait. Il avait assez de place pour circuler tout autour du bureau mais la taille de la chambre justifiait qu'il ne s'en éloigne pas de plus de deux mètres.

Il se coucha et somnola.

Il se sentait fin prêt mais sans être énervé ou stressé. Il avait un travail à faire et il savait qu'il lui fallait être efficace.

À 13h45, il se leva. Il prépara son matériel, le glissa dans la poche intérieure de sa veste et après un dernier coup d'œil dans le miroir, il prit l'ascenseur et descendit au bar de l'hôtel.

Il y avait un peu de monde mais il trouva une table libre entourée d'une banquette et de deux fauteuils. Il s'y installa après avoir commandé un thé au serveur.

À 13h55, il vit entrer une jeune femme dans le hall de l'hôtel. Il la reconnut tout de suite.

Il se leva et lui fit signe.

Elle portait un tailleur crème et une jupe assortie. Ses cheveux étaient ramassés en un épais chignon maintenu par une baguette en bois clair. À son épaule pendait un fourre-tout en cuir beige.

Tandis qu'elle approchait, sourire aux lèvres, il se félicita de son choix.

Elle aussi serait parfaite.

Ils se serrèrent la main.

– Bonjour. Je suis Élodie Barrier.

– Benoît Géraudin. C'est avec moi que vous avez échangé ces quelques messages. Je suis enchanté de faire enfin votre connaissance. Je vous remercie d'avoir pu vous libérer. Puisque j'ai dû faire ce déplacement, j'ai pensé que cela vous éviterait de venir à Paris. Installez-vous... Voulez-vous prendre quelque chose ?

– Un Perrier, s'il vous plaît.

Pendant qu'elle s'asseyait, il fit signe au serveur de venir prendre la commande.

– Bien... Comme je vous disais dans mon dernier message, vous faites partie des trois dernières candidates en lice pour le poste que nous cherchons à pourvoir. Si vous voulez bien, nous ferons un petit test tout à l'heure afin que je puisse estimer vos capacités.

– Si vous m'expliquiez en quoi consiste ce travail ?

– Bien sûr. Je m'excuse d'avoir dû rester un peu flou mais tout ceci est et doit rester très confidentiel. Comme vous le savez déjà, je représente une grande et célèbre maison d'édition parisienne. Or, l'une de nos principales auteures s'est mise en tête d'aller passer l'été en Irlande. Les écrivains sont souvent capricieux mais cela fait partie de notre métier que de les accompagner dans leurs lubies. Nous devons favoriser leur créativité. Je ne peux pas vous dire son nom mais c'est une personne assez âgée. Elle aura bientôt quatre vingt ans et l'arthrite…

Le serveur apporta le Perrier et il s'interrompit jusqu'à ce qu'il reparte.

– Je vous disais donc que l'arthrite l'empêche maintenant d'écrire elle-même. Or, nous avons besoin de disposer de son manuscrit pour la mi-août au plus tard. C'est pourquoi nous souhaitons lui adjoindre quelqu'un qui pourra noter et taper sous sa dictée. Votre travail, si vous êtes choisie, consistera donc à passer deux mois en Irlande avec cette vieille dame et à vous tenir à sa disposition.

Il laissa passer quelques secondes, pour laisser à la jeune femme le temps de se remettre de sa surprise avant d'ajouter :

– Vous connaissez l'Irlande ?

– J'ai passé quelques jours à Dublin lors d'un voyage scolaire. Je connais bien mieux l'Angleterre où j'ai séjourné un an. Et, comme je vous l'ai indiqué dans mon CV, je maîtrise très bien l'anglais.

– Parfait. Je vous avais dit que cet emploi était assez bien payé mais sans vous donner trop de détails. Je peux maintenant vous en révéler un peu plus. Votre mission, si bien sûr elle vous est confiée, débutera le 15 juin et se terminera le 15 août. Vous serez rémunéré cinq mille euros net par mois, soit dix mille euros au total. Tous les frais du voyage et du séjour seront à notre charge. Cela vous semble convenir ?

Il posa la question mais il savait que pour elle, c'était une somme vertigineuse.

– De plus, ça ne devrait pas empiéter sur vos études puisque je pense que vous devriez avoir fini vos partiels non ?

Elle approuva d'un signe de tête, encore déroutée par le salaire qu'il lui avait annoncé.

– Cela peut vous sembler beaucoup d'argent mais je vous assure qu'au bout de deux mois, vous aurez le sentiment de l'avoir honnêtement gagné. Notre auteure peut se montrer parfois… comment dire ?… Disons… un petit peu tyrannique…

Il eut un grand sourire :

– Sachez qu'elle n'aura aucun scrupule à vous tirer du lit à quatre heures du matin s'il lui vient une idée ou un passage qu'elle veut noter. Et votre travail consistera à vous lever, à être prête et souriante dans les trente secondes suivantes, et même si vous n'en avez aucune envie, à taper ce qu'elle vous dictera. Et ceci, sept jours sur sept. Vous n'aurez durant ces deux mois, aucun jour de congé. Cela vous semble faisable ?

Elle n'eut pas une seconde d'hésitation.

– Oui. Tout à fait. À mon âge on résiste bien au manque de sommeil et à la fatigue.

– Rassurez-vous. Il se peut tout aussi bien que pendant trois ou quatre jours, vous n'ayez rien à faire. Les écrivains sont toujours imprévisibles vous savez… Ce que vous devez comprendre, c'est qu'il vous faudra faire preuve d'une disponibilité totale. C'est clair ?

– Très.

– Nous vous fournirons un ordinateur portable. Attention, c'est un outil exclusivement destiné à un usage professionnel. Vous ne pourrez pas vous connecter à Internet avec. Vous préférez un PC ou un Mac ?

– Un Mac. C'est ce que j'utilise mais je sais aussi me servir d'un PC.

– Parfait ! Bien sûr, si vous voulez rester en contact avec vos amis, vous êtes libre d'emporter votre propre équipement mais il vous faudra signer une clause de confidentialité. Vous aurez l'interdiction totale de révéler quoi que ce soit, ni de votre destination, et encore moins de la personne avec qui vous êtes. Si vous avez un petit ami, la situation risque d'être…

– Ce n'est pas le cas.

– Parfait. Il ne me reste plus qu'à vous faire subir un petit test. Notre auteure dicte très vite et elle n'est pas facile à suivre. D'après ce que vous m'avez expliqué, vous êtes une experte du clavier mais je dois m'assurer que vous tapez assez vite. Je vais vous prier de bien vouloir venir avec moi. J'ai un ordinateur dans ma chambre. Nous allons vérifier cela. Vous n'y voyez pas d'inconvénient ?

Elle répondit avec un grand sourire :

– Aucun. Vous m'aviez prévenue. Je sais ce qui m'attends…

16

Quand il entra dans le restaurant, le brouhaha des conversations, les rires et le cliquetis des couverts dans les assiettes, lui fit l'effet de s'enfoncer dans une brume compacte, tiède et poisseuse.

Il parcourut la salle du regard et repéra Frazier près d'une des fenêtres, au moment où une serveuse posait un plat devant lui. Il attendit que la fille fut partie avant de le rejoindre.

Il tira une chaise et s'assit sur le bout des fesses face à son adjoint. Ils s'observèrent en silence.

Entre eux, la vapeur qui montait de l'assiette en volutes grasses ressemblait à un orage miniature sur le point d'éclater.

Frazier attaqua son entrecôte, ses frites et sa salade avec appétit.

– Tu m'excuses, mais j'étais pas certain que tu viendrais et j'avais trop la dalle ! Je t'ai pas attendu...

Il lui désigna un menu.

– Tu prends quoi ?

– Rien...

– T'es sûr ? Tu veux pas commander une petite salade au moins ?

Non.

Il n'avait pas faim. Il voulait savoir.

Il sortit de sa poche la feuille pliée en deux. Il la déplia et la claqua sur la table.

– C'est quoi ça ?

Sur le papier était imprimé le portrait d'une jeune femme. Peut-être vingt ou vingt et un an. Et là encore, cette ressemblance frappante avec Camille. Un visage tout en douceur, sans angles. Des rondeurs délicates. Une chevelure dense, longue, frisée, d'un blond couleur moisson.

Lorsqu'il l'avait trouvé posé sur son bureau juste avant midi, la photo lui avait soulevé l'estomac.

Sous le portrait, Frazier avait noté au stylo noir :

J'ai trouvé ça.
J'ai pensé que ça t'intéresserait.
Si tu veux qu'on en parle, rejoins-moi chez Julos. Je t'invite à manger un bout.

Frazier coupa un morceau de son entrecôte avant de répondre :

– T'as noté la ressemblance… Frappant hein ?

– T'as trouvé ça où ?

– Sur le web tout bêtement. J'ai tapé blonde, disparition et hôtel sur Google et je suis tombé là- dessus. Là je t'ai imprimé que le portrait…

Il posa ses couverts pour fouiller l'une des poches intérieures de son cuir accroché au dossier de sa chaise.

–… mais y'avait aussi un article.

Frazier lui tendit une feuille pliée en quatre. Il la lui arracha des mains et la déplia avec maladresse.

Un sujet publié sur le site d'un journal belge daté du 28 mars 2008 et illustré par le même portrait de Charlotte.

Il le parcourut à toute vitesse :

La gendarmerie de Mons a lancé hier un appel à témoins suite à la disparition le 24 mars dernier de Charlotte Wuippers. La jeune femme âgée de 21 ans, originaire de Mons et étudiante en mathématiques à l'Université Libre de Bruxelles, a été vue pour la dernière fois lundi 24 en début d'après-midi au bar de l'Hôtel Excelsior, un établissement du centre-ville de Mons.

Elle était accompagnée d'un homme d'une trentaine d'années « de taille moyenne, brun et porteur de lunettes » selon les témoignages recueillis par la gendarmerie. C'est sa mère, inquiète de n'avoir aucune nouvelle de sa fille qui a donné l'alerte le lendemain mardi en fin de matinée. Les enquêteurs en charge du dossier ont localisé le jour même la voiture de la jeune femme dans un parking voisin de l'hôtel Excelsior.

Un important dispositif a été mis en place pour tenter de retrouver la trace de Charlotte. Les personnes ayant des informations sont invitées à joindre la gendarmerie de Mons.

Le jour de sa disparition, la jeune femme était vêtue d'un ensemble anthracite et de chaussures à talon de couleur crème.

Il releva les yeux, sidéré et en rage contre lui-même. L'information était là, à sa portée depuis des années et jamais il n'avait eu l'idée de la chercher.

Frazier tendit son couteau en direction de la feuille.

– T'as noté la date ? 24 mars 2008… L'affaire Charlotte n'a peut-être rien à voir avec celle d'Élisabeth mais s'il ne s'agit pas d'une coïncidence, ça veut dire que ton Gugusse chasse depuis au moins cinq ans…

Il ne répondit rien, incapable de prononcer le moindre son. Frazier avala une poignée de frites avant de poursuivre :

– Mais c'est peut-être juste un hasard… Encore que… Tu as noté les similitudes ? Comme pour Élisabeth, Charlotte aussi avait rendez-vous dans un hôtel juste avant de disparaître…

Il coupa un autre morceau de barbaque qu'il mâcha et avala.

– Et même profil aussi. Même âge. Étudiante. Quant à la ressemblance, tu l'as notée toi-même… Sinon je suis certain que tu ne serais pas venu partager mon repas…

Il croqua une feuille de salade.

– Et même secteur géographique aussi… Tiens au fait, y'a une suite… Sans grand intérêt mais quand même…

Frazier lui tendit une deuxième feuille.

Une autre page tirée du même journal. Un sujet daté du 24 juin 2008. Photo identique mais dans un format réduit.

Sous le titre « Déjà trois mois et toujours aucune nouvelle de Charlotte », l'article faisait le point sur les recherches.

Il parcourut la douzaine de lignes mais il était clair que le pisse-copie avait un trou à boucher dans sa page plutôt que des nouvelles fraîches à annoncer.

La seule info intéressante, c'est que la fille n'avait pas été retrouvée trois mois après sa disparition.

Pendant qu'il lisait, Frazier avait terminé son assiette.

– J'ai contacté quelqu'un en Belgique… Il m'a confirmé qu'elle n'a toujours pas réapparu la Charlotte. Ni vivante, ni morte.

Il fit un geste avec ses mains :

– Fllllllppp… Envolée…

– T'as trouvé ça quand ?

– Ce matin… De bonne heure. J'attendais d'en savoir plus avant de t'en parler. Mon contact m'a rappelé juste avant midi…

– Ton contact ?

– Un copain. Flic à Bruxelles… Je crois que je vais me prendre un petit dessert…

– Pourquoi tu m'as pas montré ça tout à l'heure ?

– Je me suis dit qu'une petite bouffe, c'était pas plus mal pour causer… Au bureau, je sais pas si t'as remarqué, mais y'a comme une tension… T'es sûr que tu veux rien ? La tarte aux fraises en ce moment, c'est une merveille…

– À part de la tarte aux fraises, tu veux quoi au juste ?

Frazier prit le temps de faire signe à la serveuse avant de répondre :

– Comme je te l'ai dit hier soir… Je veux bosser avec toi là-dessus. Et comme on forme la meilleure équipe du monde, sûr qu'on va le trouver ton Gugusse…

Il soupira :

– T'es pire qu'une fiente sur un pare-brise toi. Impossible de te décoller…

Il se cala sur la chaise tandis que la serveuse venait prendre la suite de la commande. Quand la fille fut enfin partie, il demanda :

– Bon ok, je t'écoute… J'imagine que tu dois avoir quelques brillantes hypothèses à me proposer non ?

– C'est encore un peu tôt pour les hypothèses… Pour le moment, on n'a que des faits à la fois lointains et pourtant proches les uns des autres. Le point commun le plus évident, c'est la ressemblance entre les filles. Que ce soit Camille, Élisabeth ou Charlotte, elles présentent toutes un physique similaire…

– Tu m'apprends pas grand-chose là… Va falloir que tu sois plus efficace si tu veux me convaincre…

– Attends… Deuxio, dans les cas d'Élisabeth et de Charlotte, on a le mode opératoire qui semble identique. Un rendez-vous dans un hôtel plutôt chicos… Tertio, la zone géographique. J'ai vérifié : entre Lille et Mons, y'a quatre-vingt kilomètres à tout casser.

– Tu penses qu'il est basé dans ce secteur ?

Frazier réfléchit un moment avant de répondre :

– Non. Je suis presque sûr que non… Il doit être bien trop fin pour chasser à côté de chez lui… Ça doit être un minutieux ce gars-là… Un sophistiqué… Pas le genre à céder à une impulsion et à ramasser la première pétasse croisée par hasard…

– Et donc ?

– À mon avis, faut pas trop tirer de déduction sur le fait que deux des disparitions ont eu lieu à peu près dans le même coin… Surtout à cinq ans d'intervalle.

La serveuse apporta la part de tarte aux fraises. Il attendit qu'elle s'éloigne pour relancer Frazier.

– Donc, si je comprends bien, tu mets de côté la meilleure piste qu'on a ?

– Pas du tout. Tu me demandes si je pense qu'il est basé là où il chasse et je te réponds que non. Il ne choisit pas une fille au hasard. Il cherche celle qui correspond le mieux aux critères qu'il a déterminé. Il la localise, il la ferre et il va la chercher parce que c'est celle-là qu'il veut et pas une autre. Peu importe l'endroit où elle se trouve. Ça peut être à côté de chez lui mais ça peut aussi être à cinq cents ou à mille bornes.

Par un autre raisonnement que le sien, Frazier était arrivé à la même conclusion que lui.

– Comment il les trouve selon toi ?

– Probablement sur le web. D'après ce que t'as raconté le beau Nicolas, Élisabeth avait rendez-vous pour un job. Mais ça, c'est ce qu'elle a bien voulu lui dire sa jolie souris. Un rendez-vous pour un job à l'hôtel ? À mon avis, c'est plutôt un plan cul... Ça se pratique de plus en plus chez les étudiantes. Elles mettent un peu de beurre dans les épinards en tapinant un peu... Quelques billets craquants, un sac Vuitton par-ci, un petit week-end sur la côte par-là...

Il le coupa.

– Là, je peux te dire que tu te goures. Tu te laisses embarquer par tes propres fantasmes...

Frazier le fixa, décontenancé.

– Pourquoi ?

– Hier, quand j'ai interrogé Nicolas Morot, il m'a raconté qu'Élisabeth était vierge.

Fraizer ouvrit des yeux larges comme des soucoupes.

– Et lui aussi d'ailleurs. Ils attendent d'être mariés...

Frazier ne put se retenir de pouffer.

– Excuse-moi... Non ? Sérieux ?... Il t'a raconté ça le beau Nicolas ?

– Oui. Et j'ai tendance à le croire... Donc ta théorie foireuse, tu peux t'asseoir dessus.

Frazier fit une grimace.

– C'est sûr que ça complique... C'est pas facile à approcher une vierge... C'est comme une biche... Ça s'effarouche...

Il se coupa une grosse part de tarte aux fraises qu'il avala pensivement avant de reprendre.

– Ok... Donc il les repère sur le net puis il leur propose un job. Vu le cirque pour trouver un taf ces temps-ci, ça doit marcher comme sur des roulettes sa petite affaire. Il doit les lever par dizaines... J'imagine qu'il doit s'arranger pour leur proposer un truc en fonction de ce qu'elles savent faire...

– Oui. D'après Nicolas, elle devait bosser sur la traduction d'un bouquin russe et le boulot devait être bien payé. Et tu dois avoir raison au moins sur un point… J'y avais pas pensé mais c'est évident qu'il doit faire son recrutement sur Internet. D'ailleurs, maintenant qu'on en parle, ça me rappelle que Nicolas m'a dit qu'il avait rencontré Élisabeth de cette manière… Sur Facebook.

Il hésita avant de poursuivre, pas certain de ne pas craquer. Et puis, il lui répugnait d'évoquer Camille ici, au milieu des rires gras et des odeurs de bouffe. Il respira un grand coup avant de se lancer :

– Et comment tu expliques la disparition de ma fille ? Elle cherchait pas de travail. Elle était encore lycéenne et à l'époque, on habitait à Arcueil. Et c'était pas le genre à accepter un rendez-vous à l'hôtel avec un inconnu et encore moins à tapiner pour un sac à main… Merde ! Elle n'avait que dix-sept ans !

Frazier fit la moue avant de répondre :

– Pour le moment, je sais pas… C'est toi qui es convaincu qu'on a affaire au même type… Le seul point commun entre les trois, c'est leur ressemblance… Mais c'est peut-être seulement une coïncidence.

– Je te dis que non ! Je suis sûr que c'est le même enfoiré qui est derrière tout ça. Je suis certain que je l'ai déjà vu !

– C'est possible… À vrai dire, je crois que t'as raison… Peut-être qu'il s'intéresse aussi aux filles très jeunes et qu'il a mis au point différentes méthodes pour les approcher ? Je sais pas… Pour le moment, on n'a pas encore assez d'éléments… Mais je suis certain qu'il doit y avoir d'autres disparitions. Il ne se contente sûrement pas d'une fille tous les deux ou trois ans. Il suffit de chercher et on en trouvera d'autres. À partir de là, on arrivera mieux à le cerner.

– Comment il s'y prend à ton avis ? Comment il fait pour les convaincre de le suivre ? Il peut pas les sortir de force d'un hôt…

Il parlait mais Frazier, le regard fixé par-dessus son épaule semblait ailleurs.

– Tu m'écoutes ou je parle tout seul ?

Il se retourna pour voir ce que regardait son adjoint. Debout devant le comptoir et tournée vers eux, une grande brune le poignet levé devant elle tapotait sa montre d'un doigt impatient.

– Excuse-moi… Je reviens tout de suite.

Interloqué, il regarda Frazier se lever et filer vers l'escalier qui menait aux toilettes. Quelques instants plus tard, il vit la femme prendre la même direction. Elle devait avoir une petite quarantaine d'années et avec ses vêtements coûteux et son sillage imprégné de parfum luxueux, elle détonnait un peu dans le restaurant. Au moment où elle passa devant lui, leurs regards se croisèrent durant un court instant. Tous ses clignotants de flic se mirent alors à palpiter :

Toxico…

Il était en train de se demander à quel jeu jouait Frazier quand au bout de trois minutes, la fille remonta. Elle traversa le restaurant et sortit en regardant droit devant elle. Quelques secondes plus tard, Frazier réapparut à son tour. Il se laissa tomber sur sa chaise en poussant un soupir de satisfaction.

– Y'a pas, une petite pipe au dessert, ça coupe la journée en deux !

Il le regarda, éberlué.

Frazier éclata de rire.

– Mais non, j'déconne… Bon, qu'est-ce que tu disais ?

– Je disais que je m'étais pas gouré sur ton compte. T'es vraiment un connard…

Il empocha le portrait de Charlotte et les deux articles. Sans un regard pour Frazier, il sortit du restaurant.

17

— De là un art. Il y avait des éleveurs. On prenait un homme et l'on faisait un avorton; on prenait un visage et l'on faisait un mufle. On tassait la croissance ; on pétrissait la physionomie. Cette production artificielle de cas tératologiques avait ses règles. C'était toute une science. Qu'on s'imagine une orthopédie en sens inverse. Là où Dieu a mis le regard, cet art mettait le strabisme. Là où Dieu a mis l'harmonie, on mettait la difformité... Ça va ? Vous suivez ?

— C'est soutenu mais ça va.

— Je me permets de jeter un œil sur ce que vous avez fait, si vous n'y voyez pas d'inconvénient.

— Je vous en prie.

Elle s'écarta et il se pencha sur l'écran.

— Ça m'a l'air parfait. À première vue il ne semble pas y avoir de fautes ou d'erreurs syntaxiques. On reprend ?

— Je suis prête. Il est de Victor Hugo ce texte ?

— Tout à fait. C'est un extrait de L'homme qui rit. Vous l'avez lu ?

— Oui. Il y a longtemps.

— Vous êtes en territoire connu alors. Je l'ai choisi parce que notre auteure écrit un petit peu dans ce style... Je reprends donc. Je vais accélérer si vous voulez bien. Où en étais-je ? Ah, ici ! Vous êtes prête ?... *Là où Dieu a mis la perfection, on rétablissait l'ébauche. Et, aux yeux des connaisseurs, c'était l'ébauche qui était parfaite. Il y avait également des reprises en sous-œuvre pour les animaux; on inventait les chevaux pies ; Turenne montait un cheval pie. De nos jours, ne peint-on pas les chiens en bleu et en vert ? La nature est notre canevas. L'homme a toujours voulu ajouter quelque chose à Dieu, L'homme retouche la création, parfois en bien, parfois en mal.*

Tout en dictant, il marchait lentement et sans bruit à travers la chambre. Il lui avait expliqué que l'auteure avec qui elle devrait peut-être travailler aimait se promener ainsi.

Il connaissait cet extrait par cœur et n'avait pas besoin de lire la feuille qu'il tenait à la main. Souvent, il levait les yeux et la regardait. Elle se tenait bien droite, concentrée sur sa tâche. Ses doigts volaient, habiles et légers au-dessus du clavier.

Elle avait retiré sa veste et ses épaules étaient bien dégagées.

Ce serait facile.

– Le bouffon de cour n'était pas autre chose qu'un essai de ramener l'homme au singe. Progrès en arrière. Chef-d'œuvre à reculons.

Il tournait inlassablement autour du bureau et accélérait sans cesse le rythme de sa lecture.

Lorsqu'il fut derrière elle, il sortit de sa poche intérieure deux tubes d'une vingtaine de centimètres dont l'un était évasé à l'une des extrémités. Il vissa les deux morceaux l'un à l'autre grâce à un filetage quart de tour.

– En même temps, on tâchait de faire le singe homme. Barbe, duchesse de Cleveland et comtesse de Southampton, avait pour page un sapajou.

Profitant du point qui marquait la fin de la phrase, il respira un bon coup et porta le tube à sa bouche.

Il visa vite et souffla fort.

Il la vit sursauter lorsque le dard minuscule se planta dans la peau nue de son épaule. Pourtant elle ne lâcha pas le clavier.

Dans le même souffle, il reprit sa lecture. À partir de cet endroit, il connaissait moins bien le texte.

– *Chez Françoise Sutton, baronne Dudley, huitième pairesse du banc des barons, le thé était servi par un babouin vêtu de brocart d'or que lady Dudley appelait « mon nègre ». Catherine Sidley, comtesse de Dorchester, allait prendre séance au parlement dans un carrosse armorié derrière lequel se tenaient debout...*

Il nota que le rythme des doigts sur les touches ralentissait. Il interrompit sa lecture.

– Ça va, je ne vais pas trop vite ?

– Je... je sais pas... Je me sens pas très bien tout à coup.

– Reposez-vous un peu. Je crois que ça suffira. J'avoue vous avoir poussée dans vos derniers retranchements. Rassurez-vous, notre auteur ne dictera jamais aussi vite. Vous êtes sûre que tout va bien ? Vous voulez un verre d'eau ou que je vous fasse monter quelque chose ?

Elle eut un geste négatif de la main. Ses yeux exprimaient l'incompréhension et le désarroi le plus complet.

– Je crois que le mieux, c'est de vous étendre un moment. Je vais vous aider.

Il lui prit le bras et la guida. Quant elle fut assise sur le bord du lit, il retira d'un coup sec le petit dard accroché à sa peau. Elle ne se rendit compte de rien.

Tandis qu'elle s'allongeait avec docilité, il rangea la minuscule fléchette dans une boite en aluminium, en prenant soin de ne pas se piquer.

Il la débarrassa de ses chaussures et tira le couvre-pied sur ses jambes. Il retourna au bureau et se pencha sur l'écran. Les deux dernières phrases qu'elle avait tapées, témoignaient de la montée progressive de la scopolamine dans son organisme. La fin du texte était incompréhensible.

Parfait.

Elle réagissait à la perfection.

Il décrocha le sac à main suspendu au dossier de la chaise et en vida le contenu sur le bureau. Clés, portefeuille, maquillage, une plaquette de pilules entamée… Mais pas de téléphone. Il tâta le tissu de la veste et trouva l'appareil dans la poche intérieure. Un Samsung dernier cri identique au sien. Il vérifia la liste des appels passés et des SMS envoyés depuis la veille. Il n'y avait aucun coup de fil mais deux messages. Le premier, adressé à un certain Aurélien, concernait des bouquins qu'elle devait lui rendre. Le second, à destination d'une certaine Aurélie disait :

« Je me présente demain pour le meilleur boulot du monde ! Prie pour moi :) »

Aurélie avait répondu :

« Laisse tomber la prière. Sers-toi de ton sourire. Et du reste s'il le faut ! Je t'embrasse. »

Même s'il s'attendait à trouver quelque chose dans le genre, il eut une grimace de contrariété. Heureusement qu'il prenait la précaution de ne jamais trop en dire.

Il retira la batterie du téléphone et replaça l'appareil où il l'avait trouvé puis il remit dans le sac à main ce qu'il en avait sorti.

Il avait deux bonnes heures devant lui avant de passer à la suite.

Il se tourna vers Aglaé et la contempla un long moment en penchant la tête d'un côté puis de l'autre.

C'était exactement ce qu'il cherchait.

Ses traits étaient parfaits. Il s'approcha et retira la baguette de bois qui tenait ses cheveux. Dans un bruissement léger, le chignon tomba. Il fit deux pas en arrière et regarda avec intensité.

Sublime.

Une sorte d'accord parfait qu'il ne pensait jamais pouvoir atteindre.

Enchanté, il décida de se reposer un peu.

Il demanda, taquin :

— Vous me faites une petite place, Aglaé ?

Aucune réaction. Elle l'avait sûrement entendu mais maintenant, les mots n'avaient plus aucune signification pour elle.

Il prit le Mac avec lui et s'installa à ses côtés. Il glissa un oreiller sous sa nuque et se cala le mieux possible. Il détestait devoir partager un lit mais comme disait souvent Grand-Père, « à la guerre comme à la guerre » n'est-ce pas ?

Il connecta le Mac sur le wifi de l'hôtel. Il n'attendait rien de particulier mais il préférait vérifier. Parmi quelques messages sans importance, il repéra une candidate. Il l'ouvrit. Un coup d'œil à la photographie jointe lui suffit pour savoir qu'il ne la recontacterait jamais mais par simple curiosité, il parcourut en diagonale le CV qu'elle avait envoyé.

L'avènement des réseaux sociaux avait été une bénédiction. Avant, il devait se contenter du hasard et il était rare de bien tomber. D'ailleurs, ça n'était jamais arrivé.

Aujourd'hui, tout était bien plus facile. Il disposait d'un vivier inépuisable où il pouvait faire son choix grâce aux photos obligeamment mises à disposition. Il était ensuite assez simple d'établir un contact et d'obtenir une foule de renseignements.

Pour décrocher un rendez-vous, il lui suffisait la plupart du temps de publier une offre d'emploi rédigée sur mesure, en prenant soin de ne pas en dire trop afin de rendre toute vérification impossible.

Il s'y était pris de cette manière avec Euphrosyne et Thalie, ainsi qu'avec plusieurs autres auparavant. Pour Aglaé, brillante étudiante en lettre de vingt-deux ans rêvant de se faire une place dans le petit monde de l'édition mais qui, pour payer ses études devait travailler dans un McDo, le texte avait été facile à rédiger. Elle avait répondu dès la première publication. Chaque annonce lui apportait une bonne cinquantaine de candidates toutes disposées à lui fournir les renseignements dont il avait besoin. Ce qui parfois, lui avait réservé de bonnes surprises. C'est ainsi qu'il avait découvert Chloris.

La seule difficulté était de gérer la multitude de comptes et d'identités. Il devait sans cesse jongler entre les uns et les autres. Il utilisait cinq ordinateurs différents et pour ne pas s'y perdre, il avait recours à une base de données.

Il sourit en pensant à la première fois où, par hasard, il avait croisé une SDF ivre, un soir très tard dans un quartier mal famé du XIXe arrondissement. À l'époque, il se cherchait, il tâtonnait. Et surtout, il ne disposait pas encore de la scopolamine. Il ne connaissait même pas l'existence de ce produit miracle. Depuis, il avait fait du chemin.

Il bailla sans mettre sa main devant sa bouche. Il se sentait fatigué tout à coup. Il était resté plongé dans le journal de Grand-Père jusqu'à quatre heures du matin et il avait dû se lever avant sept heures. Même pour lui, cela faisait une nuit très courte.

Il posa le Mac sur la table de nuit, programma l'alarme de son téléphone pour dix-sept heures puis il s'endormit.

Il se réveilla quelques secondes avant que la sonnerie retentisse. Il se leva tout de suite et sans effort.

Il se tourna vers Aglaé. Elle semblait figée dans la position où il l'avait laissée. Il passa la main devant ses yeux. Elle eut un très léger mouvement de recul.

Il alla chercher un verre d'eau et une serviette dans la salle de bain. Ça n'allait pas être facile mais il fallait qu'elle boive : la scopolamine déshydrate la peau et les muqueuses. Il l'aida à s'asseoir sur le bord du lit et étala la serviette sur elle pour qu'elle ne se salisse pas, puis, avec patience, il força la barrière de ses lèvres avec le bord du gobelet en plastique. Elle tenta de résister mais lorsqu'elle sentit les premières gouttes sur sa langue, elle eut un mouvement réflexe et but avec avidité. Il lui essuya les coins de la bouche.

Il sortit une bombe de teinture et vaporisa le contenu sur les longs cheveux. En trois minutes, la blonde Aglaé devint brune.

– Allez... Il va falloir se lever maintenant.

Avec la serviette, il fit le tour de la chambre et essuya tout ce qui avait été touché. Le gobelet qu'il venait d'utiliser, il l'écrasa et le glissa dans son attaché-case, à côté du Mac.

Certes, ces précautions ne servaient pas à grand-chose mais il aimait laisser les choses en ordre.

Il soutint Aglaé pour qu'elle se mette debout et, en la tenant par le bras, il lui fit faire quelques pas à travers la chambre en l'encourageant d'une voix douce.

– C'est très bien. Vous vous en sortez très bien…

Avec un large sourire, il prit la veste et le sac à main suspendus au dossier de la chaise.

– Tenez, vous avez failli oublier vos affaires. Seriez-vous distraite ?

Il l'aida à enfiler les manches du vêtement et glissa la bandoulière du fourre-tout à son épaule. Il lui mit sur le nez une paire de lunettes rondes, qui d'ailleurs lui allait très bien.

Pour éviter de repasser par la réception, il laissa la clé magnétique à l'intérieur. Tenant Aglaé serrée contre lui, ils quittèrent la chambre.

C'était le moment le plus délicat. À condition qu'il la soutienne, elle pouvait faire illusion. Mais de loin seulement. Il était hors de question qu'on la voie de trop près. Il devrait alors évoquer un malaise, quelqu'un pourrait avoir l'idée d'appeler un médecin ou une ambulance…

Heureusement, l'ascenseur était libre. Ils descendirent au sous-sol. Il aurait été plus pratique de laisser la voiture dans le parking souterrain de l'hôtel, mais lors de sa première visite, il avait remarqué deux caméras de surveillance braquées sur les véhicules en stationnement. En revanche, ils pouvaient quitter l'établissement par une sortie piétonne sans entrer dans leur champ.

Aglaé marchait lentement et il n'avait pas d'autre solution que d'accorder son pas au sien. Il se rassura en se disant que de cette façon, ils ressemblaient à un couple d'amoureux. Il la serra de plus près.

La voiture n'était qu'à deux cent mètres mais le trajet lui parut interminable. Il poussa un soupir de soulagement lorsque enfin, il appuya sur la télécommande qui se trouvait dans sa poche et qu'il entendit le claquement des serrures.

Il installa Aglaé sur le siège passager et lui attacha sa ceinture de sécurité. Il fit le tour de la voiture et se mit au volant.

D'ici quatre heures, au plus, ils seraient au manoir.

Il avait hâte d'arriver.

18

Il puait la fumée. Ses fringues, sa peau, ses cheveux en étaient imprégnés et il avait la sensation que son nez et ses poumons en étaient encore plein. Il aurait dû rentrer chez lui pour prendre une douche et se changer, mais il était déjà dix-neuf heures et il avait hâte de se replonger dans les entrailles du STIC.

Il y avait passé la plus grande partie de la nuit précédente, n'arrachant aux pixels ses yeux martyrisés que lorsque des flots épais et amers se mirent à en couler. Il était rentré chez lui vers quatre heures et avait dormi deux plombes d'un sommeil empli de cauchemars où se succédaient sans fin une ronde de portraits distordus et vicieux.

À six heures, harassé et courbaturé, il s'était levé et était allé courir une demi-heure dans les rues alentour avant de retourner consulter le STIC. Il y avait passé la matinée.

Frazier avait fait une apparition vers neuf heures et avait essayé d'engager la conversation au sujet du shiteux. Sa garde à vue n'avait pas été prolongée et il avait été relâché la veille au soir. Il ne lui avait pas répondu. Il n'avait même pas levé la tête de son écran. Son adjoint était reparti très vite et il ne l'avait pas revu. C'est peu avant midi, alors qu'il s'était absenté une minute pour aller pisser, que Frazier avait laissé le portrait de Charlotte sur son bureau accompagné de son invitation au restaurant.

Il n'avait pas pu avancer de tout l'après-midi. Ils avaient dû intervenir sur un incendie dans un immeuble voué à la démolition. Le bâtiment était censé être vide mais les pompiers y avaient retrouvé deux corps. D'après les premiers éléments de l'enquête, ceux de deux squatteurs qui vivaient là et qui avaient mis le feu accidentellement en se préparant à manger sur un réchaud de fortune. Il y avait passé quatre heures.

Quatre heures interminables.

Quatre heures perdues.

Il s'installa devant l'écran et commença à faire défiler les fiches.

Depuis la veille, il avait dû en regarder à peu près cinq mille. Il avait calculé qu'entre le temps de téléchargement et celui du coup d'œil à la photo, chacune lui prenait environ cinq secondes. Soit un peu plus de sept cent à l'heure. Même en resserrant au maximum les critères de recherche, le système lui en proposait encore plus de deux cent cinquante mille. Il n'avait pas voulu calculer le temps qui lui faudrait pour examiner tout ça.

Il devait en avoir fait défiler une vingtaine lorsqu'il entendit une cavalcade dans l'escalier. Dans la seconde suivante, Frazier fusa dans le bureau en beuglant :

– J'en ai deux ! J'en ai deux !

Frazier avait la tête d'un fou, rouge, échevelé, essoufflé, surexcité. Il puait le cramé et ses fringues semblaient fumer, comme s'il sortait à l'instant des décombres de l'incendie. Il brandissait son téléphone en continuant à gueuler.

– J'en ai encore deux ! Putain regarde ça ! J'en ai deux autres !

Il posa l'appareil devant lui. Sur l'écran, une jeune femme blonde d'une vingtaine d'années. Son visage et son sourire nacré faisaient briller l'écran. Elle était magnifique mais d'une manière différente des précédents portraits. Plus anguleuse. Plus sèche. Moins de douceur. Tandis qu'il l'observait, Frazier énonça en tentant de reprendre sa respiration :

– Juliette Fourcelle. Vingt-trois ans. Etudiante en lettres modernes à Rennes. Disparue depuis le 17 novembre 2010. Aucune nouvelle depuis…

– Rennes ?… En Bretagne ?

– Oui…

Il considéra le portrait.

– À part ses cheveux blonds, elle ne ressemble pas vraiment aux autres…

– Je suis d'accord avec toi. Seulement avant de disparaître, elle aussi avait un rendez-vous dans un hôtel… Pour le moment, je n'en sais pas plus.

Frazier se pencha sur son téléphone.

– Attends, c'est pas tout…

Il fit glisser une deuxième image sur l'écran.

– À partir de là, ça se complique… Davana Fodorova. Ukrainienne. Vingt-deux ans. Arrivée à Charles de Gaulle le 5 avril 2011 sur un vol Air France en provenance de Kiev. Elle ne s'est jamais présentée à son hôtel et elle n'a plus jamais donné signe de vie depuis…

– Une Ukrainienne ?

Il regardait abasourdi l'image de la jeune femme. Malgré le caractère évident de ses origines slaves, elle présentait une ressemblance frappante avec la photo de Charlotte. Elles auraient pu passer pour des sœurs.

L'image, prise à mi-buste était d'excellente qualité et avait sans doute été faite par un professionnel.

– Ça commence à faire une belle collection non ?

Frazier se frotta les mains. Il semblait presque réjoui.

– Mais comment t'as fait pour trouver ça ? On a passé l'après-midi sur ce putain d'incendie…

Frazier agita l 'auriculaire.

– Mon petit doigt !

– J'ai pas trop envie de jouer aux devinettes alors me casse pas les couilles avec tes conneries s'il te plaît. Comment t'as fait ?

Frazier s'éclaircit la gorge.

– J'ai des contacts… Des copains flics ou journalistes qui s'intéressent à disons… tout ce qui touche à ce genre d'affaire. Quand j'ai trouvé la photo de Charlotte, je me suis dit que tu devais avoir raison. Y'avait clairement baleine sous montagne…

– Pardon ?

– Anguille sous roche… Mais en plus balèze. J'ai contacté quelques-uns de mes potes et je leur ai fait suivre les photos d'Élisabeth et de Charlotte en leur demandant de jeter un œil dans leur dossier. J'ai reçu deux réponses coup sur coup en revenant ici…

– Incroyable. Élisabeth, Charlotte, Julienne et… comment t'as dis, l'Ukrainienne ?

– Pas Julienne, Juliette…

– Juliette oui…

– Et l'Ukrainienne, c'est Davana…

– Putain je m'y perds... Comment c'est possible ? Ça fait au moins cinq ans que ce fumier assassine et personne n'aurait jamais rien remarqué ?

Frazier se gratta la nuque et renifla plusieurs fois avant de répondre.

– D'abord rien ne prouve qu'il les assassine… Et puis, ce qui fait un tueur, c'est le corps des victimes qu'il laisse derrière lui… C'est par elles que l'on sait qu'il existe… Et c'est généralement par elles qu'on arrive à l'arrêter aussi. Là, pas de corps. Donc pas de meurtres. Par conséquent, pas de meurtrier…

– C'est dément…

– Non. C'est très simple. Hormis pour ta fille, où les choses se sont passées différemment, elles étaient toutes majeures et donc libres d'aller et venir. Même si les parents ou le petit ami ont déposé une plainte, ça n'est pas allé bien loin parce qu'il n'y a pas d'éléments inquiétants… Et aussi, faut bien l'admettre, parce qu'on n'a pas le temps ni les moyens de vraiment chercher. C'est exactement la réaction que j'ai eue hier à propos d'Élisabeth... Si t'avais pas insisté, ça en serait resté là. Jusqu'à ces derniers mois, dans le meilleur des cas, y'avait une vague recherche dans l'intérêt des familles mais même ça, ça vient d'être abandonné...

– Putain... C'est pas croyable...

Il se pencha sur le téléphone posé devant lui et désigna d'un coup de menton l'écran où s'affichait toujours l'image de Davana :

– Tu penses vraiment qu'il a embarqué aussi ces deux-là ?

– Oui... Juliette est différente physiquement mais le mode opératoire semble identique. Quant à Davana, même si son cas pose pas mal de nouvelles questions, elle ressemble suffisamment aux autres pour que l'on s'y intéresse de près. Maintenant, on peut toujours supposer qu'il s'agit de coïncidences et qu'aucunes de ces affaires ne sont liées...

– J'arrive pas à croire que personne n'ait jamais fait le rapprochement auparavant.

– Tu sais aussi bien que moi combien il y a de disparitions chaque année en France...

– Ouais...

– Ceci explique en partie cela. D'autre part, on voit bien qu'il chasse sur un territoire très étendu. Nord, Belgique, Bretagne... Et peut-être même jusqu'en Ukraine... Tu sais comment ça se passe... On a déjà du mal à faire le rapprochement avec les affaires du département d'à côté... Alors d'un pays à l'autre...

– Mais qu'est-ce qu'il fait des corps ? Faut bien qu'il les mette quelque part ?

– Je sais pas... Une carrière ? Un bois ? Un coin où personne ne va jamais...

– Ça existe que dans les romans un endroit pareil... Y'a toujours quelqu'un pour venir fouiner. Un randonneur, un chasseur, un couple qui cherche un coin tranquille pour baiser...

– Ouais… Il y a une autre solution : on peut supposer que les corps, ou au moins certains, aient été retrouvés sans être identifiés. Du coup, personne n'a jamais fait la liaison entre tout ça… Je sais pas. Y'a qu'en cherchant qu'on trouvera. C'est sur les éléments que nous avons qu'il faut travailler… Les suppositions, ça nous mène trop loin et surtout nulle part…

Frazier ramassa son téléphone et fit défiler les deux photos.

– Charlotte, le 24 mars 2008, Camille le 15 avril 2010, Juliette le 17 novembre 2010, Davana le 5 avril 2011 et Élisabeth, vendredi dernier…

Il nota que Frazier connaissait la date de la disparition de Camille. Sans doute avait-il consulté le dossier. Il sentit ses poils se hérisser de fureur mais Frazier, tout à son raisonnement ne remarqua pas son trouble et poursuivit :

– Entre la disparition de Charlotte et de Camille, il se passe deux ans. Ensuite seulement cinq mois entre Camille et Juliette…

À chaque fois que Frazier prononçait le prénom de Camille, il avait la sensation d'encaisser la ruade d'un cheval en pleine poitrine.

–… et cinq mois entre Juliette et Davana… Puis à nouveau deux ans entre Davana et Élisabeth. Je doute fort qu'il se soit arrêté entre-temps comme ça, spontanément… Ou alors c'est qu'il était au trou. Mais j'y crois pas… Je suis certain que non. Pas le genre à se faire pincer pour une connerie… S'il n'y a rien pendant deux ans, c'est parce qu'on n'a pas encore trouvé. Mais il doit y en avoir d'autres. Quatre au minimum… Et peut-être cinq ou même six…

Il fit un effort pour pouvoir poursuivre.

– Tu penses qu'il attend de moins en moins longtemps entre chaque meurtre ?

– En général, ça se passe comme ça chez les serials… Plus le temps passe et plus les pulsions se rapprochent les unes des autres… J'ai peur qu'il soit devenu de moins en moins patient… J'attends d'autres infos mais je peux pas recevoir ça ici. Faut que je rentre chez moi.

Frazier lui jeta un regard par en dessous avant d'ajouter :

– Tu veux venir ? On pourra réfléchir à tout ça…

– Chez toi ? Mais qu'est-ce que tu veux que j'aille foutre chez toi Frazier ?

– Si tu préfères passer ta soirée derrière ta bécane à mater tes tarés, c'est toi qui vois… Mais à mon avis, tu perds ton temps. C'est pas là-dedans que tu vas le trouver ton Gugusse… Il est trop malin pour avoir laissé des traces. Tu fais comme tu veux… Mais oublie pas qu'on a rendez-vous jeudi matin… D'ici-là, il faut réunir un maximum d'infos.

– Jeudi matin ?

– Le proc… D'ici là, je veux bétonner le dossier le mieux possible. On a déjà cinq disparitions, même si pour le moment, je préfère ne pas inclure ta fille dedans. Il devrait y avoir suffisamment de faits concordants pour le convaincre d'ouvrir un enquète.

Le procureur…

Il l'avait oublié celui là.

Pas Frazier. Il restait accroché à son idée comme une patelle à son rocher et rien ne le ferait changer d'avis.

Une fois de plus, il se maudit de s'être confié la veille. S'il avait fermé sa gueule, Frazier ne se serait pas lancé sur la piste comme un vautour sur une charogne.

D'un autre côté, même si l'admettre lui mettait les nerfs en pelote, c'est bien Frazier qui avait fait avancer les choses aujourd'hui. Mais il enrageait de savoir que dès jeudi, l'escouade d'enquêteurs qui allait se lancer sur les traces de l'autre enfoiré le trouverait avant lui.

Brusquement, il lui revint en mémoire ce qui s'était passé au restaurant à midi.

Peut-être tenait-il là le moyen de le faire changer d'avis ? Il attaqua sans plus réfléchir :

– Au fait, c'était qui cette nana qu'est descendue aux chiottes avec toi à midi ?

Frazier lui jeta un regard mi-intrigué, mi-inquiet qui lui procura une satisfaction certaine.

– Des conneries…

– Une copine à toi ?

– Mais non…

– Mais si… Elle se défonce ta copine ?

– Putain mais arrête de délirer… C'est pas ma copine.

– C'est toi qui devrait arrêter de délirer ! Qu'est-ce que tu crois qu'il dirait le procureur s'il savait que tu profites de ta pause-déjeuner pour aller te faire sucer par une tox dans les chiottes d'un resto ?

Frazier lui jeta un regard éberlué.

– Attends… Mais j'ai dit ça pour déconner ! Qu'est-ce que tu me racontes là ? Putain… J'le le crois pas… T'essaies de faire quoi ? Du chantage ? Mais tu piges que dalle ! T'es vraiment con à ce point ? Tu te rends pas compte que je suis avec toi et pas contre toi ? Mais c'est pas à nous deux qu'on va réussir à le chopper ton Gugusse ! Si on lance pas des recherches sérieuses, je donne pas cher de la peau d'Élisabeth. Et ça, y'a que le proc qui peut le faire !

Il soupira puis il se tortilla pour extraire de sa poche de jeans un petit flacon qu'il lui lança. Il l'attrapa au vol.

– C'est quoi ça ?

– Des amphets…

– Des amphets ? D'où tu sors ça ? C'est ta copine qui te les a fourguées ?

– Ouais… Elle m'a dépanné. J'ai pas dormi cette nuit parce que j'ai passé mon temps à chercher… Et je pense pas roupiller beaucoup plus ce soir ni demain…

Il désigna le flacon.

– Et ça, y a pas mieux pour rester éveillé.

– Tu bouffes ces saloperies ?

– J'en ai pris un peu quand j'étais étudiant. En période d'exam… J'en prends encore de temps en temps quand j'ai besoin de ne pas dormir. Bien dosé, ça aide vraiment…

Frazier le regarda droit dans les yeux avant d'ajouter :

– Toi tu as ta haine pour te tenir debout. Pas moi…

Il jeta le flacon en direction de Frazier qui l'attrapa au vol.

– Je te rends tes merdes. Je préfère ma haine…

Il éteignit son ordinateur et se leva de sa chaise.

– Bon… Je crois que je vais t'accompagner. C'est loin chez toi ?

19

Tout en jouant distraitement avec les deux morceaux de sa sarbacane, il pivota tour à tour vers les trois écrans qui scintillaient devant lui.

Euphrosyne.

Thalie.

Aglaé.

Enfin… Après ces longs mois de préparation, il pouvait les admirer toutes d'un même coup d'œil.

Il ne s'était pas trompé. Chacune rehaussait l'autre et la somme de leur beauté excédaient de loin tout ce qu'il avait espéré. À les voir là, à sa disposition, il se sentait très excité et il aurait voulu se mettre au travail tout de suite.

Mais non.

Malgré l'envie qu'il éprouvait, c'était trop tôt. Il devait attendre jusqu'à dimanche.

Dès son retour, après avoir installé Aglaé dans ses quartiers et s'être occupé d'Euphrosyne et de Thalie, il avait enfin pu décoller la fausse moustache qui barrait sa lèvre et qui commençait à le démanger.

Depuis l'enfance, depuis le grenier et ses mille trésors, il adorait se déguiser, transformer son apparence. Il suffisait de peu de chose. Quelques accessoires, un postiche, des lunettes, une teinture et l'on devenait un autre.

Il était resté longtemps sous la douche pour détendre ses épaules endolories par les huit heures interminables passées au volant.

La journée avait été fatigante.

Mais fructueuse.

Il visa les deux bouts de la sarbacane et porta le tube à ses lèvres. Il le pointa vers l'écran où s'affichait l'image de Thalie, vautrée en travers de son lit. Ce matin, alors qu'elle piaffait en hurlant des insultes, il avait réussi un très beau tir. Il l'avait atteint à la base du cou.

Juan aurait été fier de lui.

Il souffla avec douceur dans le tube vide, comme pour en chasser une poussière.

C'est dans le nord du Brésil, dans la petite ville de São Pedro, qu'il avait appris à fabriquer et à utiliser une sarbacane.

Grand-Père avait passé ici quelques semaines durant le printemps 1936. Il y avait peint la toile N°11. Il n'avait pas relu ce passage mais il se souvenait qu'il s'agissait d'une prostituée. Elle était un peu plus âgée que Grand-Père, peut-être vingt-neuf ou trente ans, très grande et au caractère affirmé. Grand-Père avait noté cette phrase : « *Une Carmen suave comme les tropiques et sauvage comme la tempête.* » Grand-Père l'avait représentée tendue et ondulante, dans un décor luxuriant de plantes et de fleurs, un bras tendu au-dessus de la tête, dans ce qui ressemblait à un pas de flamenco.

São Pedro n'offrait aucun intérêt.

C'était une petite ville plantée sur la rive d'un cours d'eau large et boueux. C'était misérable, sale, poussiéreux et très bruyant. Il n'avait rien retrouvé de ce qu'en avait décrit Grand-Père et deux jours après son arrivée, il envisageait déjà de repartir.

Et puis, ce matin là, en sortant de l'hôtel, il avait croisé Juan. C'était un métis, qui devait avoir une quarantaine d'années mais qui paraissait beaucoup plus âgé. Sa peau avait le grain du parchemin et ses yeux étaient cachés sous des paupières qui évoquaient le rideau de fer d'une boutique en faillite. Pourtant, malgré ce regard qui paraissait ne pas voir, Juan était un champion de la sarbacane.

Lors de leur première rencontre, Juan dans un curieux mélange de portugais, d'anglais et de français, lui avait parié cent réals qu'il pouvait en un seul coup, couper la « flor amarela ». Il désignait le long tube qu'il tenait à la main et une grosse fleur jaune qui émergeait d'un pot en fibre de coco suspendu à un balcon de l'autre côté de la rue. La cible que Juan s'était choisie était à une dizaine de mètres. Amusé, il avait tenu le pari.

Tout sourire, Juan avait glissé à l'intérieur du tube une petite fléchette emplumée. Il avait porté la sarbacane à sa bouche et visé avec soin. La fléchette projetée par son souffle puissant avait coupé la fleur tout net.

Il avait tendu deux billets de cinquante réals et invité le métis à prendre un verre. Devant une bouteille de Brahma, il avait proposé à Juan dix mille réals pour qu'il lui enseigne l'utilisation de la sarbacane. Malgré l'énormité de la somme, Juan avait pris le temps de terminer sa bière avant d'accepter.

Il s'était attardé à São Pedro trois semaines, le temps d'apprendre du métis ce qu'il avait besoin de savoir.

Il démonta les deux morceaux de la sarbacane et les glissa dans une poche. Après un dernier regard sur chacun des trois écrans, il se rendit à la bibliothèque.

Il n'était que vingt-deux heures trente. Il se sentait las mais n'avait pas envie de dormir. Il hésita une seconde en passant devant la cuisine.

Non, pas ce soir. Il s'interdisait de prendre un thé. Il en avait trop bu hier soir et c'est ce qui l'avait tenu éveillé aussi tard. Il allait se contenter de lire un peu puis essayer de s'endormir de bonne heure.

Il traversa la bibliothèque sans un regard pour les rayonnages et s'arrêta devant l'étagère réservée au journal de Grand-Père. Sans hésiter, il prit le quarante-septième volume.

Il s'installa dans le même sofa que la veille et ouvrit le cahier là où, des années plus tôt, il avait corné une page.

30 mars 1959
Enfin elle a accepté. Il m'a fallu la menacer longtemps et mettre 100 000 francs sur la table puis lui en promettre encore autant si cela réussissait mais elle a fini par accepter. Je ne sais pas si ce sont les menaces ou l'argent qui l'ont convaincue.
Peu importe. Ce qui compte c'est qu'elle a dit oui.
Je crois qu'elle est persuadée que cela ne marchera pas.
Moi, je pense que si. Nous verrons bien qui a raison.
Si ça marche et si c'est un garçon – et ce sera un garçon ! – Je crois que je l'appellerai Christian. J'aime beaucoup la sonorité de ce prénom.

Il sauta quelques pages.

7 avril 1959
Nous avons fait le premier essai hier soir. J'ai eu beaucoup de difficulté à me concentrer.
La journée à la galerie a été longue et pénible. Je me sens épuisé. Mais c'est maintenant le bon moment. Alors fatigué ou pas, il faut le faire. Peut-être que le mois prochain elle aura changé d'avis et je n'ai aucune envie de devoir tout reprendre à zéro.
Il m'a semblé qu'il n'y avait presque rien dans la seringue. En sortant de la salle de bain, je la lui ai tendue. Elle m'a regardé avec un air horrifié. Elle devait avoir le sentiment de briser un tabou. J'ai cru qu'elle allait me la jeter au visage.
Mais non.
Elle a mis longtemps à se décider et je commençais à perdre patience mais, après un dernier regard vers moi,

elle a enfoncé la seringue entre ses jambes et elle a
appuyé sur le piston.
Nous recommencerons ce soir et encore demain soir.

Il ouvrit le cahier à la corne suivante.

20 mai 1959
Cette fois c'est certain, elle est enceinte. Elle a des
malaises et elle vomit tous les matins. Je lui ai interdit de
travailler. Je vais embaucher quelqu'un d'autre.
En attendant, je vais me débrouiller tout seul... Je
devrais pouvoir y arriver.

Il fit défiler les pages, passant rapidement les mois
suivants, ne s'arrêtant que sur certains des passages qu'il avait
marqués d'un pli.

30 juin 1959
Elle a eu une crise terrible aujourd'hui. J'ai cru que je
n'en viendrais pas à bout Elle m'a maudit en me jetant
des objets à la figure et en hurlant que le bébé serait un
monstre. J'ai dû...

13 juillet 1959
J'ai eu raison d'être prudent. Ce matin encore, elle a
profité du moment où j'étais dans la salle de bain pour
prendre mes clés dans la poche où je les avais laissées et
filer. J'ai tout juste eu le temps de la rattraper avant
qu'elle prenne un taxi. Cette fois, c'est fini...

28 juillet 1959
J'ai passé des heures à la chercher. Je l'ai retrouvée de
justesse à la gare Montparnasse. Elle s'apprêtait à
prendre un train pour la Bretagne.
Je vais être obligé de la tenir enfermée jusqu'à
l'accouchement...

2 août 1959
La chaleur nous accable et nous gardons les volets fermés toute la journée... La tension est si épaisse qu'on dirait un brouillard...

5 août 1959
J'ai dû la gifler pour qu'elle se calme. Elle hurlait littéralement en se jetant sur la porte de la chambre...

22 août 1959
Depuis quelques jours, je respire. Les crises journalières se sont calmées. Je crois qu'elle s'est enfin fait une raison. Je lui ai rappelé les termes de notre marché et elle a semblé s'y résoudre. Je reste prudent et si je ne la confine plus dans la chambre du fond, je garde l'appartement toujours fermé. Je crois que...

15 septembre 1959
Des semaines que je n'ai pas ouvert mon journal. J'ai eu un travail fou à la galerie pour préparer la rentrée. Heureusement, la grossesse se déroule bien et les crises sont finies. Je ne sais pas comment j'aurais fait sinon...

17 octobre 1959
Elle a maintenant un ventre énorme.
Elle passe la plupart de ses journées au lit ou assise dans un fauteuil à lire. Je ne sais pas ce qu'elle me prépare mais j'ai le sentiment qu'il y a un coup fourré... Il va falloir que je me méfie. Je ne sais pas de quoi elle est capable... Je me demande si elle n'aurait pas l'idée de s'enfuir avec le bébé...

3 décembre 1959
Je n'en peux plus d'attendre.
Vivement qu'elle accouche et que tout cela cesse. La situation s'est un peu détendue mais c'est tout de même épuisant. J'ai longtemps cru qu'elle me préparait un

piège. Aujourd'hui je ne sais plus. Peut-être que je me trompe. Quoi qu'il en soit, pour parer à toute éventualité, j'ai pris mes précautions...

30 décembre 1959
Christian est né cette nuit à 4h35. Il pèse cinq livres et demie.
Ces dernières heures ont été terribles et pleines d'angoisse.
Quel soulagement quand l'infirmière est venue m'annoncer qu'il s'agissait d'un garçon ! Je crois en avoir pleuré de joie mais je n'en suis pas certain : il était très tard et j'étais dans une sorte d'état second. Maintenant, alors que seules quelques heures se sont écoulées depuis, ces moments sont déjà très flous.
Quand j'ai vu l'enfant, ma joie est retombée tout de suite. J'ai eu vraiment très peur. Il est tout rouge, minuscule et vraiment affreux. Un véritable avorton avec un crâne en forme de pain de sucre. J'étais persuadé qu'il n'était pas viable.
J'ai cru alors qu'elle avait raison, qu'il était impossible de faire un enfant de cette manière et que nous avions fabriqué un monstre. J'ai eu une seconde d'anéantissement.
Pourtant, la sage-femme m'a assuré que tout était normal, que c'était un beau bébé, petit, mais parfaitement constitué et plein de vie. J'avoue que même maintenant, j'ai encore du mal à la croire. Elle devait malgré tout avoir raison puisque douze heures se sont écoulées depuis sa naissance. Christian est toujours en vie.
Je vais attendre jusqu'à demain pour le déclarer à l'état civil et je...

Le bourdonnement de son téléphone le tira de sa lecture. Il sortit l'appareil, à la fois inquiet et irrité. Une inquiétude et une irritation qui se transformèrent en colère et en panique lorsqu'il lut le message inscrit sur l'écran :

Monsieur Châtelain,

Je suis vraiment désolée mais je dois décommander notre rendez-vous de vendredi. Ma mère a eu un accident ce matin. Elle a été percutée par une voiture. Rien de très grave mais elle a une jambe et deux côtes cassées. Elle va devoir rester hospitalisée quatre ou cinq jours et je vais devoir m'occuper de mon petit frère. Ensuite, comme elle ne pourra pas se débrouiller toute seule, je vais être obligée de rester auprès d'elle durant quelques jours afin de l'aider et de lui tenir compagnie. Inutile donc pour vous de faire le détour que vous aviez prévu jusqu'à Orléans.
Je pense que je serai à nouveau disponible d'ici une dizaine de jours. Peut-être sera-t-il possible de remettre notre rendez-vous aux alentours du premier juin ? Si vous le souhaitez, je pourrai me rendre moi-même à Paris à la date qui vous conviendra.
Je vous présente toutes mes excuses pour ce contretemps bien indépendant de ma volonté.
Mes salutations les plus cordiales.

Julie Sanpieti.

20

Frazier n'avait pas exagéré. Les murs de sa tanière, un trois-pièces au deuxième étage d'un immeuble situé à dix minutes de marche de l'hôtel de police, disparaissaient derrière des centaines de bouquins. De toutes tailles et de toutes couleurs, ils étaient rangés sur des étagères de mauvaise qualité qui ployaient sous la charge. Certaines semblaient sur le point de renoncer et prêtes à s'écrouler au moindre frôlement.

Les bouquins, c'était la seule particularité de cet appartement sans âme où l'on sentait que l'occupant n'était que de passage, pas soucieux pour un sou de marquer le lieu de son empreinte. Ça ressemblait beaucoup à son propre chez lui.

La visite s'était faite vite : une entrée, un salon qui desservait deux petites chambres, une kitchenette et une salle de bain. Le salon, assez grand, était meublé, en plus des étagères surchargées, d'un canapé vert en velours râpé, d'un vieux fauteuil club défoncé, d'un écran plat et d'un lecteur de DVD posés à même le sol. Entre la banquette et le fauteuil qui se faisaient face, une bobine de câble fatiguée servait de table basse. Un ordinateur portable était posé dessus. Le seul fragment de mur libre était couvert d'un grand panneau de liège dans lequel une multitude de punaises colorées étaient plantées.

Il avait fait le tour des bouquins, lisant sur les tranches des noms qui ne lui évoquaient rien : Benjamin Atkins, Ted Bundy, Albert Fich, Paul John Knowles, Carl Panzram, Richard Ramirez … La plupart étaient des éditions originales en anglais.

Frazier utilisait un système de classement par pays et par ordre alphabétique. Une vingtaine de rayonnages pleins à craquer étaient consacrés aux seuls Etats-Unis. Sur les étagères voisines, d'autres livres en français cette fois, relataient les carrières sanglantes de Guy Georges, d'Henri Désiré Landru, d'Emile Louis ou de Thierry Paulin… D'autres rayonnages étaient consacrés aux tueurs allemands, belges, italiens, russes, chinois, brésiliens, mexicains… Un tour de monde où la folie, la terreur et la souffrance constituaient les principales étapes du voyage.

Il en prit trois au hasard et s'installa sur le canapé. Il ouvrit le premier consacré à un certain Gary Ridgway et le feuilleta. Dans le cahier central, une trentaine de photos montrait le tueur. Une tête banale, un type qui aurait pu aussi bien être comptable ou fonctionnaire des impôts.

Il revint à la photo qui ornait la couverture et s'y attarda longtemps, cherchant dans le regard du tueur une flamme qui pourrait l'éclairer.

Il n'y trouva rien.

Il posa le livre et s'apprêtait à ouvrir le second quand Frazier, engoncé dans un peignoir bleu, sortit de la salle de bain.

– Ça fait du bien… T'es sûr que tu veux pas prendre une douche ? Quant tu remues, tu pues encore la fumée…

– Ça va aller. J'éviterai de bouger…

Frazier se pencha vers les livres qu'il avait sortis des étagères.

– Tu lis quoi ? Ridgway !… T'as choisi du très lourd là !

– T'as lu tous les bouquins qu'il y a ici ?

– Tous. La plupart plusieurs fois.

– T'en as combien ?

– Précisément, je sais pas. Un peu plus de deux mille je pense. Disons qu'avec une moyenne de dix victimes par tueur, y'a environ vingt mille cadavres dans mon salon…

– …

– Excuse-moi… J'suis vraiment con d'avoir dit ça… Bon je vais m'habiller…

Il réapparut une minute plus tard, vêtu d'un jean et d'un sweat mauve. Il s'installa dans le vieux fauteuil club et alluma l'ordinateur.

– Au fait, faudrait que tu me passes la photo du Gugusse…

– La photo ? Tu veux en faire quoi ?

– L'envoyer à mes contacts.

– C'est quoi cette histoire de contact ?

– On est un groupe d'une trentaine environ… Beaucoup de flics. Quelques journalistes aussi. Y'a même un auteur qui écrit des thrillers. Des hommes surtout mais il y a quelques femmes. On est répartis un peu partout en Europe. France, Belgique, Allemagne, Angleterre, Espagne, Italie… et même quelques-uns aux États-Unis et au Canada. Pour la plupart d'entre nous, on s'est jamais rencontrés les uns les autres. On communique par Internet.

– Et vous faites quoi ? J'ai pas bien compris.

– Pour l'essentiel, on réfléchit sur des affaires non élucidées. On confronte des informations glanées ici ou là. On élabore des théories… De temps en temps, il nous arrive aussi de suivre une affaire en temps réel… On met en commun nos idées pour essayer d'apporter une solution ou au moins un éclairage différent.

Ce qu'il entendait, confirmait ce qu'il pressentait : Frazier, minable poulet d'un minable quartier, avait des rêves de grandeur. Il était persuadé de tenir l'affaire de sa vie. Il ne put se retenir d'être désagréable :

– Bref, vous vous prenez pour Zorro quoi… À part Jack l'Eventreur, vous en avez beaucoup des affaires non élucidées ?

Frazier le regarda et secoua la tête.

– Tu crois quoi ? Des affaires non élucidées, c'est pas ça qui manque. Rien qu'en France, il y en a des dizaines. Pense à des types comme Francis Heaulme ou Michel Fourniret… On a mis des années pour les coincer.

Frazier désigna le livre posé sur les coussins du canapé.

– Ce type là, Gary Ridgway… Il a avoué quarante-neuf meurtres commis entre 1982 et 1985. En fait les poulets sont convaincus qu'il en a commis presque le double. On ne lui a mis le grappin dessus qu'en 2001. T'imagines ? Aux Etats-Unis, le FBI estime qu'il y a en permanence entre quarante et deux cent tueurs en série qui se baladent dans la nature. À peu de chose près, on doit avoir la même chose en Europe.

– Oublie le un peu le FBI… Donc, tu veux envoyer la photo à tous… tes contacts ?

– Oui. Ça donnera sûrement rien… Mais c'est pas impossible non plus que quelqu'un nous signale quelque chose. On n'a rien à perdre… En comparant avec la photo d'Élisabeth, j'ai trouvé Charlotte. Et avec ces deux photos, on a pu identifier deux autres affaires…

Il réfléchit à ce que venait de dire Frazier.

Ce qu'il voulait avant tout, c'était retarder le plus possible l'ouverture d'une enquête officielle. Il avait l'espoir qu'un indice lui permettrait d'identifier le type de la photo. Alors pourquoi pas ? Après tout, le groupe de dingos avec lequel Frazier travaillait pouvait peut-être fournir un début de piste.

– Ok… Je te l'envoie par mail ?

– Oui. À cette adresse s'il te plaît…

Frazier tourna l'écran vers lui.

Il recopia l'adresse et expédia l'image.

– C'est bon, je l'ai… Le temps de la réexpédier… Voilà. Y'a plus qu'à patienter… T'as faim ? J'ai des pizzas au congel.

Non. Il n'avait pas faim mais il se rappela qu'à part du café et trois pains au chocolat, il n'avait presque rien avalé depuis la veille et rien depuis ce matin. Surtout, s'il voulait arriver à ses fins, il fallait qu'il cesse d'exhiber son agressivité à tout bout de champ. Peut-être qu'il pourrait parvenir à faire changer d'avis Frazier et à le faire renoncer à aller voir le procureur. Ou au moins à retarder le plus possible ce rendez-vous. Autant le caresser dans le sens du poil et tenter de faire ami-ami.

– Ouais… Je veux bien une pizza.

– Bah il t'en faut un temps pour te décider. J'ai cru que tu étais en train de résoudre la quadrature du cercle…

Frazier se leva et disparut dans la cuisine.

Il s'extirpa avec difficulté du canapé qui semblait vouloir l'avaler. Il le rejoignit et l'observa s'activer. À un moment, leurs regards se croisèrent et il lui sembla que ses pupilles étaient très dilatées. Frazier avait du avaler une de ces cochonneries.

– Tu veux un coup de main ?

– T'as vu la taille de ma souillarde ? À deux, y'a plus moyen de bouger…

Il s'appuya au chambranle et observa Frazier quelques secondes. Il demanda :

– Comment tu l'imagines ?

– Gugusse ?

Frazier s'immobilisa, deux cartons à pizza dans les mains.

– En fait je l'appelle Gugusse parce que j'ai pas d'autres noms qui me viennent mais je pense que c'est tout, sauf un Gugusse. Ca doit même être tout le contraire.

Il posa les deux cartons sur le minuscule plan de travail.

– Je pense que c'est un type brillant. Probablement un QI très au-dessus de la moyenne. La manière dont il prépare ses coups, c'est quand même pas banal. Ça doit lui prendre des semaines. Les offres d'emplois, les rendez-vous à l'hôtel, c'est tout un travail de préparation, de mise en confiance… C'est très élaboré. Je suppose que l'excitation monte au fur et à mesure. En ce moment, il doit être au paroxysme…

– T'as déjà vu un truc de ce genre dans tes bouquins ?

– Jamais. Même si en apparence, ils mènent une vie sans histoire, les tueurs en série sont toujours   des mecs très perturbés. Beaucoup sont à la limite de la débilité. Pas tous hein ! Il y a aussi des exemples de types intelligents, très organisés mais j'ai jamais entendu parler d'un tueur capable de passer des semaines à préparer son coup. En général, ils fonctionnent à l'impulsion.

Il enfourna les deux pizzas avant de continuer :

– Là, c'est tout le contraire. Quand on observe les photos prises à Lille, on dirait vraiment un type normal. Séduisant même… Et puis, pour ne pas éveiller les soupçons des filles, faut qu'il assure, qu'il parle, qu'il sourie… Là j'ai l'impression qu'on a affaire à… Je sais pas moi… Une sorte d'artiste d'une certaine façon…

Il referma la porte du four et se redressa :

– Y'a un autre truc qu'on n'a pas pris en compte… Pourtant c'est important.

– Quoi ?

– Le blé… Ça doit être un mec un minimum friqué. Il doit pas avoir besoin de s'user la santé à travailler comme le commun des mortels.

– Oui… J'y avais pensé. Vu les hôtels qu'il fréquente, la manière dont il se sape, c'est certain que c'est un type qui a du fric.

– Du coup, il a du temps. Il peut se consacrer à sa passion tout entier.

– Qu'est-ce qu'il fait aux filles à ton avis ?

– Impossible à dire en l'absence de corps. Ce qui est sûr à peu près à cent pour cent, c'est que c'est un type qui a des problèmes sexuels. Après, ça peut se traduire de différentes façons…

– Du genre ?

– Je suis pas certain que tu aies envie d'entendre ça…

– …

– Bon… Comme tu veux. Viol, sadisme, mutilation, vampirisme, cannibalisme, nécrophilie… C'est ce qui revient le plus souvent.

Chacun des mots prononcés par Frazier lui donnait la sensation que sa tête éclatait. Il ferma les yeux quelques secondes pour chasser les images qui l'avaient envahi avant de continuer.

– Combien de temps il les garde ?

– Ça aussi, c'est difficile de savoir. Tout dépend de la réaction de la fille, de l'endroit où il la retient... Certains tuent leur victime immédiatement, dans les heures qui suivent le kidnapping, d'autres les gardent des mois et même parfois des années... Y'a eu une histoire dans ce genre y'a un an ou deux aux États-Unis. A Cleveland je crois... Et aussi une autre en Autriche, tu te rappelles ? Comment c'était le nom de la fille ?

Il ne répondit pas.

Des années... Se pouvait-il que Camille ?...

Non.

Camille était morte.

Il en était certain. Il le sentait au plus profond de lui-même.

Intimement.

 Frazier reprit :

– T'as deux sortes de tueurs. Les spontanés et les organisés. Gugusse, c'est un organisé. Je pense pas qu'il les tue tout de suite. Disons qu'il les garde une dizaine de jours. Ensuite...

– Donc, ça laisserait au plus une semaine pour retrouver Élisabeth... Quoi d'autre sur le type ?

– Pour le moment, je vois rien de plus. Un mec froid. Méticuleux. Patient... Sûrement très manipulateur aussi. Et décidé à aller au bout de son délire. Il doit se sentir investi d'une sorte de mission...

Il se pencha sur le four.

– C'est prêt. Tu vas voir, c'est de la margherita de haute volée...

Frazier fit glisser les pizzas dans deux assiettes, qu'il lui tendit.

– Prend ça. J'apporte le reste. On mange sur la bobine. J'ai rien d'autre de toute façon. Pose l'ordinateur par terre...

Ils s'installèrent et avalèrent en silence quelques bouchées de la pâte trop sèche, de la tomate trop acide, du fromage filandreux et du jambon parcheminé.

– Alors cette pizza ?

– De la haute volée… T'as pas exagéré.

– Je te filerai l'adresse. Comme ça, tu seras sûr de pas en acheter par accident.

– Merci bien… Comment on peut avancer maintenant ?

Frazier s'essuya la bouche dans une serviette en papier.

– La piste la plus fraîche, c'est à Lille qu'elle se trouve…

– C'est clair… C'est là-bas qu'on aura le plus de chance de trouver quelque chose. Demain, j'y retourne. Hier, quand le barman m'a montré la photo, j'ai cru que ce serait facile de retrouver le type. Je suis parti trop vite… Mais il doit y avoir encore des trucs à glaner. J'aurais dû cuisiner le réceptionniste, jeter un œil dans ses réservations. Bref, j'ai merdé. Faudrait rencontrer les parents d'Élisabeth aussi, ses amis… Peut-être que quelqu'un a remarqué un truc.

Frazier termina la dernière bouchée de pizza.

– Je donnerais beaucoup pour savoir ce qu'il est en train de faire en ce moment notre Gugusse…

21

Il hurla de colère.

Tout s'était trop bien déroulé jusqu'à maintenant. Certes, il y avait bien quelques petites difficultés, comme avec Thalie, mais rien d'ingérable. Et voilà que cette petite morue prétentieuse venait perturber ses projets !

Il jeta le téléphone sur les coussins du canapé, referma d'un coup sec le journal de Grand-Père et se leva. Il se mit à arpenter la bibliothèque à grands pas, en s'efforçant de trouver une solution.

Il devait la faire changer d'avis.

Obligatoirement.

Sur une commode ventrue marquetée par André-Charles Boulle, il attrapa le Macbook pro qui était en train de se recharger.

Il débrancha l'ordinateur et retourna s'installer dans le canapé. Il réfléchit quelques secondes.

D'abord tenter de vérifier ce qu'elle disait.

Il se connecta sur l'adresse avec laquelle, sous le pseudonyme de Sirius, il communiquait avec elle depuis plusieurs mois.

Il avait construit ce personnage, un jeune marseillais de vingt-quatre ans qui ne parvenait pas à faire son coming-out, au fur et à mesure de leurs échanges. Elle était persuadée de l'aider à assumer son homosexualité. Tout ce qu'il avait eu besoin de savoir d'elle, il l'avait obtenu par ce biais.

Il y avait bien un message qu'elle avait envoyé en fin d'après-midi.

> Comment va mon Sirius préféré ?
>
> Moi je suis en pleine galère.
> Enfin pas moi, mais ma mère. Elle s'est fait percuter alors qu'elle sortait du collège par le père d'un de ses élèves venu récupérer son gamin ! Il était pressé et ne l'a pas vue.
> C'est ce qu'il dit... Je le soupçonne de l'avoir fait exprès ;)
> Ma mère est parfois peau de vache avec ses élèves et on peut imaginer que le Papa a voulu venger son fiston d'une mauvaise note !
> Enfin, plus de peur que de mal. Quelques côtes enfoncées, un tibia en deux morceaux et cinq semaines de plâtre.
> Du coup, je suis coincée chez moi pour au moins une semaine ou dix jours. Il n'y a que moi pour m'occuper de mon petit frère.
> Pfff ! Que ne ferais-je pas pour ma chère famille !
> Ceci dit, c'est très embêtant car j'avais rendez-vous jeudi pour le job dont je t'ai parlé. Je crois qu'ils m'ont à la bonne mais j'ai peur de passer pour une fille pas sérieuse. Je n'ai pas encore trouvé le courage de les prévenir. Je ferai ça tout à l'heure.
> Et s'ils ne veulent plus de moi, et bien... tant pis pour eux !
> Et toi ? Tes nouvelles se sont faites rares ces derniers temps !
> Toujours aussi occupé par ton travail ?
> Je les attends avec impatience.
> Julia

Bon, au moins, elle n'essayait pas de le baratiner. C'était plutôt rassurant. Il concocta une réponse rapide.

> Ma pauvre Julia préférée...
> C'est vraiment pas de chance ce qui t'arrive. Remarque, si ce père vindicatif t'avait visé toi et non ta mère, ça aurait été pire encore !
> Rassure-toi... Je suis sûr que ça va marcher pour ton job. Même avec une seule jambe... Et même sans : ce sont eux qui te courent après !

Je ne peux pas m'attarder car je ne suis pas seul ce soir ;)
So long !
Et que la force soit avec toi...
Sirius

Il se reconnecta sur l'adresse de Jean-Charles Châtelain et se concentra quelques secondes avant de se mettre à écrire. Ses changements de ton et de personnalité lui demandaient parfois un effort, surtout lorsque, comme ce soir, il était fatigué.

Mademoiselle Sanpieti
Je suis infiniment désolé de ce qui est arrivé à votre mère à qui je souhaite un prompt rétablissement.
Vous êtes bien sûr toute pardonnée.
J'étais encore en réunion lorsque votre message est arrivé. Etant donné qu'il s'agit d'un cas d'urgence, je me permets de vous répondre immédiatement malgré l'heure déjà tardive.
Je ne vous cache pas que votre empêchement nous plonge dans le plus grand embarras. Je ne vous l'avais pas encore expliqué mais notre catalogue doit être prêt au plus tard le 30 juin prochain. Il nous faut donc impérativement avoir terminé notre sélection le 31 mai. Il nous sera donc impossible de retenir votre candidature si je ne vous rencontre pas avant cette date. Et soyez certaine que nous regretterions énormément de devoir nous passer de vos services. De toutes les propositions que nous avons reçues, seule la vôtre a fait l'unanimité.
Aussi je vous propose de nous retrouver non pas au bar de l'hôtel Jeanne d'Arc à Orléans, comme initialement prévu mais de me rendre directement chez vous à Saran afin de vous rencontrer et de faire sur place les clichés indispensables à l'avancée de notre sélection.
Je vous remercie par avance de bien vouloir me communiquer votre réponse dans les meilleurs délais afin que je puisse m'organiser au mieux.
Cordialement.
Jean-Charles Châtelain.

Il se relut, corrigea quelques fautes de frappe et expédia le message.

Il savait qu'elle se couchait tôt et il redoutait qu'elle se soit déjà déconnectée. Auquel cas, il lui faudrait attendre demain matin avant de recevoir une réponse.

Il posa le Mac sur la table basse qui lui faisait face.

Que faire en attendant ? Il n'allait pas passer la soirée à attendre devant l'écran sinon il allait devenir fou.

Autant lire. Le journal de Grand-Père saurait le distraire. Mais pas cette période. Il allait avancer dans le temps. Il rangea le volume 47 et sortit du rayonnage le volume 69.

Il revint s'installer sur le canapé. À peine avait-il ouvert le journal qu'un bip émis par l'ordinateur lui indiqua l'arrivée d'un message. Il se précipita dessus.

> J'espère que mon Sirius préféré va passer une bonne soirée alors ;)
> Une fois de plus, tu avais raison. Je viens de recevoir un message de Monsieur Châtelain (celui du job…)
> Tu as déjà vu ça toi, un employeur qui te répond à 11 heures du soir ? Il me propose de passer chez moi puisque moi je ne peux pas bouger.
> C'est pas la classe internationale un truc pareil ?
> Ceci dit, ça m'ennuie un peu de le recevoir ici…
> Je vais essayer de trouver autre chose. Après tout, ils ne veulent que moi et sont prêts à tout on dirait !
> Mais c'est vrai que depuis que je te connais, tout semble me sourire :)
> Je souhaite une douce soirée à ma bonne étoile !
> Amuse-toi bien…
> Julia.

Un autre message arriva quelques minutes après sur l'autre adresse.

> Monsieur Châtelain,
> Je sais que mon désistement de dernière minute vous plonge dans l'embarras. Croyez bien que j'en suis infiniment désolée. J'ai peut-être une solution à vous proposer.
> Je pense que je pourrais me libérer mardi 21 pour l'après-midi et une partie de la soirée. J'ai consulté les horaires de train. Je peux être à Paris à 15 heures. Seule condition, je dois reprendre le train de 19H37 afin d'être de retour chez moi au plus tard à 21H30.

176

Cette date vous conviendrait-elle ?
Cordialement.
Julie Sanpieti.

Non.

Cette date ne lui convenait pas du tout. Il avait besoin d'elle vendredi. Pas quatre jours plus tard ! Il réfléchit quelques secondes avant de décider quoi répondre.

Mademoiselle Sanpieti,
Je suis très reconnaissant des efforts que vous faites mais hélas, je pars lundi 20 de très bonne heure pour New York. Je ne serais de retour que le samedi suivant. Je vous aurais volontiers confié aux bons soins de mon assistante mais celle-ci est actuellement en congé maladie. Je suis donc seul pour gérer la totalité de notre recrutement. C'est d'ailleurs pourquoi je me permets de tant insister. Jamais je ne pourrai retrouver une candidate dotée de vos qualités dans un délai aussi bref.
Je crois que la seule solution qui nous permette d'initier notre collaboration, c'est que nous nous voyions à la date initialement fixée, la seule possible pour moi.
Je vous promets de ne pas vous déranger longtemps. En moins de trente minutes, tout sera réglé. Vous pourrez ensuite vous consacrer entièrement à votre petit frère et à votre mère.
Afin de vous dédommager du dérangement, j'ai décidé d'augmenter la rémunération que nous avions évoquée de cinquante pour cent.
Cordialement.
Jean-Charles Châtelain.

Il se relut et décida de supprimer la dernière phrase qui lui semblait tomber mal à propos. Inutile de parler d'argent. Par contre New York, parfait ! Une belle trouvaille. Elle allait adorer !

Il expédia le message en songeant à la façon dont il allait s'y prendre s'il ne parvenait pas à la faire changer d'avis. Il disposait de son adresse grâce au CV qu'elle lui avait transmis. Il savait donc où la trouver…

Le bip de l'ordinateur le tira de sa réflexion.

Monsieur Châtelain,
L'insistance dont vous faites preuve est pour moi un honneur auquel je ne suis pas insensible.
Alors d'accord. Venez chez moi puisqu'il vous est impossible de faire autrement. Je vous recevrai vendredi avec plaisir.
Je vous souhaite une bonne fin de soirée.
Cordialement.
Julie Sanpieti.

PS : Merci de m'indiquer l'heure à laquelle vous comptez arriver.
PPS : Si vous le souhaitez, je vous ferai parvenir un plan d'accès détaillé. Le lotissement où je réside est quelque peu labyrinthique quand on ne connaît pas !

Il eut un petit sourire, soulagé d'avoir été suffisamment convaincant. Il répondit en prenant son temps.

Mademoiselle Sanpieti,
Merci à vous.
Sauf problème de dernière minute, et si cela vous convient, je serai chez vous à 10 heures.
Merci pour votre plan mais mon véhicule est équipé d'un GPS qui me conduira à bon port.
Je vous dis donc à vendredi.
Bonne fin de soirée également.
Cordialement.
Jean-Charles Châtelain.

Il se laissa aller contre le dossier du canapé. La tension accumulée en une demi-heure lui avait raidi la nuque et les épaules. Il fit quelques mouvements de la tête pour assouplir ses cervicales. Il les sentit craquer.

Il s'installa le plus confortablement possible et ouvrit le journal au hasard. Grand-père écrivait peu à cette époque là. Il restait parfois des semaines et des semaines sans rien noter.

20 mai 1979
Mais quel petit con ! Je ne sais plus quoi faire. Voilà qu'il est amoureux... Je m'attendais à tout de sa part, mais pas à ça. Hier soir, il l'a invitée à dîner pour me la présenter.

178

Le pire, c'est qu'elle lui ressemble.

Une espèce de limace chevelue, couverte de lainages puants et de bijoux en plastique clinquants et ridicules. Elle porte en permanence de petites lunettes rondes et fumées qui lui donnent un air idiot. Je comprends maintenant pourquoi Christian arbore le même genre de décoration depuis quelques semaines.

Autre détail bizarre, elle porte autour du cou un insigne qui ressemble fort à celui qui orne le capot de ma Mercedes. Quand je lui ai demandé de quoi il s'agissait, elle a bêlé je ne sais trop quoi. « Picenlauve » m'a-t-il semblé.

C'est à peine si elle a encore le courage de parler. D'ailleurs elle ne parle pas, elle ânonne. Comme si articuler lui demandait trop d'eff...

Le bip du Mac lui fit lever la tête.

J'espère que mon Sirius préféré passe *effectivement* une bonne soirée...

Si je prends ton silence comme mètre-étalon, je dirais que oui... Pas une pensée pour sa petite Julia hein ? Espèce d'égoïste.

Tu me paieras ça, saligaud !

Au cas où ça t'intéresserait encore un peu, je te signale que j'ai dit oui. Je lui avais proposé une autre date mais ça ne lui convenait pas. Figure-toi que Môssieur Châtelain n'est pas dispo la semaine prochaine. Il sera à Nouillorque pour affaires.

Salon VIP... Vol en première... Petites hôtesses à ses soins... Encore un peu de Champagne Môssieur Châtelain ? Une petite séance de manucure avant l'atterrissage ?

La classe internationale je te dis !

Il passera donc chez moi vendredi en fin de matinée. Mon premier pas sur la route de la gloire, de la fortune et de la célébrité ?

À compter de maintenant, si ça ne te dérange pas, appelle-moi Princesse Julia, s'il te plaît ;)

Tiens, j'ai une idée... Quand je serai riche, quand mes pas ne se poseront plus que sur un chemin pavé d'or, de toi, je ferai mon bouffon.

Ta seule occupation sera de me faire rire.

Rassure-toi, tu seras mon bouffon préféré pour la bonne et simple raison que je n'en aurai qu'un. C'est cher à entretenir un bouffon ! Ça casse beaucoup ! Déjà que, d'après ce que tu m'as expliqué, tu es maladroit de tes mains... Là, tu le seras aussi de tes pieds parce que comme tout bouffon qui se respecte, tu auras l'uniforme complet. Tu sais ? Le rouge et vert... Avec des poulaines... Et les petites clochettes cousues au bout... Tu vois ?

Allez, j'arrête de te raconter des âneries car je sais que tu as mieux à faire que de les lire. Je te laisse à tes douces occupations...

Dis-moi crotte pour vendredi et envoie-moi un peu de ta poussière d'étoile. Tu sais, celle qui me porte-bonheur...

Je te tiendrai au courant. J'espère que toi aussi ;)

Julia.

Il sourit, amusé par le ton du message. Puis il se replongea dans le journal de Grand-Père...

Mercredi...

22

Il ouvrit les yeux et se redressa. Durant quelques instants, il se demanda où il se trouvait. Puis, vague après vague, tout lui revint en mémoire.

Camille… Élisabeth… Charlotte… Juliette… Davana… Et Frazier…

Il repoussa le drap et s'assit sur le bord du lit. Il se sentait brûlant, nauséeux, la tête en lambeaux. Il devinait, en embuscade dans un repli de son cerveau, une migraine sournoise prête à lui sauter aux tempes.

La douleur se fit plus vive quand il se leva. Il enfila son jean en grimaçant.

Putain… C'est pire qu'une gueule de bois…

Il s'approcha de la fenêtre et écarta le rideau. Dehors, le ciel gris crachouillait une bruine affligeante qui faisait briller le boulevard d'une humidité malsaine.

Pieds nus, il cahota jusqu'au salon. Il s'attendait à y trouver Frazier mais la pièce était déserte. Il appela :

– Fraz…

Il s'interrompit, se rappelant tout à coup que désormais, son adjoint avait un prénom.

– Bruno ?… T'es là ?

Le simple fait de prononcer trois mots déchaîna une tempête sous son crâne. Il prit appui contre le canapé et s'enserra le front entre ses mains.

C'est alors qu'il vit le mot posé sur l'accoudoir :

T'as des croissants frais et du café dans la cuisine. T'as juste à le faire réchauffer dans le micro-onde. Y'a des serviettes propres dans la salle de bain.
J'ai frappé mais tu n'avais pas l'air de vouloir émerger. Je suis au boulot. Laisse la clé dans la boite à lettres en partant.
J'ai eu quelques retours après que tu te sois endormi. Tous négatifs. Monsieur Gugusse est un discret et n'a pas marqué les esprits on dirait... Je devrais avoir d'autres réponses d'ici midi. Je t'appelle pour te donner l'adresse d'Élisabeth et de ses parents dans la matinée.
Si tu trouves quelque chose à Lille, préviens-moi.

Il jeta un coup d'œil sur la pendule du lecteur de DVD.
7h44.
Il calcula qu'il avait dormi un peu moins de quatre heures.
Il s'ébroua, s'efforçant d'ignorer la douleur qui lui enserrait la tête. Un bras tendu pour s'équilibrer, une main posée sur le front, il marcha à petit pas jusqu'à la cuisine. Il repéra la cafetière et s'en servit une tasse. Il but une longue gorgée froide et amère. Il prit un croissant dans le sac et revint au salon.
Il s'installa dans le canapé, mâchouillant distraitement la viennoiserie.
Il était tombé vers quatre heures et demie. Littéralement. C'est Frazier qui l'avait aidé à aller se coucher dans la petite chambre d'ami.
Il termina le croissant quand son regard tomba sur le panneau de liège. Frazier y avait punaisé les portraits d'Élisabeth, de Charlotte, de Juliette et de Davana. Heureusement, il n'avait pas accroché le portrait de Camille. Ça, il ne l'aurait pas supporté.
Il s'approcha.

Pour chacune, Frazier avait noté avec minutie les dates et les circonstances de leur disparition.

Au centre du panneau, il avait accroché la photo prise à Lille. Elle était barrée d'un grand point d'interrogation. Sous le dessin, Frazier avait résumé tout ce qu'il imaginait et avait déduit de celui qu'il surnommait Gugusse.

Il haussa les épaules et tourna le dos au panneau.

Il termina son croissant et but la dernière gorgée de café. Il nota avec plaisir que la douleur dans son crâne s'estompait peu à peu.

Il fila dans la salle de bain et prit une douche très chaude qui le remit à peu près d'aplomb.

Au moment de se rhabiller, il eut une grimace de contrariété.

Merde... Je vais quand même pas taper un slip et un T-shirt à Frazier.

Il pouvait passer chez lui pour se changer mais il perdrait au moins trois quarts d'heure.

Tant pis...

Il remit ses vêtements de la veille qui exhalaient encore une légère mais tenace odeur de fumée. Il retourna à la cuisine pour rincer la tasse qu'il avait utilisée.

Il s'apprêtait à partir lorsqu'il entendit un tambourinement à la porte-fenêtre qui donnait sur le petit balcon. À l'extérieur, dressé contre la vitre, le chat de Frazier frappait au carreau.

Déjà, dans la nuit, il était arrivé et avait manifesté sa présence de cette manière.

Il s'était figé lorsqu'il avait vu l'animal au pelage d'un roux automnal décliné en trois tons crémeux. À dix ans, Camille avait voulu un chat et celui qu'elle avait choisi parmi une portée de quatre ressemblait beaucoup à celui-ci.

Il tira la porte-fenêtre et le minet entra en braillant. Un miaulement étrange qui évoquait le grincement de gonds mal huilés.

Comment Frazier appelait son greffier déjà ?

Mister Roudoudou...

Le chat se frottait sur le fauteuil de son maître, la queue dressée, exhibant sans complexe un arrière-train festonné d'une arrogante paire de couilles.

« C'est la terreur des chattes du quartier. C'est sûrement pour ça qu'on s'est adopté lui et moi. On est un peu pareils... » lui avait dit Frazier en prenant sa bestiole dans ses bras.

Mister Roudoudou sauta sur le fauteuil-club, dressé contre le dossier qu'il massait en cadence en continuant à miauler. Maintenant, sa voix évoquait plutôt le vibreur d'un téléphone portable fatigué.

– T'as faim ? Je sais pas quoi te donner...

Il se souvint de ce que lui avait dit Frazier concernant les habitudes alimentaires plutôt bizarres de son greffier. « Il aime mieux le pain que la pâtée ou les croquettes... »

– Attends. Je crois que j'ai un truc pour toi...

Il alla chercher le croissant qu'il n'avait pas mangé et le donna au minet qui grogna de contentement.

Il laissa la porte-fenêtre entrouverte pour que la bestiole puisse aller et venir à son gré. Au moment où il fermait la porte de l'appartement à clé, il eut la sensation d'avoir oublié quelque chose. Mais impossible de se rappeler quoi.

Le plus discrètement possible, il récupéra sa voiture garée dans une rue derrière l'hôtel de police. Il était censé être malade et il aurait été embêtant de tomber sur un collègue ou, pire encore, sur Daguasse.

Tiens d'ailleurs, il fallait qu'il l'appelle celui-là pour lui signaler son absence.

Il démarra et s'engagea dans la circulation.

Tout en conduisant, il repensa à ces dernières heures.

Frazier avait dû bosser toute la nuit. Porté par les amphétamines qu'il gobait au rythme d'une pilule toutes les deux heures, il semblait inépuisable. Il parlait, tapait comme un forcené sur son ordinateur, échangeait des messages avec ses contacts, prenait des notes, passait ou recevait – souvent en anglais – des coups de fil, feuilletait ses bouquins, s'arrêtant une minute de temps en temps pour réfléchir avant de repartir de plus belle.

Lui, avalait café sur café pour ne pas sombrer, avec l'impression pénible d'être complètement inutile tandis que son adjoint était devenu le général d'une armée invisible mais active.

Selon Frazier, Gugusse, lorsqu'il avait choisi sa future proie, devait d'abord réunir le plus possible de renseignements de manière à lui concocter une proposition sur mesure pour l'attirer à coup sûr dans ses filets. Aidés par trois de ses contacts francophones, ils avaient passé plusieurs heures à tenter de localiser sur le web une éventuelle offre d'emploi qui aurait pu retenir l'attention d'Élisabeth à partir de mots clés tels que « traduction russe », « auteur russe », « édition franco-russe »… Malgré leurs efforts et le temps passé, ils ne trouvèrent rien. Soit l'offre avait été effacée, soit elle était rédigée de manière tellement banale qu'elle n'avait pas attiré leur attention.

Plus tard dans la nuit, vers deux heures du matin, alors que le calme était revenu, Frazier lui avait demandé : « Et ta femme ? »

Etait-ce la fatigue qui, rompant une barrière jusque-là solide, lui avait fait tout lâcher ?

La première phrase avait eu du mal à sortir comme si son gosier refusait de la libérer. La suite avait giclé comme le jus d'un abcès trop mûr qui se vide tout à coup.

Il avait tout raconté.

Martine, l'amour qui paraît éternel, l'enfant qui vient, le bonheur certain…

Puis, ce 22 septembre 1994.

Retour d'un rendez-vous chez le pédiatre. Comme tant d'autres… Après le travail, il avait rejoint Martine chez le médecin. Tout allait bien. L'enfant était en parfaite santé.

Retour à la maison. Les deux voitures qui se suivent, Martine devant dans la Clio avec le bébé. Lui derrière dans sa 205 de service.

La nationale toute droite. La vitesse qui augmente insensiblement. En face, un chauffeur surmené qui s'assoupit une seconde. Les trente-huit tonnes de son Scania qui se déportent brusquement sur la gauche. La petite Renault qui s'encastre sous le train-avant du camion, qui semble avalée par un monstre surgit brutalement des flots bitumineux.

Et lui derrière, qui suit, impuissant, qui voit tout mais ne peut rien, pas même libérer sa gorge du hurlement qui l'entrave.

Ensuite, la course éperdue jusqu'à l'épave fumante, broyée sous les tonnes d'acier.

L'odeur d'huile chaude, de mécaniques compactées, d'essence et de gas-oil répandus sur l'asphalte. Sous la violence de l'impact, la Clio a fait demi-tour sur elle-même. Il n'y a plus que la calandre qui émerge de sous le camion. Il s'approche autant qu'il le peut, se faufile entre les débris, s'entaille la paume sur une ferraille vicieuse.

Enfin, à travers l'amoncellement, il découvre Martine, écrasée, la tête engoncée dans les épaules et sa cervelle qui macule l'appuie-tête en plastique.

Alors c'est le cri. Le cri qui monte, le cri qui le déchire, qui le broie, qui le laisse nu. Le cri épouvantable de celui qui vient de comprendre qu'il a tout perdu et sera désormais à jamais seul.

Après, il ne se souvient plus… On lui a raconté.

Le chauffeur du camion qui descend de sa cabine, hagard et indemne. Il l'attrape et le dérouille à coups de boules, à coups de poings, à coups de pieds, avec la volonté de l'annihiler, de le détruire, de le faire disparaître à jamais comme il a fait disparaître les siens.

Les gendarmes qui le maîtrisent, le calmant injecté par le toubib du SAMU, les pompiers, les grincements de la pince hydraulique qui déchire le cercueil de tôle pour libérer le corps démantelé de Martine.

Puis le miracle.

Ce bébé enveloppé dans une couverture de survie qu'on lui glisse dans les bras alors qu'il se tient, hébété et inutile, sur le bord de la route. Ce bébé sans une égratignure qui agite sa main minuscule, souriant, bavant de joie, inconscient d'avoir échappé à l'effroyable.

Son bébé.

Camille.

Le vibreur de son portable le secoua.

Il était sur l'autoroute. Il ne se souvenait même plus s'être arrêté pour prendre un ticket à la barrière de péage. Un panneau de signalisation lui indiqua qu'il était à cent kilomètres de Lille. Il ralentit un peu et jeta un œil sur l'écran.

Daguasse.

Merde.

Il ne répondit pas, laissant au répondeur le soin d'éponger la colère de son supérieur.

Quelques minutes plus tard, le téléphone vibra à nouveau. Frazier cette fois.

– C'est moi… T'es en route ?

– Je suis à 100 bornes de Lille environ…

– Ok. Mauvaise nouvelle…. Y'a Daguasse qui vient de monter. Il est chaud là…

– Il vient d'essayer de me joindre. Chaud comment ?

– Bouillant. Tout rouge… Juste à la limite de l'explosion. Parait qu'il attend que tu lui files un rapport depuis lundi.

Un rapport ?

– Je vois pas… À quel sujet ? Il t'a pas dit ?

– Chais pas… J'ai pas voulu poser de question. J'ai fait comme d'hab… Oui Bwana. Très bien Bwana avec le petit doigt posé sur la couture du pantalon… J'y ai raconté que tu avais appelé pour prévenir que t'étais malade mais que tu devrais être là demain. Ça n'a pas eu l'air de le calmer. Au contraire…. Il veut un certif médical sur son bureau demain matin… Attends, je crois que le revoilà…

Il y eut une succession de bruits dans l'écouteur puis la voix de Frazier revint :

– Ça va, fausse alerte… Il est passé dans le couloir mais il s'est pas arrêté. En tout cas, je suis obligé de me tenir à carreaux et d'avancer le boulot qu'on a pas fait hier…

– Je le rappellerai. J'aurais dû le faire ce matin mais j'ai pas voulu perdre de temps.

– Ouais… je crois que ça vaut mieux. Tarde pas trop parce que je voudrais pas qu'il m'explose dans les paluches. Ça fait quand même cent kilos de viande d'un coup… Je suis pas sûr de pouvoir digérer tout ça… J'ai quand même eu le temps de trouver l'adresse d'Élisabeth. Chambre 237. Résidence universitaire du Triolet à Villeneuve-d'Ascq. J'ai celle des parents aussi… Un bled au sud de Lille. Vingt-deux rue des Myosotis… Je t'envoie le plan sur ton téléphone… T'auras qu'à suivre.

– Ok.

Il connaissait déjà la réponse mais il ne put s'empêcher de poser la question.

– T'as rien trouvé cette nuit ? Après que je me sois endormi je veux dire…

– Que dalle… J'aurais aussi bien fait d'aller roupiller… Pour le moment tout est négatif. Pas d'autre disparition suspecte. Et rien sur Gugusse. Qu'est-ce qu'il t'a dit le beau Nicolas ?

Merde…

– Je me disais bien que j'avais oublié un truc en partant de chez toi… Je l'appelle tout de suite.

– Tu devrais prendre des notes. La mémoire commence à te jouer des tours. Rappelle-moi pour me dire. J'suis sur des charbons ardents… Ah oui, au fait ! On a le retour des analyses sur le chichon mystérieux. C'est de l'afghan d'après le labo…

– Ok. Ça va faire plaisir à Daguasse…

Il raccrocha et se tortilla pour fouiller ses poches à la recherche de la carte de visite que lui avait donné Nicolas Morot.

Un œil sur la route, l'autre sur l'écran, il composa le numéro. Nicolas répondit dès la première sonnerie.

– Inspecteur Pierre Solarges... C'est moi que vous avez rencontré lundi midi. Vous me remettez ?

– Oui bien sûr. Vous avez des nouvelles d'Élisabeth ?

– Pas encore mais on la cherche... Est-ce qu'à votre connaissance, elle possède un ordinateur ou une tablette ?

– Oui. Elle a un petit notepad qu'elle peut glisser dans son sac. En général, elle l'emporte toujours avec elle.

– D'accord... Vous connaissez sa date de naissance ?

– Le 19 juillet 1991...

– Merci. Je vous tiens au courant.

Il raccrocha avant que Nicolas ait le temps de lui poser la moindre question.

En général, elle l'emporte toujours avec elle...

La phrase tournait en boucle dans sa tête, le faisant grimacer de contrariété.

S'il avait su le faire, il aurait adressé une prière au ciel pour que cette fois, cette fois au moins, elle l'ait oublié dans sa chambre...

23

« Ils se droguent ! Je les ai surpris hier après-midi. Ils étaient assis en tailleur l'un en face de l'autre sur un des tapis du salon... Quand je suis entré, ils étaient complètement partis. Je n'ai pas compris tout de suite. J'ai d'abord cru qu'ils dormaient dans une position étrange... Puis j'ai vu la seringue qui traînait sur le tapis, la cuillère tordue, la bougie qui finissait de brûler, la ceinture qui avait dû leur servir de garrot et, posé sur la table basse, un papier plié contenant une petite quantité de poudre brune.

Voilà qui explique bien des choses. Cet air absent qu'ils ont toujours tous les deux, cette atonie dans leurs gestes et leurs conversations et ces études qui ne les conduisent à rien... Je comprends mieux pourquoi maintenant. Mais quel idiot je suis ! Quel naïf !

La colère m'a pris. J'ai jeté la poudre dans les toilettes, j'ai giflé Christian pour le sortir de sa transe et je l'ai conduit de force jusqu'à sa chambre où je l'ai enfermé. Quant à la petite limace, je l'ai ramenée à coup de pieds aux fesses à l'endroit qu'elle n'aurait jamais dû quitter : le trottoir.

Aujourd'hui, j'ai contacté l'un des mes clients, directeur d'une clinique de désintoxication dans les environs de Genève. Il est d'accord pour prendre Christian en urgence. Je le lui amène demain. »

Grand-père avait écrit cette page le 3 décembre 1979.

Il l'avait lue la veille et s'en souvenait presque mot à mot.

Il décéléra un peu parce qu'un portique diffusait un message indiquant un accident à douze kilomètres. Déjà tout à l'heure, alors qu'il était encore sur l'A10, un accrochage entre deux camions lui avait fait perdre une demi-heure.

Il jeta un regard contrarié sur la pendule digitale du tableau de bord.

11h07.

Il n'était pas en retard mais il s'en fallait de peu. S'il devait encore rester coincé une demi-heure dans un embouteillage, il ne serait pas à l'heure à son rendez-vous.

Parmi la dizaine de véhicules qui occupaient le garage, il avait choisi le coupé Mercedes qui lui avait paru en adéquation avec son métier du jour. Et puis il aimait conduire cette voiture, nerveuse et puissante.

Il rétrograda et se glissa sur la file de droite.

Grand-Père avait renoncé à conduire Christian à Genève. Et il avait même été contraint d'aller chercher la Limace et de l'accueillir chez lui à nouveau. Ce passage, en date du 6 décembre 1979 l'avait frappé.

« Christian a refusé d'aller à Genève. Et puisque aujourd'hui la majorité est à dix-huit ans, je ne dispose d'aucun moyen légal pour l'y contraindre. Merci Monsieur Giscard d'Estaing ! Une fois de plus, vous avez été bien avisé. Ce que je regrette d'avoir voté pour vous !

Tant que Christian n'aura pas sombré dans la démence, je ne peux rien faire.

Je refuse de voir ça.

Pour moi, mon fils n'existe plus.

Hier, je lui ai dit de partir, de prendre le même chemin que sa limace et surtout de ne jamais revenir. Dehors ! Va rejoindre ta traînée et percez-vous les veines jusqu'à ce que vous en creviez tous les deux ! Ce ne sera pas une grosse perte. Personne ne vous pleurera. Disparais de ma vue !

C'est alors qu'il m'a jeté ça à la tête. Comme un défi.
Elle est enceinte !

Claire, c'est le prénom de la limace, attend un enfant ! D'abord, j'ai refusé de le croire. Je n'ai rien remarqué. Il m'a donné des détails. D'après lui, elle est dans son quatrième mois de grossesse.

Sur le coup, la colère m'a saisi et j'ai cru que j'allais étrangler ce petit con...»

Il arrivait sur les lieux de l'accident. Heureusement, la circulation bien que ralentie, restait fluide et il ne perdit pas plus de quelques minutes. En passant devant le gendarme qui réglait la circulation, il lui adressa un léger signe de tête. Dès qu'il eut dépassé l'obstacle, il se cala sur la file de gauche et accéléra.

Il se remémora ce qu'il avait lu la veille.

« Depuis, j'ai beaucoup réfléchi. Ce soir, j'ai l'impression que cet enfant qui me tombe du ciel est un miracle. Je n'y ai pas pensé tout de suite mais j'ai maintenant pris conscience que je suis son grand-père.

J'ai soixante-neuf ans. Hier encore, j'avais le sentiment d'en avoir dix de plus. Aujourd'hui, je crois que j'en ai vingt de moins.

Il est clair que jamais ses parents ne pourront l'élever ni assumer ce petit. Ils ont tout juste vingt ans, se droguent, ne savent rien faire de leurs dix doigts et, à part celui de me sucer le sang, n'ont aucun moyen de subsistance. Ce sont des parasites.

Ils ne méritent pas cet enfant.

J'ai manqué l'occasion première. Je n'ai rien su faire de Christian, rien d'autre qu'une larve pleurnicharde, inutile et vaine. Mais je crois qu'une deuxième chance m'est accordée. Ce que je n'ai pas su faire avec mon fils, je ne manquerai pas de le faire avec mon petit-fils.

Tout au long de la journée, je me suis surpris à réfléchir à un prénom. Si c'est un garçon, je crois que je l'appellerais Antoine. Si c'est une fille, je ne sais pas. Je n'y ai pas réfléchi. Mais peu importe, parce que je sens que ce sera un garçon. »

Les cinq mois qui suivirent furent selon Grand-Père *« les plus angoissants de sa vie. »*

Il avait installé Claire dans l'une des chambres inoccupées de l'appartement et l'avait fait suivre par les meilleurs médecins de Paris. Un toxicologue lui avait expliqué les risques encourus par la mère et le fœtus. Accouchement prématuré, retard de croissance, souffrance fœtale peuplaient son sommeil de cauchemars. D'après le médecin, le sevrage brutal était inenvisageable car il y avait de gros risques de faire plus de mal que de bien à l'enfant. Cela aurait même pu lui être fatal.

Il s'était renseigné auprès d'une connaissance haut placée au Ministère de l'Intérieur qui lui avait raconté que l'héroïne vendue à Paris était toujours coupée par toutes sortes de produits plus ou moins dangereux : lactose, aspirine, talc, plâtre… Et parfois pire encore. Grand-Père avait joué de ses relations pour se procurer une héroïne pure. Il avait embauché quatre infirmières qui se relayaient en permanence dans la chambre, s'occupant de préparer les seringues dosées au milligramme près suivant un programme établi par le toxicologue, de faire les injections, de veiller à garder la jeune femme dans le meilleur état de santé possible et de tenir Christian à l'écart. D'après ce qu'écrivait Grand-Père, c'est à cette époque, qu'il avait commencé à ne plus quitter sa chambre et à y faire tourner en boucle son disque favori.

Grâce aux mesures énergiques de Grand-Père, la grossesse s'était déroulée sans trop de problème et le 6 juin 1980, à 14h30, Claire avait accouché d'un bébé de deux kilos et demi bien formé.

Ce jour là, Grand-Père avait écrit :

« Toutes mes peurs, toutes mes nuits hantées par l'angoisse de le perdre sont enfin terminées.

Antoine est là. Il est petit mais il crie fort et il est beau. Je sais que le sevrage va rendre ses premiers jours difficiles mais le médecin m'a assuré que tout devrait bien se passer.

Je le crois volontiers. Je sais que cet enfant va vivre et qu'il étonnera le monde.

Tout à l'heure, je suis allé le déclarer à l'état civil. Christian, prostré dans sa chambre avec sa musique de sauvage, en est bien incapable.

Je crois que c'est le plus beau jour de ma vie. Je crois aussi qu'il en annonce beaucoup d'autres. »

Après la naissance, le robinet à héroïne ne s'était pas tari. Bien au contraire, Grand-Père l'avait ouvert en grand. Désormais, plus de surveillance médicale, plus d'injections savamment dosées mais une orgie de poudre.

« C'est étonnant mais plus Christian se pique et plus il a l'air solide. J'avoue ne pas comprendre. À contrario, et c'est le principal, la limace semble au bout du rouleau. Je ne l'avais pas vue depuis au moins trois semaines. Je l'ai croisée hier soir et je crois qu'elle n'en a plus pour longtemps » avait noté Grand-Père à la date du 15 octobre 1980.

Elle avait tenu encore quatre mois. Le 21 février 1981, *« un jour de neige »* avait écrit Grand-Père, elle s'était injecté le shoot de trop.

Lorsqu'il avait lu pour la première fois l'histoire de sa naissance, pas une seconde, pas un seul instant, il n'avait imaginé que Grand-Père ait dû agir autrement qu'il l'avait fait.

Au fil des années, Grand-Père avait été à la fois son père et sa mère, son guide et son mentor. C'est lui qui l'avait accompagné et était venu le chercher à l'école. C'est lui qui lui avait fait faire ses devoirs. C'est lui qui l'avait consolé lorsqu'il s'écorchait un genou ou se faisait une bosse. C'est lui qui l'avait soigné et rassuré lorsqu'il était malade. C'est Grand-Père qui l'avait élevé et avait fait de lui ce qu'il était devenu.

Très tôt, il devait avoir quatre ou cinq ans, Grand-Père l'avait initié à l'art et à la beauté. Souvent le mercredi, il l'emmenait avec lui à la galerie. Là, il lui présentait un tableau de Braque ou de Carrière, un dessin de Picasso, une marine d'Isabey ou une gravure de Vallotton.

De temps à autre, il échappait à l'école durant une journée parce que Grand-Père *« avait des choses importantes à lui montrer. »* Ils partaient ensemble dans la grosse Mercedes, roulaient des kilomètres jusqu'à un château ou une riche demeure où Grand-Père avait été appelé pour estimer une œuvre ou une collection. Grand-Père précisait à ses hôtes qu'il était son *« indispensable assistant »*, ce qui le faisait rougir de plaisir. C'était des journées de bonheur qui, toujours, quels que soient le temps et la température, se terminaient chez un glacier. C'était son salaire *« d'indispensable assistant. »*

En matière de peinture Grand-Père avait des goûts très éclectiques. S'il n'aimait pas tout, tout l'intéressait même s'il avait une forte inclinaison pour les impressionnistes et les Flamands du dix-septième siècle. Il plaçait Vermeer au-dessus de tout. Seule la peinture abstraite lui faisait horreur. « Un misérable ramassis de couillonnades fabriqué par un misérable ramassis de faux-derche pour un misérable ramassis de couillons » disait-il souvent. Ce qui le ravissait car c'était les seules fois où Grand-Père se laissait aller à dire des gros mots.

Quand ses jambes d'enfant se furent affermies, Grand-Père avait commencé à l'amener à Orsay, qui venait d'ouvrir ou au Louvre, qu'il lui avait fait découvrir section par section. Ces visites lui avaient appris à affiner ses préférences.

À dix ans, plusieurs fois par semaine, il filait seul à travers Paris pour s'y rendre. Les gardiens le connaissaient et l'appelaient par son prénom. Là, son goût s'était affirmé pour la peinture italienne de la Renaissance.

Petit, ce sont d'abord les scènes de batailles qui l'avaient captivé. Il s'était ensuite pris de passion pour les décors architecturaux. Il aimait ces constructions froides et géométriques, mises au pas par les lois implacables de la perspective et du point de fuite. Vers onze ou douze ans, il avait commencé à s'intéresser aux portraits et aux scènes religieuses. Ce n'est pas Dieu qui le touchait mais la manière dont l'artiste s'y était pris pour faire passer son message. Il pouvait rester en extase devant une œuvre des heures durant, émerveillé par la douceur d'un ton, l'audace d'un clair-obscur, l'expression d'un visage ou le plissé d'un vêtement. *La Belle Jardinière* de Raphaël, *La Vierge à l'enfant avec Sainte Anne* de Léonard de Vinci ou *La femme au miroir* de Titien, l'avaient fasciné des mois durant.

Quand il ne traînait pas au Louvre, il lisait, puisant dans l'inépuisable bibliothèque de Grand-Père de quoi étancher sa soif de savoir.

Deux fois par an, lors des vacances scolaires de la Toussaint et de Pâques, Grand-Père fermait la galerie et ils partaient tous les deux à la découverte des grands musées d'Europe. Le Rijksmuseum à Amsterdam, la National Gallery à Londres, les Musées royaux des Beaux-arts à Bruxelles, l'Hermitage à Saint-Pétersbourg, le Szépművészeti Múzeum à Budapest, le Kunsthistorisches Museum à Vienne, la Pinacothèque à Munich, Le Prado à Madrid ou les Musées du Vatican à Rome…

Et bien sûr, le Musée des Offices à Florence. Ensemble, ils y étaient allés au moins sept ou huit fois mais c'est bien des années plus tard, à vingt ans, qu'il y avait vécu une expérience fabuleuse qui avait changé le cours de sa vie…

Le GPS interrompit le flot de ses souvenirs en lui indiquant qu'il n'était plus qu'à dix kilomètres de sa destination. Il se secoua.

Il gara la Mercedes sur le bas-côté pour se préparer.

24

L'ordinateur était là, posé sur le petit bureau. Il était branché sur le secteur. Peut-être est-ce pour cela qu'Élisabeth ne l'avait pas emporté avec elle. Parce que la batterie était déchargée. Ou parce qu'elle n'avait pas jugé utile de s'encombrer inutilement ce jour-là.

Le couvercle fermé, noir et nacré, était propre, sans poussière ni traces de doigts.

Il souleva l'ordinateur. Il lui sembla très léger. Trop léger pour contenir quoi que ce soit d'important.

Il s'escrima une seconde sur le système de verrouillage avant de comprendre comment celui-ci fonctionnait. Il trouva le bouton de mise sous tension et alluma l'appareil. En attendant que la machine démarre, il parcourut la pièce du regard.

La chambre était minuscule. Pas plus de neuf mètres carrés. Dans un coin, le lit étroit était couvert d'une couette écrue bien lissée et d'un oreiller assorti aux rebords cousus de dentelle. Sous le lit, des tiroirs qui devaient servir à ranger des vêtements. Malgré l'exiguïté, tout semblait propre et à sa place. Bien qu'impersonnelle, toute la pièce exhalait la présence d'Élisabeth. Seules fausses notes dans ce bel ordonnancement, deux culottes et un soutien-gorge blanc mis à sécher sur le radiateur et une tasse de thé à demi bue abandonnée sur le bureau.

Il se sentait mal à l'aise dans cette chambre. Ses grosses mains d'homme, ses chaussures sales et poussiéreuses, ses vêtements suiffés lui donnaient la sensation de souiller un sanctuaire où il n'aurait jamais du pénétrer. Il se sentait comme un éléphant dans un magasin de porcelaine.

Ou comme un loup dans une bergerie.

Il revint à l'écran de l'ordinateur.

Et merde ! Mot de passe...

Il suivit le conseil de Frazier : « Essaie la date de naissance dans un sens ou un autre. Ça marche neuf fois sur dix. »

Il essaya 19071991. Sans succès. Le clavier ne disposait pas de pavé numérique, ce qui rendait pénible la saisie. Il recommença en prenant soin de ne pas appuyer sur les touches voisines mais sans plus de succès. Il essaya à l'envers : 19917091 ne donna rien. Le deuxième essai non plus. Il fit une dernière tentative. D'abord l'année : 1991. Le mois : 07. Puis le jour : 19. Rien à faire.

Il abandonna. Élisabeth l'emportait haut la main sur les bons conseils de Frazier. Il éteignit l'ordinateur et le referma.

Il fouilla les tiroirs du bureau. Il ne trouva que du courrier sans intérêt, une ordonnance pour des lentilles de contact, une photo de Nicolas.

Il examina les classeurs où étaient rangées avec soin des feuilles de cours, des bristols couverts de notes, la plupart incompréhensibles car écrites en cyrillique. Élisabeth avait une écriture très élégante, toute en hauteur mais qui conservait une trace d'enfance dans ses points sur les i, des petits ronds pas tout à fait fermés qui ressemblaient à des cœurs.

Les étagères qui surplombaient le bureau contenaient à peu près la même chose que les tiroirs. Il remit tout en place.

Il feuilleta la trentaine de livres, la plupart en Russe, vérifiant qu'Élisabeth n'y avait pas glissé un courrier ou un papier qui aurait pu l'intéresser mais sans rien trouver d'autre que quelques marques-pages et des tickets d'entrées au Kino-Ciné.

Il termina sa fouille par les tiroirs qui se trouvaient sous le lit. Comme il le supposait, ils étaient remplis de vêtements. Il les referma, mal à l'aise à l'idée de plonger ses mains dans les piles bien pliées.

Il glissa l'ordinateur et le chargeur dans le sac plastique qu'il avait trouvé à l'arrière de sa voiture et emporté dans sa poche.

Après un dernier coup d'œil pour vérifier que son passage n'avait pas laissé trop de traces visibles, il sortit de la petite chambre.

Sitôt revenu à sa voiture, il appela Frazier :

– C'est bon, je l'ai.

– T'as pu le démarrer ?

– Non. Il faut un mot de passe. Et c'est pas sa date de naissance. J'ai essayé mais ça marche pas.

– Merde... Ça va nous faire perdre du temps... T'as pu entrer dans la chambre sans problème ?

– Aucun... Je suis tombé sur la gardienne. Dès qu'elle a vu ma carte, elle m'a ouvert la porte avec son passe sans trop poser de questions. Elle avait déjà remarqué qu'Élisabeth n'était pas là depuis plusieurs jours et elle commençait à s'inquiéter. Elle m'a confirmé ce qu'on savait déjà : Une fille bûcheuse, très sérieuse mais qui a du mal à joindre les deux bouts.

– T'as rien trouvé d'autre ?

– Rien d'intéressant non. Par contre, la gardienne m'a filé le numéro de portable d'une amie d'Élisabeth. Une certaine Laure... Je l'ai appelée mais je suis tombé sur son répondeur. J'ai laissé un message. J'attends qu'elle rappelle.

– Ok. De mon côté, j'ai eu deux retours négatifs. Toujours rien à signaler.

– Putain, ça me rend dingue ! On n'avance pas là... J'espère qu'on va trouver quelque chose dans ce foutu ordinateur parce que sinon, je crois qu'on est coincé.

– J'ai l'impression oui... Au fait, j'ai pas revu Daguasse. Tu l'as appelé ?

– Pas encore mais je vais le faire...

– Ok. Tu fais quoi maintenant ? Tu passes à l'hôtel et tu vas chez les parents après ?

– Oui. On verra bien ce que ça donnera.

– Si tu trouves quelque chose, préviens-moi tout de suite que je puisse passer l'info à mes contacts.

– Je te tiens au courant.

Il coupa la communication et passa ses mains sur son visage fatigué.

Il hésitait à appeler Daguasse. Pas vraiment envie de l'entendre brailler tout contre son oreille.

Un café d'abord. Et un sandwich.

Il cacha l'ordinateur sous le siège passager puis il s'enfonça dans le crachin qui tombait sans relâche à la recherche d'un bar où se restaurer.

Il était en train de dévorer un jambon-beurre-cornichons plutôt honorable lorsque son téléphone vibra. Il reconnut le numéro de Laure qu'il avait composé une heure plus tôt. Il se dépêcha d'avaler la bouchée qu'il était en train de mâcher pour pouvoir répondre.

– Laure Richard... Vous avez essayé de me joindre tout à l'heure ?

Une petite voix haut perchée mais un débit très rapide. Il l'imagina comme une minuscule souris grise.

– Bonjour... Tout à fait. J'aurais souhaité vous rencontrer au sujet d'Élisabeth.

– Élisabeth ? Vous avez de ses nouvelles ?

Tout à coup, la souris grise se fit méfiante.

– Vous êtes qui déjà ? Je crois que j'ai pas bien compris...

Il jugea préférable pour le moment d'éviter de mentionner qu'il était flic.

– Je m'appelle Pierre Solarges... Je... hum... Je suis à la recherche d'Élisabeth. La gardienne de la résidence m'a dit que vous étiez amies. C'est elle qui m'a donné votre numéro.

– Vous connaissez Élisabeth ?

– Oui... Enfin non... pas vraiment.

Il s'embrouillait. Il fallait qu'il se reprenne sinon, elle allait lui raccrocher au nez.

– Non. Je ne la connais pas. Mais j'ai des questions à vous poser à son sujet.

– Vous êtes qui ? Un flic, c'est ça ?

Il décida de jouer franc-jeu mais sans trop en dire.

– C'est exact... Nous recherchons Élisabeth mais nous ne parvenons pas à la localiser. J'ai quelques questions à vous poser.

– J'imagine que j'ai pas le choix non ? Il faut que je vienne au commissariat ?

– Non. Je suis assez pressé et j'aurais préféré vous voir le plus tôt possible.

– Vous êtes où ?

– Dans un bar à deux ou trois cent mètres de la résidence Triolet. Le Saint-Jean...

– Je connais. Je peux y être dans cinq minutes. Ça vous convient ?

– C'est parfait. Je vous attends.

Il se dépêcha de terminer son sandwich et avala le café tiède.

Il reposait la tasse sur la table lorsqu'une jeune femme poussa la porte. Elle fit un petit geste au serveur, qui lui répondit de la même façon avant de parcourir la salle du regard. Il lui fit signe et elle s'approcha.

Rien à voir avec la souris qu'il avait imaginé. Elle était grande, longiligne et très brune. Une mèche lui tombait sur le front. Des vêtements clairs, protégés par un imperméable bleu. Les yeux maquillés. Sa narine était ornée d'un piercing et un anneau lui agaçait la lèvre inférieure.

– Pierre Solarges. Vous êtes Laure ?

Elle confirma d'un signe de tête.

– Merci de vous être libérée aussi vite. Asseyez-vous.

– On n'en a pour longtemps ?

Sa voix paraissait moins aiguë qu'au téléphone mais son débit était aussi rapide.

– Non.

Elle tira une chaise et s'installa sans retirer son imperméable mouillé.

Elle suçota l'anneau de sa lèvre.

– Vous avez une carte, un truc comme ça ? Sinon, je m'en vais tout de suite.

Il lui montra sa carte. Elle la prit et l'examina avec soin, comparant son visage à la photo imprimée. Enfin, elle la lui rendit et sembla se détendre. Elle se laissa aller contre le dossier.

Il demanda :

– Vous désirez quelque chose ?

– Non merci. Qu'est-ce que vous voulez savoir ?

– Vous connaissez Élisabeth depuis quand ?

– Depuis qu'on a commencé la fac. Quatre ans.

– Vous suivez le même cursus ?

Elle eut un petit rire de gorge.

– Non… Moi je fais de l'Anglais. On s'est connu parce qu'on était voisines de chambre.

– Quand avez-vous vu Élisabeth pour la dernière fois ?

Elle repoussa sa mèche de cheveux.

– Je sais plus… mercredi dernier ? Oui c'est ça. Mercredi après-midi. J'ai commencé à m'inquiéter hier. Je savais qu'elle devait passer le week-end à Paris chez son copain… En général, elle m'appelle ou elle passe me voir le lundi ou le mardi suivant pour me raconter ce qu'elle a fait… Comme je n'avais pas de nouvelles, je suis allée frapper à sa porte hier soir mais elle n'était pas là…

Pour la première fois, les yeux de la jeune femme accrochèrent les siens. Elle avait un regard clair, d'une acuité qui le mettait mal à l'aise.

Elle demanda d'une voix étranglée :

– Il lui est arrivé quelque chose de grave ? Si vous la cherchez, c'est qu'il lui est arrivé quelque chose…

– Nous ne savons pas encore… Nous la cherchons parce que Nicolas, son petit ami de Paris, ne l'a pas vue ce week-end et que…

Elle ouvrit de grands yeux incrédules :

– Elle a disparu depuis ce week-end ?

Il comprit qu'il en avait trop dit, ne faisant qu'ajouter à l'inquiétude de la jeune femme. Il enchaîna pour ne pas lui laisser trop le temps de cogiter.

– Vous avait-elle parlé d'un rendez-vous ?

Laure sembla émerger d'un rêve empoisonné.

– Un rendez-vous ?

– Pour un travail de traduction… Le livre d'un auteur russe…

– Ah oui… Oui, elle m'en a parlé. Elle avait rendez-vous vendredi dernier…

– C'est ça. Qu'est-ce qu'elle vous a dit ?

– Elle était excitée comme une puce… Ça faisait au moins trois mois qu'elle m'en parlait de ce travail. Elle a répondu à une annonce qu'elle a trouvé sur Facebook, il me semble. Un travail à faire cet été… Bien payé d'après elle.

Trois mois !

L'enfoiré préparait son coup depuis trois mois !

Il nota les informations dans un coin de sa tête.

Sans qu'il ait besoin de la questionner, Laure poursuivit :

– D'après ce qu'elle m'a raconté, il y a eu toute une sélection entre les candidats. Elle a dû envoyer des tas de trucs pour démontrer ses capacités.

– Elle avait déjà rencontré son futur employeur ? Avant vendredi je veux dire ?

– Non. Elle me l'aurait dit. Tout s'est passé par mail… Il y a une dizaine de jours, elle a appris qu'elle faisait partie de la sélection finale. Elle était super contente parce qu'elle pensait avoir fait plusieurs erreurs lors du dernier test et elle n'y croyait plus…

Il songea avec amertume qu'elle aurait pu tout aussi bien répondre en chinois ou en hébreu. Le résultat final aurait été le même.

– Elle vous a déjà montré ses mails ?

– Non.

– Elle utilisait beaucoup les réseaux sociaux ?

– Bah… Comme tout le monde quoi…

– Elle vous a donné le nom de l'employeur ?

– Non.

– De la personne avec qui elle était en contact ?

– Non plus. Ni de l'auteur qu'elle devait traduire. D'ailleurs, j'avais trouvé ça un peu bizarre mais d'après elle, tout devait rester confidentiel jusqu'à la publication du livre…

– Vous saviez où elle avait rendez-vous ?

– Au Beffroi. C'est un hôtel à Lille… Très cher. Ça aussi j'avais trouvé ça bizarre… Un employeur qui se déplace et qui vous invite dans un hôtel super classe…

Elle suçota le bijou qui lui transperçait la lèvre puis murmura :

– C'est pas à moi que ça arriverait des trucs pareils…

À nouveau elle le dévisageait avec ses yeux intenses. Il eut la sensation qu'elle lisait ses pensées.

– Qu'est-ce qui s'est passé ? Expliquez-moi !

– Je ne peux pas. D'abord, je ne sais pas grand-chose et de toute façon, je n'ai pas le droit de vous dire quoi que ce soit. Il s'agit d'une enquête de police. De plus, je vais vous demander de garder la plus complète confidentialité sur notre conversation. Je peux compter sur vous ?

Elle ravala ses questions et fit oui d'un signe de tête.

– Merci. Je vous téléphonerai si j'ai d'autres choses à vous demander.

25

Depuis toute petite, Helyne Paulinier rêvait de cinéma. D'aussi loin qu'elle pouvait se souvenir, elle n'avait vécu que pour *ça* et elle s'y était préparée année après année. Aujourd'hui, à dix-huit ans, elle se sentait prête et piaffait d'impatience.

C'est sous l'identité de FriseLang, comédien aspirant à voir son nom en haut de l'affiche, à briller sous le feu des flashs et à fouler les tapis rouges mais jusqu'à maintenant cantonné à de petits rôles de figuration, qu'il avait recueilli toutes ses confidences. Et c'est FriseLang qui avait aiguillé la jeune et naïve Helyne vers Gérald Pisembert, directeur de casting qui cherchait une très jeune femme blonde, « tout à fait dans ton style », pour incarner la fille unique des deux personnages principaux. FriseLang avant entendu dire que les premiers rôles, ceux des parents, étaient confiés à deux acteurs très connus. Il n'avait pas voulu avancer de noms. Bon, mais vraiment parce qu'elle insistait alors… Il s'était laissé dire qu'il pourrait s'agir de Charles Berling et de Sophie Marceau… Mais il n'était sûr de rien. Des bruits de couloirs… En revanche, il savait que le tournage, une comédie sentimentale, devait débuter en août dans le Var et que la production cherchait désespérément quelqu'un pour le rôle de Vénus.

Vénus ?

La fille dans le film… Elle s'appelle Vénus. Ah d'accord !…

FriseLang était au courant de beaucoup de choses…

Il lui avait communiqué l'adresse mail de Gérald Pisembert et Helyne l'avait contacté sans tarder.

Pisembert s'était montré dubitatif. Une débutante qui n'a encore jamais tourné… Certes, à première vue, son physique semblait convenir mais le rôle comprenait beaucoup de texte.

Avait-elle une bonne mémoire ?

Oui.

Une bonne élocution ?

Oui. Elle avait fait dix ans de théâtre.

Il y avait aussi une scène de danse. Savait-elle danser ?

Oui. Et elle adorait ça.

Et l'équitation ? Le film comprenait une scène équestre. Savait-elle monter à cheval ?

Non.

Ah ! C'est ennuyeux… Enfin, on peut toujours s'arranger en modifiant un peu le scénario mais c'est ennuyeux. Nous vous recontacterons, Mademoiselle.

Ensuite, plus rien.

Helyne écrivait à FriseLang qu'elle était sur des charbons ardents, qu'elle devenait folle à rester sans nouvelles. FriseLang l'encourageait. Lui disait d'être patiente. Que le premier talent d'un comédien, c'est de savoir attendre. Il faisait de son mieux pour la rassurer.

Les semaines passent. L'espoir s'étiole et… Enfin ! Une réponse !

FriseLang, si tu savais comme je suis contente ! Ils viennent de me contacter. Ils me font passer une audition ! J'ai reçu le texte qu'il faut que je travaille. J'ai rendez-vous avec Gérald Pisembert. Il parait qu'il n'y a plus que trois candidates… Tu te rends compte ? D'après ce qu'il m'a expliqué, c'est très urgent car le début du tournage a été avancé de deux semaines et il doit faire sa sélection le plus vite possible. Et comme il a un rendez-vous à Lyon mercredi après-midi, il va en profiter pour me rencontrer et tourner quelques séquences avant la sélection finale…

– … Pourquoi tu me dis ça à moi ? Qu'est-ce que tu veux que ça me fasse ? Je suis ta fille. Pas ta conseillère conjugale !

Il leva l'œil de l'écran de la camera.

– Ok… C'est pas mal mais tu as oublié de te retourner à la fin… On va le refaire. Je voudrais aussi que tu paraisses plus en colère quand tu prononces la dernière phrase. Essaie de mettre plus de hargne dans la fin… Qu'est-ce que tu veux que ça me fasse ? Je suis ta fille. Pas ta conseillère conjugale ! Tu vois ? Il faut presque que tu cries les derniers mots… N'hésite pas à monter ta voix dans l'aiguë ! Pas hystérique non plus hein… Mais tu es en colère. Il faut que ça se sente à la fois sur ton visage, dans tes gestes et dans ta voix.

– Hum… d'accord. Je vais essayer…

Elle s'éclaircit la gorge et lança :

– Qu'est-ce que tu veux que ça me fasse ? Je suis ta fille. Pas ta conseillère conjugale !

– Parfait… C'est exactement ça. On va faire un essai comme ça. Ensuite, n'oublie pas : Tu te tournes vers la fenêtre. On ne voit plus que ton dos mais même à ce moment là, on doit sentir ta colère. C'est compris ?

Elle approuva d'un petit signe de tête. Elle se concentra quelques secondes puis se plaça en face de la caméra.

Il lui fit un petit signe d'encouragement.

– Quand tu veux…

Elle respira un bon coup et se lança :

– Et ça fait trois ans que ça dure ? Mais enfin Papa ! Tu as perdu la tête ! Et tu veux que ce soit moi qui l'annonce à Maman !

Elle se frappa la tempe avec l'index.

– Mais tu es fou ! C'est hors de question ! C'est ton problème, Papa. Il est hors de question que je m'en mêle, tu entends ! C'est hors de question ! Ce n'est pas mon rôle…

Il pensa qu'elle jouait bien. Beaucoup de mimiques expressives très à propos et une voix agréable. Il n'y avait que son débit qui était un peu précipité… Mais c'était sans importance. Ce qui comptait, c'était son visage. Elle ferait une Vénus éblouissante.

– … Et d'abord, pourquoi tu me dis ça à moi ? Qu'est-ce que tu veux que ça me fasse ? Je suis ta fille. Pas ta conseillère conjugale !

Elle pivote sur elle-même, les poings serrés.

– Parfait. Ne bouge pas… Montre que tu es fâchée…

Il embouche la sarbacane avec laquelle il jouait depuis tout à l'heure.

Il vise et souffle.

La minuscule fléchette d'aluminium file et se plante à la base du cou.

– Aïe !

Elle a un geste brusque, comme pour chasser une bestiole.

– Un problème ?

– Je crois que je me suis faite piquer…

Elle tend les bras, comme pour s'équilibrer.

– Ohlala… j'sais pas c'que j'ai d'un coup… J'me sens toute bizarre…

Elle vacille et sa voix se fait plus pâteuse à chaque mot. Il se précipite vers elle pour la soutenir de peur qu'elle s'écroule et se blesse.

Il l'aide à s'asseoir sur une chaise.

– Ça va aller… Ce n'est rien… Ça doit être une guêpe. Tu dois être un peu allergique… Je crois que je vois le dard… Ne bouge pas… Je vais l'enlever…

Il retire la petite pointe ailée accrochée à la peau.

– Voilà… Repose-toi un peu. Je vais aller te servir un verre d'eau.

Il était étonné par sa vitesse de réaction. Etait-elle particulièrement sensible à la scopolamine ? À moins qu'il n'ait commis une erreur dans le dosage ? Il avait si peu dormi ces derniers jours…

Il rangea la fléchette dans sa boite et remplit un gobelet d'eau minérale.

Il s'accroupit devant elle et la fit boire.

Il se redressa et tourna le visage de Vénus vers la lumière. Elle avait le regard fixe, tourné vers elle-même. Ses pupilles lui semblèrent très dilatées.

Il se redressa, pensif.

Son idée première avait été de la charger sans tarder dans la voiture et de repartir tout de suite mais il se demandait si elle allait être capable de marcher jusqu'à l'ascenseur sans s'écrouler. D'un autre côté, ce ne serait pas mieux d'ici une heure.

Il décida de partir sans tarder.

Il remit ses gants en latex puis sortit de sa sacoche une bombe de teinture. Il aspergea la longue chevelure blonde jusqu'à ce qu'elle devienne brune. Il la noua ensuite en un chignon serré qu'il attacha avec un gros élastique puis il fit quelques retouches de couleur.

– Tiens. Tu vas mettre ça aussi…

Il lui posa une paire de lunette sur le nez puis il la contempla, satisfait.

En trois minutes, elle semblait avoir pris cinq ans.

Il fouilla son sac à main, trouva son téléphone et en retira la batterie. Il décrocha la petite caméra numérique du trépied et la glissa dans sa sacoche.

Il aida ensuite la jeune femme à se remettre debout et à enfiler sa veste en la rassurant à voix basse.

– Ça n'a pas l'air grave mais tu as besoin d'un peu de repos… Je vais te conduire chez un médecin.

Ils sortirent et marchèrent à petits pas dans le couloir trop éclairé. Elle suivait mais il devait la soutenir avec fermeté sinon elle serait tombée. Heureusement, l'ascenseur n'était qu'à une dizaine de mètres. C'est la raison pour laquelle il avait choisi ces locaux. Il s'en félicitait. L'inconvénient, c'est que l'immeuble s'était beaucoup rempli. Lorsqu'il avait signé le contrat de location trois mois auparavant, la plupart d'entres eux étaient vides. À en juger au nombre de voitures garées dans le garage du sous-sol, beaucoup avaient dû trouver preneurs.

Enfin, ils arrivèrent devant l'ascenseur. Il appuya sur le bouton d'appel.

La cabine s'immobilisa avec un chuintement discret puis les deux portes automatiques coulissèrent. Il poussa la jeune femme à l'intérieur et la cala contre un angle.

Il appuya sur le bouton marqué *Garage*.

La cabine accéléra puis freina presque aussitôt avant de s'immobiliser.

À peine une trentaine de mètres à parcourir et ils seraient dans la voiture.

Les portes s'ouvrirent.

En face, en train de consulter l'écran de son téléphone se tenait un type d'à peu près son âge. Un costume similaire au sien mais une cravate nouée avec soin. Il tenait à la main une sacoche pareille à la sienne mais qui devait contenir un ordinateur portable.

Il resta une seconde saisi par la surprise. Comment sortir Vénus de cette cabine sans que l'autre se rende compte qu'elle tenait à peine debout. Il se ressaisit et demanda avec un geste vers la jeune femme et un sourire désolé :

— Vous pourriez m'aider s'il vous plaît ? Je l'emmène à l'hôpital...

Le type eut un regard inquiet vers Vénus.

— Bien sûr. Qu'est-ce qu'il lui arrive ?

Il glissa son téléphone dans sa poche et posa son sac à terre.

— Trois fois rien. Un petit malaise... Vous savez ce que c'est les femmes... C'est ma secrétaire. Ça lui est déjà arrivée une fois ou deux. Une sorte d'étourdissement...

— Vous ne voulez pas qu'on appelle plutôt les pompiers ?

— J'aurai aussi vite fait de l'emmener que d'attendre ici. Ma voiture est à deux pas.

Il la désigna :

— Elle n'est pourtant pas bien grosse, mais elle est lourde ! Merci pour le coup de main.

Ils se placèrent de part et d'autre de la jeune femme qui semblait avoir retrouvé un peu de tonus.

Ils arrivèrent devant la Mercedes.

– Vous pouvez la soutenir le temps que je trouve la télécommande ? Merci…

Il ouvrit son sac et tout en faisant semblant de chercher, il se déplaça de deux pas vers l'arrière.

– Vous êtes certain de ne pas vouloir appeler les pompiers ? Je crois quand même que ce serait mieux. Elle n'a vraiment pas l'air bien…

Il savait où se trouvait le Beretta PX4 Storm et sa main se posa sans un tâtonnement sur la crosse. Du pouce, il fit sauter le cran de sûreté.

– Non je vous assure. Ça va aller. Ce n'est pas la première fois. J'ai l'habitude. Par contre, je ne trouve pas cette foutue téléco… Ah, la voici…

Il sortit l'arme et la pointa sur la nuque du type. Une belle nuque. Toute rasée de frais.

– J'ai l'impression qu'elle devient de plus en plus molle… Je crois qu'il vaudrait mieux appeler le 18…

Les vertèbres apparaissaient en relief sous la peau. Il visa entre la deuxième et la troisième. Il pressa doucement la gâchette. Encore quelques grammes de pression et le coup partirait. Il aurait préféré éviter d'en arriver là mais c'était la règle qu'il s'était fixée et il n'y dérogeait jamais.

Pas de témoin…

Le crissement des pneus d'une voiture en train de descendre la rampe de béton résonna dans le parking. S'il tirait, il devrait se précipiter pour retenir Vénus afin qu'elle ne s'abîme pas en tombant. Il estima qu'il n'aurait pas le temps de la charger et de filer avant l'arrivée de la voiture.

Il laissa tomber le Beretta dans sa sacoche.

– Ne vous inquiétez pas. Ça lui fait ça de temps en temps mais d'ici cinq minutes, elle ira mieux…

Il pressa la télécommande qui se trouvait dans sa poche.

– Allez, dépêchons-nous…

Ils la calèrent sans trop de difficultés sur le siège passager.

La voiture qu'il avait entendu arriver, une Peugeot 608 avec deux personnes à bord, passa près d'eux et se gara à quelques places de là. Il avait eu raison de ne pas tirer. En sortant, les passagers de la Peugeot auraient obligatoirement vu le corps et il aurait dû les abattre aussi.

– Je vous remercie. Quand elle ira mieux, je lui raconterai ce que vous avez fait pour elle.

Il s'installa au volant et démarra. Dans le rétroviseur, il vit avec contrariété que le type le regardait partir.

Tandis que la Mercedes montait la rampe qui conduisait vers la sortie du parking, il cracha les prothèses qu'il avait calées à l'intérieur de ses joues. Elles modifiaient à merveille l'aspect de son visage et la sonorité de sa voix mais, à la longue, elles finissaient par être agaçantes.

Il conserva les lunettes et la moustache.

26

– Tu y arrives ?

– Ça y est presque…

– Putain… Tu m'avais dit que pas un ordinateur pouvait te résister plus de cinq minutes. Ça fait deux heures que tu bidouilles la-dessus. On est pressé merde ! Magne-toi…

Aux éclats de voix de son maître, Mister Roudoudou qui dormait sur le dossier du fauteuil club sortit de sa léthargie et s'étira.

– T'excite pas Man. Je fais ce que je peux. D'abord ça fait pas deux heures mais à peine une. Et puis c'te bécane, ça a l'air de rien mais c'est Fort Knox. Faut montrer patte blanche pour entrer. C'est une méfiante ta sœurette…

Il observait en silence les deux hommes qui se disputaient.

Frazier avait le visage creusé et ses yeux semblaient vouloir jaillir de leurs orbites. Il n'avait quasiment pas dormi depuis lundi et il n'y avait plus que la grâce de la chimie pour le tenir debout.

Amédée, un petit antillais au visage poupin couronné de dreadlocks épaisses, semblait par contraste exprimer la quintessence du bonheur et de la joie de vivre. Le jeune black jeta un regard amusé autour de la pièce.

– Pis tu m'avais pas dis que ça urgeait à ce point là… J'ai beau regarder, je la vois pas ta frangine. Alors si je mets cinq minutes de plus ou de moins, ça change quoi ?

Frazier se redressa et se mit à arpenter son salon, incapable de rester en place. Il soupira bruyamment :

– Putain… Oublie ma sœur et magne-toi…

– Eh… cool Man ! Si tu me mets la pression, ça me rappelle que t'es blanc et que moi je suis noir et qu'en plus t'es flic alors que moi j'suis rien… Ça me fait perdre tous mes moyens. Regarde ton pote… Il est zen lui… Y doit pas être flic… Hein M'sieur ? Z'êtes pas flic, vous au moins ?

Il laissa filer quelques secondes avant de lui répondre d'un ton sec :

– Si. J'suis flic. Magne-toi on te dit. On est pressé.

– Oh putain ! Deux flics… Comme Dupont et Dupond…

Il se replongea quelques secondes devant l'écran avant de relever la tête, inquiet.

– J'espère que vous me faites pas faire des trucs illégaux hein ? T'es sûr que c'est la bécane à ta frangine ça ?

Frazier s'excita :

– Amédée, fais pas chier ! Si tu veux pas que ton dossier rejoigne le haut de ma pile dès demain matin, pose pas de questions et garde ton cerveau disponible pour faire démarrer ce putain d'ordinateur…

Décidément réveillé, le chat se leva et disparut du côté de la cuisine.

À son retour de Lille, Frazier s'était jeté sur l'ordinateur d'Élisabeth, persuadé qu'il trouverait le mot de passe sans problème.

Installé dans le canapé, il l'avait regardé faire un moment puis la fatigue l'avait emporté et il s'était assoupi.

Après sa rencontre avec Laure, il était retourné au Beffroi. Il avait été accueilli par le même réceptionniste mais il n'avait rien pu en tirer de plus que deux jours auparavant si ce n'est la copie des réservations de vendredi dernier. Quant à

Thomas, le barman, impossible de l'interroger à nouveau car il ne travaillait pas.

La visite chez les parents d'Élisabeth n'avait rien donné non plus. Les volets du modeste pavillon étaient fermés et la boîte à lettres débordait de publicités et de courriers humides. D'après les cachets de la poste, les occupants étaient absents depuis une dizaine de jours. Il était resté malgré tout un quart d'heure devant la porte, contre laquelle, toutes les trente secondes, il cognait trois coups secs, même s'il était certain que personne n'ouvrirait.

Sous le crachin tenace, il avait eu un passage à vide. Et si Élisabeth était tout simplement allée rejoindre ses vieux partis en vacances ? Si tout ce qu'ils avaient échafaudé avec Frazier depuis lundi n'était rien d'autre qu'un ramassis de théories bancales basées sur une série de coïncidences improbables ?

Au bout d'une heure, et plusieurs centaines de combinaisons testées, Frazier avait dû admettre sa défaite.

Il s'était résolu à appeler Amédée, un étudiant en informatique qui « lui devait un service. » Il n'avait pas précisé la nature du service en question.

D'abord, Amédée avait refusé tout net de se déplacer. Il était tard et il était crevé. Frazier lui avait rappelé le dossier qu'il avait toujours sous le coude et lui avait indiqué son adresse. Une demi-heure après, Amédée frappait à la porte de l'appartement. Frazier lui avait confié l'ordinateur en lui disant que c'était celui de sa sœur. Ce qu'Amédée n'avait pas dû croire plus de trente secondes.

– Ça y est…
Le cri de victoire du jeune homme les fit bondir.
– T'as réussi ?
– Ouais… Cette fois, ça devrait marcher.
Le jeune black leur céda la place.
– Bon… je vous laisse.
Il tendit la main à Frazier qui était déjà penché sur l'écran du portable d'Élisabeth.

– Mes salutations à ta sœur, Man... T'oublieras pas ta promesse...

Frazier jeta un œil vers Amédée.

– Te sauve pas si vite. On aura peut-être encore besoin de tes services...

– Tu veux que je reste ici ? Chez toi ? Non, mais t'es pas ouf !... T'as vu l'heure qu'il est ? J'ai cours demain matin. Faut que j'aille dormir.

– T'as qu'à aller roupiller dans ma piaule. On te réveillera si on a besoin de toi.

– Dans ta piaule ! Putain... C'est pas vrai... Tu me déranges à dix heures du soir, je me pointe, je te délock ta putain de bécane et maintenant je peux pas rentrer chez moi pour me pieuter tranquille ? Et ma mère ? Qu'est-ce tu crois qu'elle va dire ? Elle va s'inquiéter.

– Démerde-toi... Appelle ou envoie-lui un message... Elle aura encore plus l'occasion de s'inquiéter si je remets ton dossier en haut de ma pile...

Amédée poussa un profond soupir.

– J'l'crois pas... Vous charriez total les mecs... Vous les flics, vous vous croyez vraiment tout permis... On est à deux doigts de sombrer en plein fascisme là !...

Amédée fit quelques pas à travers la pièce. Tout son corps exprimait la désillusion la plus noire. Il s'immobilisa devant le panneau de liège et détailla les portraits punaisés.

– C'est qui ces meufs ? C'est tes sœurs ? Dis donc... Sont canons les frangines... Faut pas que t'hésites à me présenter !

Frazier qui s'était replongé dans le contenu de l'ordinateur d'Élisabeth répondit sans quitter l'écran des yeux.

– T'occupe...

– Et le type au milieu ? C'est ton frangin ? T'es comme moi... T'as une grande famille...

Cette fois Frazier leva la tête.

– Putain Amédée ! Qu'est-ce que tu fous encore ici ? Je croyais que tu voulais dormir.

Amédée leva les mains devant lui en signe d'apaisement.

– Te fâche pas Man... Moi ce que j'en dis... T'as des chiottes ? J'irais bien faire un petit pipi avant de dormir.

– La porte à droite dans l'entrée...

L'ordinateur d'Élisabeth était à l'image de sa chambre d'étudiante. Sans chichi mais organisé de manière rationnelle et efficace. Ses messages professionnels étaient regroupés dans un dossier « Emploi » et étaient classés avec méthode dans différents sous-dossiers intitulés « Baby-sitting », « Restauration », « Soutien Scolaire »...

Celui nommé « Traduction » attira tout de suite leur attention.

Il n'y avait qu'un correspondant, un certain Dimitri Palansky qui utilisait une adresse Hotmail.

– Et bien voilà... On dirait que Monsieur Gugusse a un nom maintenant.

Il parcourut la copie des réservations de l'hôtel qu'il avait extorqué au réceptionniste du Beffroi mais aucun Dimitri Palansky n'y apparaissait.

– S'il a réservé une chambre comme tu le penses, il l'a fait sous un autre nom...

Frazier grimaça.

– Ouais... Plus j'y pense et plus elle me semble scabreuse ma théorie... Faudrait vraiment qu'il soit malade... Déjà que le rendez-vous au bar, c'est pas très discret, alors louer une piaule, faire monter la fille, la faire ressortir je sais pas comment... C'est du délire. Finalement, peut-être qu'il leur propose tout simplement de les déposer chez elle... Une fois qu'elles sont dans sa voiture, je sais pas moi... Du chloroforme peut-être... En tout cas, ça devient plus facile... On verra bien en lisant ça...

Il classa les messages du plus ancien au plus récent et ouvrit le premier d'entre eux.

Bonjour,
L'annonce que vous avez publiée sur Facebook concernant un travail de traduction littéraire du russe au français, a retenu toute mon attention.

Je suis titulaire d'une Licence en littérature russe et je prépare actuellement un Master à la faculté de Lille 3.

J'ai une excellente maîtrise à la fois parlée et écrite de cette langue. La Russie m'a toujours fascinée par son histoire et sa culture, si différentes de la nôtre, et par son immensité.

J'ai vécu un an à Saint-Pétersbourg dans le cadre du programme d'échange Erasmus. J'ai par ailleurs effectué plusieurs séjours à Moscou et dans ses environs.

Vous trouverez ci-joint mon CV détaillé au format PDF.

Dans l'espoir que ma candidature retienne votre attention, je me tiens à votre entière disposition pour vous fournir tout renseignement complémentaire.

Cordialement.

Élisabeth Renan.

Frazier murmura entres ses dents :

— Tu parles que t'as retenu son attention ma cocotte...

— T'as vu la date ? Quinze février. Ça confirme ce que m'a dit l'amie d'Élisabeth. Il prépare son coup depuis au moins trois mois...

— Ouais...

Frazier désigna l'écran :

— Et il a mis une semaine pour répondre. Il doit aimer les faire languir un peu... Voyons ce qu'il raconte.

Bonjour Mademoiselle Renan,

J'ai le plaisir de vous informer que, parmi une douzaine d'autres candidatures, mon équipe et moi-même avons retenu la vôtre en vue de notre sélection finale.

Malgré votre jeunesse, votre profil et l'expérience que vous avez acquise lors de vos différents séjours en Russie, nous ont semblé de nature à favoriser la bonne réalisation des travaux que nous pourrions vous confier.

À ce stade de notre relation, il m'est encore impossible de vous donner beaucoup de détails sur la nature de ces travaux.

Je peux cependant vous révéler qu'il s'agit de traduire le premier roman d'un jeune auteur moscovite très prometteur dont, hélas, je dois taire le nom.

L'ouvrage en question est court, environ cent cinquante pages.

Si ce travail vous est confié, vous recevrez le texte original aux premiers jours de juillet et la traduction devra être achevée au plus tard le 30 septembre.

Afin que nous puissions estimer votre travail, nous vous remercions par avance de nous faire parvenir à cette adresse avant lundi prochain, une traduction du fichier joint.

Bien à vous.

Dimitri Palansky.

Élisabeth avait envoyé sa réponse deux jours plus tard.

Bonjour Monsieur Palansky,

Veuillez trouver en pièce jointe, la traduction que je propose.

J'ai pris soin pour la partie du texte qui se déroule au dix-neuvième siècle, de respecter autant que possible les tournures d'époque.

Élisabeth Renan.

Bonjour Mademoiselle Renan,

Votre travail nous a très agréablement surpris.

Vous êtes parvenue à faire passer des nuances difficiles à rendre et j'ai trouvé particulièrement savoureuse la manière dont vous avez tourné le dialogue entre les trois personnages.

Ce premier essai est pour nous très concluant et nous amène à envisager une possible collaboration.

Vous trouverez en pièce jointe un nouveau document dont nous vous remercions par avance de nous faire parvenir la traduction en retour. Ce texte étant plus long et ne voulant pas abuser de votre temps, cette prestation vous sera rémunérée sur la base de cinquante centimes par mots.

Pensez à nous faire parvenir un RIB en pièce jointe afin que nous puissions effectuer votre virement dès réception de votre traduction.

Bien à vous.

Dimitri Palansky.

— Tu crois qu'il parle et qu'il écrit vraiment le russe ou qu'il bluffe ?

Frazier haussa les épaules.

— Je sais pas… En tout cas, il sait l'appâter…

Il fit un petit geste de la main.

– Il joue avec elle comme un chat avec une souris. Tu parles d'une ordure…

Monsieur Palansky,
J'accepte votre proposition avec plaisir et je m'attèle à la tâche sans tarder.
Élisabeth Renan.

Mademoiselle Renan,
Je vous en remercie infiniment et j'attends de lire votre travail avec impatience.
Il ne me reste plus qu'à vous souhaiter bon courage.
Bien à vous.
Dimitri Palansky.

– Attends ! S'il lui a fait un virement sur son compte, on va pouvoir retrouver ça ! À partir de là…

– Ouais… Sauf que tant qu'on travaillera tout seul dans notre petit coin, y'aura pas moyen de trouver quoi que ce soit. Comme dirait Amédée, faut montrer patte blanche pour avoir accès aux opérations bancaires. Mais ça devrait nous aider à décider le procureur cette histoire de virement.

Le procureur…

Frazier n'en démordait pas. Il restait accroché à son idée avec la conviction d'un pitbull à un tibia.

Il ne lui restait que l'infime espoir de trouver une piste solide dans les messages qu'il leur restait à lire.

Il n'y en avait plus que trois.

Jeudi…

27

La petite conne !

Dix sept-ans ! Elle n'a que dix sept-ans !

Et lui qui l'a cru lorsqu'elle lui a dit qu'elle était majeure.

Il relut l'article sur lequel il était tombé par hasard en consultant les actualités sur Google.

Sans nouvelle d'Helyne depuis hier.

Helyne Paulinier, une adolescente de 17 ans, a disparu depuis hier. La jeune fille, élève de terminale au lycée Émile Zola à Lyon (Rhône), a quitté son domicile hier matin pour se rendre à ses cours. Elle n'a plus donné signe de vie depuis. C'est sa grand-mère, inquiète de ne pas la voir revenir qui a donné l'alerte hier en fin d'après-midi. Toutes les recherches engagées jusqu'à présent n'ont apporté aucun résultat. Seule certitude, l'adolescente ne s'est pas présentée au lycée mercredi matin.

Helyne mesure 1,71 mètre, pèse 57 kilos et a de longs cheveux très blonds. Elle paraît plus âgée que ses 17 ans.

Le jour de sa disparition, elle était vêtue d'une jupe beige, d'un chemisier blanc, d'un blouson en cuir clair et de chaussure à talon de la même couleur que son blouson. Elle portait un sac à main en cuir blanc.

Toute personne l'ayant aperçue ou détenant des informations est invitée à prévenir la police. Les informations seront transmises à la brigade de recherche du Rhône, chargée de l'enquête.

C'est la photo qui accompagnait l'article qui avait attiré son attention.

Il leva les yeux sur le quatrième écran de contrôle. Vénus reposait à peu près dans la position où il l'avait laissée la veille. Elle n'avait presque pas bougé et il avait dû aller vérifier à plusieurs reprises qu'elle allait bien.

Avec inquiétude, il repensa au type qui l'avait aidé à la sortir de l'ascenseur. Ferait-il le rapprochement ? Serait-il capable, s'il tombait lui aussi sur cet article, de reconnaître, malgré la perruque et les lunettes, la blonde de la photo et la brune qu'il avait soutenue dans le parking ?

Il estima que c'était probable.

Finalement, il aurait mieux fait de l'abattre au moment de l'ouverture des portes quand l'autre avait encore le nez sur son téléphone. Peut-être qu'il aurait eu le temps de charger Vénus et de disparaître avant l'arrivée de la Peugeot.

Si le type se manifestait auprès de la police, il indiquerait à coup sûr le modèle et la couleur de la Mercedes. Et probablement l'immatriculation. Ce qui d'ailleurs n'avait pas vraiment d'importance. De ce côté, il était tranquille. Jamais personne ne pourrait remonter jusqu'à lui par ce biais.

Le plus ennuyeux, c'était son visage. Malgré la moustache, la perruque, les lunettes et les prothèses calées dans ses joues, il redoutait que les flics puissent établir un portrait-robot, qu'ils se mettent à fouiner et parviennent à faire certains rapprochements.

Certainement que du côté des médias et donc des autorités, il allait y avoir de l'agitation. Tout ça à cause de cette petite conne qui lui avait menti sur son âge !

Il se leva et fit quelques pas jusqu'à ce qu'il se sente plus calme.

Enfin ce serait comme à l'accoutumée. Au bout de quelques jours, le soufflé retomberait.

Heureusement que lors du trajet de retour, malgré les deux heures et demie de route supplémentaire, il avait choisi d'éviter les autoroutes et les caméras de surveillance qui les jalonnaient.

Il vida sur le bureau le sac à main de Vénus qu'il avait gardé avec lui. Il prit le portefeuille et en sortit la carte d'identité de la jeune femme. Elle s'était vieillie de quelques semaines. Son anniversaire tombait le 25 juillet.

Il revint à l'écran de contrôle et zooma au maximum sur le visage encadré d'une luxuriante couronne de cheveux blonds.

Il la regarda avec intensité.

Inutile d'avoir des regrets. Même s'il avait su qu'elle était mineure il n'aurait sans doute pas changé d'avis. Dès qu'il l'avait vue, il avait su qu'elle serait Vénus. Nulle autre qu'elle n'aurait mieux convenu.

Allez… Autant penser à autre chose.

De toute manière, l'inquiétude n'arrangerait rien et ne ferait que lui gâcher cette journée de repos. Il allait manger un morceau puis il s'octroierait une longue sieste tout au long de l'après-midi afin de récupérer. Il en avait vraiment besoin.

Il contrôla une dernière fois les quatre écrans. Toutes dormaient. Même Thalie. Depuis qu'il avait trouvé le bon dosage, elle ne lui posait plus aucun problème.

Il fit réchauffer un plat congelé qu'il avala sans prendre la peine de s'asseoir puis il prépara une théière qu'il emporta à la bibliothèque.

Sur la petite table, il prit le volume 76 du journal de Grand-Père qu'il avait commencé hier soir avant de s'endormir. Il s'y replongea.

9 septembre 1985
Aujourd'hui, c'était la rentrée des classes et Mon Petit Antoine va à la « grande école ». (Il déteste que je l'appelle Mon Petit Antoine ! L'autre jour, cela m'a échappé et il a piqué une colère noire ! Hormis dans mon journal, - et encore ! - j'évite de l'appeler ainsi. C'est dommage je trouve, ce nom lui va bien…)

Je redoutais un peu cette journée de rentrée mais tout semble s'être passé au mieux.

13 septembre 1985
En revenant de l'école, Mon Petit Antoine était bien silencieux. Alors qu'à l'accoutumé, il babille tout au long du chemin et s'intéresse à tout ce qui roule. Ce soir, il n'a pas dit un mot. Même le camion des pompiers qui est passé toute sirène hurlante n'a pas réussi à le tirer de son mutisme alors qu'il éprouve d'habitude une passion insatiable pour ce genre d'engin.
En arrivant dans le hall de l'immeuble, il est enfin sorti de son silence et m'a demandé avec sa petite voix : « Pourquoi j'ai pas de maman ? »
C'est la première fois qu'il aborde ce sujet et je dois avouer que j'ai eu un moment de panique. J'ai cru être revenu vingt ans en arrière à l'époque où Christian me posait la même question. Chez lui, c'est devenu obsessionnel et ça a été le début des ennuis.
Pendant que je relevais le courrier de la boîte à lettres, Antoine a insisté : « À l'école, les autres enfants, ils ont tous une maman. » J'ai bien compris que le silence ne mènerai à rien. J'ai trop vu les dégâts que cette attitude a provoqué chez Christian et il est hors de question que je refasse la même erreur.
Avec le plus de douceur possible, je lui ai expliqué que sa mère était malade et qu'elle était morte peu après sa naissance.
Il m'a écouté avec gravité et, malgré ses cinq ans, il a eu l'air de comprendre ce que je lui disais. Quand j'ai eu fini, il m'a alors demandé : « C'est vrai que quand on est mort, on va au ciel ? »
Je lui ai répondu que je ne pensais pas que ce soit le cas. Il m'a alors regardé droit dans les yeux et il a eu cette conclusion étrange et hors de propos : « Alors ma maman, c'est toi... »

14 septembre 1985

Ce matin, Mon petit Antoine est revenu à la charge mais sous un angle différent : Alors que nous marchions sur le chemin de l'école, il m'a demandé : « Et pourquoi je n'ai pas de Papa ? »

Lorsque je lui ai dit qui était son père, il a eu l'air très surpris. Et déçu aussi. « C'est lui mon Papa ? Mais pourquoi il sort jamais de sa chambre ? Les autres papas, ils vont se promener... Lui, il dort tout le temps. » Je lui ai expliqué que son père est malade et que c'est pour cette raison qu'il ne peut pas sortir comme les autres papas. Il a fallu lui donner des détails sur la maladie que j'ai dû inventer au fur et à mesure. J'avoue que pour la première fois, j'ai été content d'arriver devant l'école et de le confier à l'institutrice.

Lâchement soulagé, je l'ai regardé filer comme une flèche rejoindre ses camarades dans la cour de récréation.

16 septembre 1985

Ça fait aujourd'hui cinquante-trois ans que je tiens ce journal. Encore quelques pages à noircir et je terminerai le soixante-seizième volume ! Cinquante-trois ans ! Presque une vie...

Tout à l'heure, j'ai ouvert le premier volume et je l'ai relu en entier. J'ai été très surpris de constater à quel point mon écriture s'est transformée. Comme si, les années passant, j'étais devenu quelqu'un d'autre. Ce qui d'ailleurs, d'une certaine façon est le cas. Quel rapport existe t-il entre le jeune homme dévoré d'impatience que j'étais alors et le vieil homme apaisé et heureux que je suis aujourd'hui ?

Il va d'ailleurs falloir que je songe à détruire tout cela. J'y pense depuis des années. Depuis le début même, depuis les premières pages écrites à bord du Chenonceaux. C'est curieux parce que j'avais oublié le nom de ce bateau sur lequel j'ai vécu des semaines alors que je me souviens très bien que je pensais mettre un point final à ce journal et m'en débarrasser dès la fin du voyage. Plus d'un demi-siècle après, je n'ai encore pas pu m'y résoudre. J'en suis encore à griffonner jour après jour des pages et des pages. Sauf que j'ai maintenant soixante-quatorze ans et que la mort peut venir me cueillir à tout instant. Il faut que je m'y prépare.

J'y songe de plus en plus souvent et je dois avouer qu'il m'arrive de prier pour qu'il n'y ait rien que la mort après la vie. Je n'aimerais pas retrouver les modèles de mes toiles.

Je vais changer de sujet parce que sinon je crois que je vais me mettre à broyer du noir...

Hier, c'était dimanche et pour la première fois, j'ai emmené Mon Petit Antoine au Louvre. Il a eu l'air beaucoup plus intéressé que lorsque nous sommes allés au zoo de Vincennes ou au Jardin des plantes. Je riais tout seul de le voir courir sur ses petites jambes de salle en salle, à poser cent questions dont il écoutait à peine les réponses, filant déjà, émerveillé par une nouvelle découverte.

Je crois qu'il a passé une journée fatigante mais magnifique. Et moi aussi.

20 Septembre 1985
Mon Petit Antoine est malade. Il tousse beaucoup et le médecin a diagnostiqué un rhume sévère.
À l'entendre s'arracher la gorge et les poumons, je suis au supplice presque autant que lui.

28 Septembre 1985
Cet abruti de médecin s'est trompé.
Hier, Mon Petit Antoine toussait si fort que je l'ai emmené aux urgences. Cette fois, on lui a diagnostiqué une coqueluche.

Je crois qu'il ne pourra pas retourner à l'école avant plusieurs semaines, certainement pas avant la rentrée de la Toussaint.

Il se souvenait vaguement de cette maladie et de la toux incessante qui, durant des semaines, l'avait laissé épuisé et pantelant. Il passa rapidement les pages suivantes du journal qui ne parlait que de ça.

24 Octobre 1985
Les vacances de la Toussaint commencent demain. Mon Petit Antoine va beaucoup mieux et nous partons en Touraine dans la soirée après la fermeture de la galerie.
La météo n'est pas très bonne mais peu importe. L'air de la campagne devrait le rétablir de manière définitive. Ça fait presque un mois qu'il est enfermé. Là-bas, il pourra courir et jouer dans le parc tout son soûl. Depuis une semaine, il ne me parle plus que de ça et de la cabane que nous avons commencé l'été dernier. Il tient par-dessus tout à ce que nous la terminions. Disposer d'une maison de vingt-huit pièces et être obligé de construire une cahute en branchages... C'est toute l'ironie de l'enfance !
Peu importe. Je suis si heureux qu'il soit enfin remis sur pied que, s'il le faut, je couperai les morceaux de bois de sa cabane à mains nues.
Je me répète que je devrais profiter du trajet pour emmener mon journal là-bas mais je sais que je ne vais pas encore le faire cette fois-ci. J'ai beaucoup de mal à m'en séparer. J'ai acheté il y a longtemps déjà une solide malle métallique qui ferme à clé. Elle est assez grande pour que j'y mette aussi mes toiles que je conserve depuis tant d'années dans le coffre-fort de la galerie. Je pense que lorsque je serai enfin décidé, je dissimulerai la malle dans un des trois greniers. Ils sont immenses et emplis d'un bazar épouvantable. Je devrais pouvoir trouver une cachette efficace en attendant de me

faire à l'idée de tout détruire. De toute manière, ce sera bien plus facile là-bas. La cheminée est grande et vorace. Sinon, il y a l'étang. Je peux prendre la barque et y noyer la malle métallique et son contenu. Je n'ai jamais vérifié mais lorsque j'ai acheté la propriété, l'ancien maître des lieux m'a affirmé qu'en son milieu, la profondeur est de plus de neuf mètres.

Il faudra d'ailleurs que je pense à contacter un entrepreneur afin de faire installer dès cet hiver un enclos tout autour. Antoine est de plus en plus autonome et cette grande surface d'eau le fascine contrairement à Christian qui a toujours refusé de s'en approcher. J'ai beau le lui interdire, dès que j'ai le dos tourné, il y court. Il aura six ans l'été prochain et à cet âge-là, les enfants ont vite fait de filer. Il convient de prendre toutes les précautions nécessaires.

Il referma le volume 76 qui se terminait là, puis il leva les yeux en direction d'une des fenêtres de la bibliothèque. À travers, il voyait par-delà la terrasse et les arbres du parc, une portion de l'étang.

Lui, il l'avait entièrement sondée cette vaste surface d'eau de plus d'un hectare. À deux endroits, il avait trouvé une profondeur de douze mètres.

Il se leva et prit le volume 84.

28

– Il m'a ri au nez ce blaireau…

Entre incrédulité complète et colère noire, Frazier qui venait d'arriver, arpentait le bureau de long en large. Il gratifia la corbeille à papier d'un magistral coup de pied au moment où il passa devant. La poubelle vola sur trois mètres en répandant son contenu.

Il considéra son adjoint et demanda :

– Le procureur ?

Frazier s'agita.

– Un vrai con ! Après que tu sois allé dormir, j'ai passé le reste de la nuit à préparer le dossier. Putain ! J'aurais aussi bien fait d'aller roupiller tiens ! Je lui ai tout déballé, point par point… Tout ce qu'on a trouvé. Ce connard m'a pris de haut… Il m'a ri au nez en me disant que j'avais trop d'imagination… Je lui ai montré les portraits… Il a trouvé qu'il n'y avait pas spécialement de ressemblance entre les filles ! Elles sont blondes ! Voilà ce qu'il m'a dit ! Elles sont blondes ! Putain… mais il a de la merde plein les yeux cet abruti…

Il regarda Frazier, désabusé et pesant, se laisser tomber sur sa chaise. Ses traits marqués par trois nuits sans sommeil semblaient s'être décomposés. Ses yeux saillaient, rouges de dope et d'épuisement.

Que le procureur ait rembarré Frazier constituait la meilleure nouvelle de la matinée. Bizarrement, malgré son propre accablement, même s'ils n'avaient trouvé aucune information susceptible de les faire avancer dans l'ordinateur d'Élisabeth, il avait l'intuition que quelque chose allait bouger, qu'il n'allait pas tarder à faire un pas décisif.

– Bref... Il refuse de faire quoi que ce soit tant qu'on aura pas un élément inquiétant sur la disparition d'Élisabeth à lui présenter... Jamais vu un mec aussi obtus...

Frazier se prit le front entre les doigts.

– Quand je lui ai montré les copies des courriers de Palansky et d'Élisabeth, il m'a demandé si c'était devenu un crime de proposer ou de chercher du travail...

Il passa la main sur son visage.

– En plus, il a commencé à devenir soupçonneux et à m'interroger sur la provenance de ces messages. Je lui ai raconté que c'était le petit ami d'Élisabeth qui nous les avait donnés. Un coup de bol que j'ai pensé à ça parce que sinon je crois qu'il aurait pas hésité à me chercher des poux dans la tête... Je lui ai même pas parlé du virement bancaire...

Il soupira :

– Putain, baratiner un proc... Je vais finir par me retrouver à faire la circulation...

Il se redressa et se remit à faire les cent pas à travers le bureau.

– Merde ! On n'avance pas. Le temps passe et on n'avance pas...

– Il reste le STIC... On va peut-être finir par trouver quelque chose. T'as qu'à essayer de fouiner dans le FIJAIS...

– C'est ça. Rêve ! Je te dis que c'est pas dans ces putains de fichiers que tu vas le trouver le Palansky !

Frazier ne devait pas avoir d'autres solutions à proposer puisque tout comme lui, il disparut derrière son écran.

Ils travaillèrent en silence pendant un moment. Tout à coup Frazier s'écria :

– Oh putain ! Viens voir ça...

Il leva la tête vers son adjoint, surpris par le ton étranglé de sa voix.

– Quoi ?

– Encore une… Putain encore une… ! J'le crois pas… Regarde ça.

Frazier tourna son écran dans sa direction. Ses yeux se figèrent sur la jeune femme blonde qui s'y affichait. Il lut le court article qui l'accompagnait en sentant l'excitation monter au fur et à mesure. Il se sentait comme un chasseur qui vient de trouver une piste fraîche.

Peut-être qu'enfin, Palansky venait de commettre une erreur.

Ils échangèrent un regard incrédule.

– Tu crois que c'est lui ?

Frazier tendit la main vers l'écran.

– Regarde la photo de la môme ! Ça peut pas être une coïncidence !

– Je vois bien…

– J'le crois pas… Il a embarqué deux nanas en moins d'une semaine ? Putain, j'le crois pas…

– À Lyon cette fois…

– Ouais… et ce coup là, c'est une mineure…

Il sentit une poussée d'adrénaline gicler à travers son corps. Il consulta sa montre.

– … Il est 13 heures… J'y vais. Avec un peu de chance, je peux y être en fin d'après-midi. Tant pis pour Daguasse. Je suis passé à son bureau ce matin et il est pas là de la journée.

– Attends… T'excite pas… Je connais quelqu'un qui bosse là-bas. Paul Pelard… Il pourra peut-être m'en dire plus…

Tandis que Frazier téléphonait, il se connecta sur plusieurs sites d'infos. À quelques mots près, tous les articles concernant la disparition d'Helyne Paulinier étaient semblables. Il n'en apprendrait pas plus par ce biais.

Frazier réussit à joindre son correspondant. Il tendit l'oreille.

– Allô Paul ? Bruno Frazier… Oui bien et toi ?… Ta femme ?…. Et le petit ?… Quel âge il a ? Déjà ? Ça pousse vite !… Non… Je t'appelle pas pour ça. Je viens de tomber sur l'affaire Paulinier… Oui… C'est toi qui es dessus ? Je pouvais pas mieux tomber alors… Non… On a peut-être quelque chose de similaire ici… Sûr… Nan, nan, pas de problème… Je t'expliquerai… promis… QUOI ?

Frazier se tourna vers lui, rouge d'excitation.

– Ils ont un témoin !

Il revint à son correspondant.

– … Non excuse-moi, je parlais à un collègue… Attends, je mets le haut-parleur… Vas-y, c'est bon…

La voix basse, posée et un peu éraillée de Paul résonna à travers le portable de Frazier.

– … Un certain Jean-Romain Lebœuf. Consultant en informatique. Ce matin vers huit heures, après être tombé sur la photo de la gamine à la télé, il a appelé le 17. D'après lui, il l'a vue hier vers quatorze heures dans un parking.

– Le parking d'un hôtel ?

– D'un hôtel ? Non pas du tout… Là où il bosse. Un immeuble de bureau récemment construit. Lebœuf venait de se garer et attendait l'ascenseur. Quand les portes se sont ouvertes, il s'est trouvé nez à nez avec un type et une fille qui avait l'air mal en point. Le type lui a dit que c'était sa secrétaire et qu'elle avait fait un petit malaise. Il l'emmenait à l'hosto. Il lui a demandé un coup de main pour la charger dans sa voiture.

– Attends… Je pige pas là. Tu veux dire que Palansky a demandé de l'aide à quelqu'un pour embarquer la môme ?

Paul demanda, étonné :

– Palansky ?

– Dimitri Palansky. Probablement un faux blaze. On a fait quelques recherches rapides qui n'ont rien donné. Pas de permis de conduire ni de numéro de sécu au nom de Dimitri Palansky… Mais c'est l'identité que notre suspect a utilisé avec notre disparue…

Pelard émis un petit sifflement avant de poursuivre :

– Je te rappelle que c'est donnant-donnant… Je te lâche ce que j'ai mais tu me racontes ta petite histoire après hein ?…

– Promis.

– T'as intérêt. Y'a un truc plus étrange encore : Lebœuf a hésité deux plombes avant de nous appeler parce que la gamine portait des lunettes et était brune Elle avait l'air plus vieille que sur les photos qui ont été diffusées. Il a mis un moment avant de la reconnaître.

– Brune ? Mais alors…

– Bizarre hein ? Pourtant Lebœuf était sûr de lui. Il a pu nous donner des détails convaincants. Entre autre, une bague qu'elle portait à la main gauche qu'il a décrit avec précision… La grand-mère a confirmé. Du coup, une équipe est allée vérifier. Ils ont montré la photo de la gamine au gardien de l'immeuble qui l'a formellement reconnue. Hier vers midi et demi, elle lui a demandé où elle pouvait trouver des toilettes.

Tandis que Paul et Frazier parlaient, il prenait des notes fébrilement.

– Putain… J'le crois pas… Ça veut dire qu'il les déguise… J'le crois pas… Mais comment il fait ça ?

Il leva le nez de son calepin. La réponse lui semblait évidente :

– Il l'a droguée. Il a dû lui faire avaler une saloperie pour l'endormir à moitié. Peut-être dans une boisson… Une fois qu'elle était assommée, il lui a collé une perruque sur le crâne et il l'a embarquée.

Frazier se massa le front de sa main libre. Il ressemblait à un boxeur sonné, remisé au coin du ring.

– Putain… J'le crois pas… T'as entendu ce qu'a dit mon collègue ?

– Oui… C'est aussi ce qu'on a pensé après que Lebœuf nous ai décrit l'état de la fille… D'après lui, elle tenait debout mais elle était toute molle… Aucune volonté. Il est certain que s'il l'avait lâchée, elle serait tombée.

– Putain… J'le crois pas…

– Oui… Ça a l'air dingue… Encore un truc et ensuite c'est à toi de t'épancher… D'après Lebœuf, le type est parti au volant d'un coupé Classe E immatriculé en Suisse.

Cette fois Frazier sembla prendre un uppercut au foie. Sa tête s'affaissa avec une grimace douloureuse.

– En Suisse ? Putain… J'comprends rien…

– Lebœuf n'est pas certain du numéro exact de la Mercedes mais on creuse… Le problème, c'est que ça risque de prendre du temps. À toi maintenant… Je t'écoute.

– On a une affaire similaire. Un type qui est passé dimanche dernier pour déclarer qu'il n'avait pas de nouvelle de sa nana depuis deux jours. Ce qui m'a fait flasher, c'est la ressemblance entre les deux filles.

– Physiquement ?

– Ouais… Même aspect général… Des traits très proches. Même genre de coiffure.

– Mineure ?

– Non. La nôtre est plus âgée. Vingt-deux ans.

– Dans ton coin ?

– Non plus. En fait, la fille est étudiante à Lille. C'est là qu'on perd sa trace.

– À Lille ? C'est loin de chez toi ça… Tu connais les circonstances ?

– On sait qu'elle avait un rendez-vous pour un job dans un hôtel… Depuis, aucune nouvelle. On est quasi certain que c'est ce Palansky avec qui elle avait rendez-vous qui l'a embarquée.

– À part la ressemblance entre les deux filles, qu'est-ce qui te fait penser que les deux affaires sont liées ?

Frazier hésita à répondre et l'interrogea du regard. D'un signe du menton, il lui donna son accord.

– On a fouiné un peu avec mon collègue. On a trouvé trois et peut-être même quatre autres affaires qui ressemblent à ça.

– Merde !…

– Comme tu dis… La première remonte à 2008. À chaque fois le même genre de physique, à peu près le même âge et presque le même mode opératoire. Un rendez-vous à l'hôtel. Toutes majeures sauf une… J'étais chez le proc ce matin… Il n'a pas voulu donner suite… Du coup, on est un peu coincé ici. On sait plus trop comment avancer…

Frazier se toucha le crâne du bout des doigts et plissa les paupières.

– Attends…

Il tendit l'index vers le plafond.

– Tu m'as bien dis que Lebœuf a croisé le type et la fille alors qu'ils sortaient de l'ascenseur ?… Donc c'est qu'ils venaient des étages… Pourquoi il a choisi cet immeuble ? Qu'est-ce qu'il foutait là ? C'est quoi au juste cet endroit ?

– Un centre d'affaires. Beaucoup de boîtes qui démarrent… De l'informatique… Des start-up… On peut louer un bureau ou une salle à l'année, à la semaine ou à la journée.

– Il aurait loué un truc là ?

– Pour le moment on ne sait pas mais on creuse là-dessus…

– Putain, c'est complètement délirant !… Si c'est le cas, vous devriez pouvoir trouver quelque chose non ?

– Tu crois qu'on fait quoi là ? Qu'on roupille ? J'y suis en ce moment… On est en train de tout retourner bureau après bureau… Ça prend du temps. Y'en a plus de deux-cent.

Pour la première fois, il intervint dans la conversation :

– Demande-lui s'ils ont un portrait-robot…

Frazier approuva.

– Mon collègue demande si vous avez fait établir un portrait-robot du type ? On a une photo de Palansky. Ce serait intéressant de comparer…

– Une photo ? Vous avez trouvé ça comment ?

– Un coup de bol ! Le barman de l'hôtel où on perd la trace de la fille... Un branleur qui fait des photos des clientes en douce... T'as un portrait ?

– Pas encore. On est en train d'en faire établir un avec l'aide de Lebœuf… Je te l'envoie dès que je l'ai si tu m'envoies ta photo.

Frazier le consulta du regard. Il opina d'un signe de tête.

– Ça marche. File-moi ton mail…

Frazier nota l'adresse sur un bout de papier et le lui tendit.

Il prit son appareil et envoya la photo.

– Dis donc Bruno, ce serait peut-être pas inutile que toi et ton collègue vous descendiez à Lyon. C'est possible ?

– On allait te le proposer… On devrait être chez toi en fin d'après-midi ou en tout début de soirée.

– On vous attend. Je te tiens au courant si on a du nouveau.

Frazier raccrocha et jeta un œil à sa montre.

– Bon… On y va ? Ma voiture est en bas…

– T'es sûr que tu vas pouvoir conduire ? Ça fait trois jours que t'as pas roupillé…

– J'ai dormi deux heures cette nuit. Ça va aller… Sinon tu prendras le volant.

– Juste le temps de pisser un coup.

– Ok. Je vais chercher ma caisse.

Lorsque Frazier fut sorti, il ouvrit le tiroir où il rangeait son arme de service, un Sig-Sauer SP 2022. Il accrocha le holster à sa ceinture.

Il ramassa le maigre dossier qu'ils avaient constitué, une douzaine de feuillets vaguement attachés par un trombone et trois agrafes, et le glissa dans une chemise en carton.

Quand il sortit du bâtiment, Frazier l'attendait juste devant l'entrée au volant de son Audi A3. Il s'engouffra dans la voiture qui démarra avant qu'il ait eu le temps de claquer la portière. Ils sortirent du parking sur les chapeaux de roues et s'engagèrent dans la circulation.

Avant le premier feu rouge, le téléphone de Frazier vibra. Il jeta un coup d'œil à l'écran avant de répondre.

– C'est Pelard…

Il prit la communication.

– J'écoute… QUOI ?… Merde… J'explique ça à mon collègue et je te rappelle…

Il laissa tomber l'appareil entre ses cuisses et se tourna vers lui, la mine défaite.

– Ils ont montré la photo de Palansky à Lebœuf. D'après lui, c'est pas le même type.

Vendredi...

29

Rue de Rome ?

Pourquoi la rue de Rome croise-t-elle la rue de Tokyo ? Quelque chose lui échappait. Il enclencha la première, passa devant l'impasse de Copenhague et fit demi-tour place de Madrid.

D'après ses estimations, la rue de Londres devait se trouver sur sa gauche. Il prit donc par la rue de Varsovie, puis au bout d'une cinquantaine de mètres, il obliqua rue de Bruxelles, ce qui le ramena rue de Washington qu'il avait déjà prise deux fois. Il s'arrêta, perplexe... Peut-être devrait-il essayer la rue de Brasilia ? Il l'avait négligée tout à l'heure, persuadé qu'elle était orientée dans la mauvaise direction.

Tous les pavillons devant lesquels il passait lui semblaient identiques. À vrai dire, pas deux n'étaient pareils, mais il ne parvenait pas à faire la différence de l'un à l'autre. Comme un mauvais présage, son GPS était tombé en panne et depuis dix minutes, il tournait en rond dans ce lotissement immense sans parvenir à trouver l'adresse qu'il cherchait. Il regrettait de ne pas avoir accepté le plan que lui avait proposé Flore.

Non... Pas Flore.

Pas encore.

Elle était toujours Julia Sanpieti. Et ça ne risquait pas de changer s'il ne trouvait pas la sortie de ce foutu labyrinthe.

Il se décida pour la rue de Brasilia.

Il roulait lentement en déchiffrant le nom des rues sur les panneaux lorsque tout à coup, comme un autre mauvais présage, un petit chien noir surgit en courant de sa droite et se jeta devant ses roues.

Il pila.

Le sac posé sur le fauteuil passager qui contenait son appareil photo, un Canon EOS 5D Mark III tout neuf, fut projeté sur le tapis de sol.

Heureusement, il avait réussi à éviter le clébard. Il le vit s'enfuir en jappant puis disparaître par le trou d'un grillage.

Il ramassa le sac de l'appareil photo puis il redémarra. Au bout de la rue de Brasilia, il enfila la rue de Lisbonne. À sa gauche, alors qu'il allait tourner à droite, il trouva enfin la rue de Londres.

Quand elle ouvrit la porte et qu'il la vit, il eut un léger spasme, une sorte d'impatience qui lui courut tout au long de l'échine.

Elle était sublime.

Bien au-delà de ce qu'il avait imaginé. Elle s'était maquillée avec beaucoup d'à propos. Lui-même n'aurait pas fait mieux. Ses cheveux, remontés vers le haut avec un négligé savant, rehaussaient l'aspect juvénile de ses traits.

– Bonjour Monsieur Châtelain.

Le son de sa voix était en harmonie avec son physique. Il eut l'impression qu'elle gazouillait.

– Bonjour Mademoiselle…

Il lui tendit la main qu'elle serra.

Il prit une mine confuse.

– Je vous présente mille excuses pour mon retard mais je me suis un peu perdu…

– Je m'en doutais. Je vous avais dit que c'était difficile à trouver. Ce n'est pas grave. Entrez.

Elle le précéda jusqu'au salon.

La pièce était meublée d'un canapé en cuir blanc sur lequel était posé une guitare, d'une paire de fauteuils assortis, et d'une table basse design très moche décorée d'un gros bouquet de lilas mauve. Cinq ou six immenses plantes vertes, dont deux semblaient vouloir s'échapper par les portes-fenêtres, créaient une ambiance apaisante.

Elle demanda d'une voix enjouée :

– Préférez-vous que l'on s'installe ici ou sur la terrasse ?

– Nous allons commencer par quelques gros plans ici. Ensuite, nous ferons des plans larges en extérieur.

– Je vous offre quelque chose ? Un café ? Un soda ? Une bière ?

– Juste un grand verre d'eau s'il vous plaît.

Il consulta sa montre.

– Je suis assez pressé. Si ça ne vous ennuie pas, j'aimerais que nous commencions tout de suite.

– Bien sûr… Ma tenue vous convient ?

– C'est parfait. Je vous demande deux minutes, le temps de préparer mon matériel…

– Je vais chercher de l'eau.

Il déballa le Canon de sa sacoche et procéda à quelques réglages. Du regard, il fit le tour de la pièce tandis qu'elle revenait avec un plateau chargé de deux verres et d'une carafe pleine qu'elle posa sur une desserte.

– Merci… Mettez-vous ici s'il vous plaît. La lumière n'est pas mauvaise…

Elle se plaça face à lui.

– On commence avec un visage neutre. Ne regardez pas l'objectif… Vous êtes prête ?

Elle fit oui d'un signe de tête.

Il leva le Canon devant lui et appuya sur le déclencheur.

Clic. Clic. Clic. Clic. Clic. Clic.

– Ok… Souriez maintenant… Voilà… Sans regarder l'objectif… Merci…

Clic. Clic. Clic. Clic. Clic. Clic.

– Les yeux dans le vague… Plus lointain… Voilà…

Clic. Clic. Clic. Clic. Clic. Clic.

– Relevez la tête… Un peu penchée s'il vous plaît… Parfait…

Clic. Clic. Clic. Clic. Clic. Clic.

– Maintenant en regardant l'objectif… Merci… Souriez… Plus franchement… Voilà…

Clic. Clic. Clic. Clic. Clic. Clic.

– Parfait. Merci. On recommence mais vous vous tournez de trois quarts par rapport à moi… Dans l'autre sens, s'il vous plaît… Voilà… Dégagez un peu votre épaule droite… Parfait…

Clic. Clic. Clic. Clic. Clic. Clic.

– Tournez un peu la tête à gauche… Voilà…

Clic. Clic. Clic…

Pffffttt…

Il se trouvait à moins de deux mètres d'elle. La fléchette se ficha avec précision à l'endroit qu'il avait visé.

Il posa le Canon sur le canapé et fit trois pas vers Flore qui déjà commençait à vaciller. Sans un mot, elle lui tomba dans les bras.

Il l'aida à s'asseoir puis il retira le dard qu'il rangea.

– Ça va ? Vous vous sentez bien ?

Avec difficulté, elle leva les yeux vers lui et le dévisagea une seconde en tentant d'accommoder. Elle paraissait stupéfaite de ce qui lui arrivait. Il passa sa main devant son visage. Elle eut un réflexe qui la fit se tendre légèrement.

Parfait. Elle était à point.

Ni trop, ni trop peu.

Il prit l'un des verres et la fit boire. Elle résista une seconde et se cogna les dents sur le rebord dur avant de se mettre à avaler goulûment.

– Allons faire quelques pas dehors. Vous avez besoin d'un peu d'air…

Il rangea le Canon dans sa sacoche et glissa le verre qu'il venait d'utiliser dans l'une des poches latérales. Il passa la bretelle à son épaule.

De l'autre bras, il aida Flore à se lever.

– Venez… Nous allons aller respirer un bon coup. Vous vous sentirez mieux après.

Elle marche.

Pas vite, mais elle marche. Un pas après l'autre, ils traversent le salon.

Lorsqu'ils passent la porte et se retrouvent dans l'entrée, il se fige.

Devant lui, en bas de l'escalier qui conduit à l'étage et barrant le passage, se tient une femme. Grande. Presque autant que lui. Environ quarante-cinq ans, le menton fuyant au point de ne pas exister, des cheveux qui descendent à mi-épaules d'un blond identique à ceux de Flore. Elle sourit, appuyée sur une paire de béquilles grises, la jambe droite enveloppée d'un plâtre immaculé.

La mère.

Ses lèvres esquissent un bonjour mais avant que le mot sorte, son sourire, encore avenant une seconde plus tôt, s'efface et fait place à un rictus où se mêlent inquiétude et incompréhension.

Il ferme les yeux, espérant que lorsqu'il les rouvrira, elle aura disparu.

Ça ne marche pas.

Au contraire. Elle semble encore plus présente maintenant. Elle dévisage sa fille. Un regard bleu, coupant comme du métal.

Qu'est-ce qu'elle fait là ? Elle était censée être hospitalisée durant quelques jours.

– Julia ?... Julia ! Réponds-moi !

Une voix grave, un peu rauque. Elle doit fumer. Elle se tourne vers lui et il a la sensation d'être transpercé par ses yeux.

– Que se passe-t-il ? Qui êtes-vous ? Qu'avez-vous fait à ma fille ?

À chaque question, sa voix monte d'un ton.

Elle béquille d'un pas vers eux.

– Répondez-moi ! Julia... JULIA !

Elle avance encore. Elle doit souffrir car à chaque mouvement, une grimace de douleur lui distord les traits.

251

– Laissez-la. Vous m'entendez ? Laissez-la ! Écartez-vous d'elle !

Il sait ce qu'il va arriver. Il voudrait réagir mais pour une raison qu'il ne comprend pas, il ne parvient pas à bouger.

Il se souvient qu'en plus de sa jambe cassée, elle a deux ou trois côtes abîmées. D'un seul bras, il pourrait la repousser, la jeter à terre, mais il ne parvient pas à faire un geste.

Il est hypnotisé par les deux topazes éblouissantes de colère qui ne le quittent pas.

Elle s'approche encore sans le lâcher du regard. Il la voit lever sa béquille et l'abattre sur lui mais il ne fait rien pour éviter le choc.

Le caoutchouc qui garnit le fer le frappe à l'épaule.

La douleur le réveille.

Déjà, la béquille revient à la charge mais cette fois, il parvient à éviter le coup.

Sous l'assaut, il est contraint de lâcher Flore et de faire un pas en arrière pour se mettre hors de portée.

Elle crie :

– Sauve-toi Julia ! Sauve-toi !

Il essaye de saisir le Beretta rangé dans la poche centrale de la sacoche mais il s'emmêle la main dans la sangle.

La béquille menace à nouveau.

Tout en tentant de protéger son visage de son bras levé, son autre main cherche avec fébrilité à faire sauter le fermoir.

Les yeux de la femme sont comme des couteaux et elle bave de rage.

Brusquement, il comprend pourquoi il reste pétrifié, incapable d'agir...

La Méduse !

C'est elle !

Telle que l'a vue Le Caravage, elle se dresse devant lui, furieuse et déchaînée. Ses mèches s'agitent à la façon d'un nid de vipères. La colère et la haine noircissent son regard foudroyant.

Il lui faut fuir ses yeux. Ne plus les regarder.

Du bras gauche, il réussit à parer le coup qu'elle essaie de lui porter à la tête. La douleur est fulgurante. Elle a dû lui fracasser le radius.

Malgré la souffrance qui irradie dans son bras, il s'acharne à faire sauter l'attache. Il y parvint enfin. Sa main tâtonne à la recherche du Beretta. Il sent la crosse froide et l'empoigne. Son pouce fait sauter le cran de sûreté.

Elle crie à nouveau d'un ton hystérique qui lui vrille les tympans :

– SAUVE-TOI JULIA ! SAUVE-TOI !

Il pointe l'arme et recule d'un pas. Il bute contre un obstacle qui le déséquilibre.

Il tire en même temps qu'il chute en arrière. La balle manque sa cible et décapite le grand yucca qui décore l'entrée. Le bruit de la détonation dans cette petite pièce lui semble épouvantable.

Il est à terre. Il devine la béquille qui s'élève au-dessus de sa tête, prête à lui porter le coup fatal.

Au jugé, il presse la détente du Beretta.

La balle fracasse la gorge tendue vers lui. Sous l'impact, la Méduse est brutalement repoussée vers l'arrière. Elle laisse échapper ses béquilles, celle qui lui sert d'arme et l'autre qui lui a permis de tenir debout. Elle porte les mains à sa gorge d'où jaillit un geyser rouge puis elle s'affale au sol avec un bruit mou.

Il reste effondré un moment, essoufflé, le pistolet pointé vers le corps immobile, prêt à tirer encore si la Méduse bouge.

Et puis tout à coup, il se met à rire. Un rire qui démarre sur un rien, un simple gloussement… Un gloussement qui en entraîne un autre, puis un autre encore et qui se transforme en une quinte incoercible qui le secoue tout entier.

Il est vivant et Elle est morte !

Il a terrassé la Méduse !

Il est Persée !

Il rit si fort que des larmes débordent de ses yeux.

La douleur qui irradiait de son poignet le calma d'un coup.

La vache ! Elle ne l'avait pas loupé…

Il glissa le Beretta dans sa ceinture, à portée de main. Il saisit son avant-bras et le palpa avec délicatesse. C'était très douloureux mais ça ne semblait pas cassé.

Il leva les yeux vers Flore. Elle se tenait de dos, l'épaule appuyé contre le mur. Impassible. Elle n'avait pas dû entendre les détonations ou, si c'était le cas, elle les avait déjà oubliées. Il prit conscience avec effroi que la première balle, celle qui avait raccourci le yucca, avait dû la frôler de peu. À quelques centimètres près, tout était gâché.

Il se releva avec précaution.

Sur le carrelage impeccable de l'entrée, la flaque de sang s'élargissait et luisait avec des reflets de pierre précieuse. Il pensa à Grand-Père et à la fascination qu'il avait éprouvé pour cette couleur qu'il n'était jamais parvenu à fixer. C'était beau mais éphémère. Un peu comme ces galets de bord de mer qu'il collectionnait lorsqu'il était enfant. Merveilleux, mouillés de sel et d'eau mais si ternes une fois secs…

Il se secoua. Il était urgent de filer.

Il ramassa les deux douilles et, avec une grimace de douleur, pendit la sacoche à son épaule. Il contourna la flaque miroitante.

Il accrocha le bras de Flore en lui murmurant à l'oreille :

– Viens… On va se promener.

30

À travers le nuage de fumée qui l'enveloppait, Paul Pelard demanda :

– Quelqu'un a une objection ?

La petite salle de réunion semblait s'étrécir au fur et à mesure qu'elle se saturait des haleines aigres de cafés amers, des relents de sueurs moites et de la fumée des cigarettes que Pelard, se foutant royalement de la pancarte « Interdiction de fumer » affichée sur le mur au-dessus de sa tête, allumait les unes à la suite des autres.

Il regarda d'un air morne les six personnes assises autour de la longue table.

Cinq hommes, une femme.

Des traits marqués, des bâillements mal étouffés, des regards éteints sur les cernes sombres d'une nuit sans sommeil.

Assis en face de lui, Frazier avait la pâleur trouble d'un cierge.

Il préféra ne pas imaginer sa propre tête.

Les flics ont ceci de commun avec les chiens que s'ils n'ont pas un os à ronger ou un coin de terrain à gratter, ils deviennent agressifs et finissent par se bouffer entre eux.

On n'en était pas loin.

Presque quarante-huit heures après la disparition d'Helyne Paulinier, ils pataugeaient.

Depuis hier, aucun des indices trouvés n'avait permis de faire le pas décisif. Au contraire, chacun entraînait une infinité de questions nouvelles et il avait de plus en plus de mal à s'y retrouver, à assembler le tout en quelque chose de cohérent.

Pourtant une chose lui semblait évidente : Pelard qui venait de terminer d'exposer sa théorie faisait fausse route.

Il se décida à le dire.

– Moi... Je suis pas d'accord...

Comme un seul, tous les regards convergèrent vers lui.

– Je reste convaincu qu'on a affaire au même type. Je suis certain que Palansky et le type du garage, c'est le même.

Pelard le dévisagea avec hargne.

– Attends une minute... On en a assez discuté. T'as pu interroger le témoin toi-même autant que tu as voulu... Tout à l'heure encore, on en a discuté et tu étais d'accord.

– Je sais mais j'ai changé d'avis... Plus j'y pense et plus je crois qu'on se plante.

– Et pourquoi donc ? Moi ça me semble assez clair... Lebœuf a pas reconnu votre type parce que c'est pas le même. Je vois pas ce qu'on peut ajouter.

– On peut supposer que Lebœuf l'a mal vu : L'éclairage est assez merdique entre le parking et l'ascenseur... Après, il était trop occupé à soutenir la gamine pour se préoccuper de la tête du type... Et puis la photo de Palansky qu'on lui a montrée n'est pas terrible...

Et surtout il le sentait.

Ça n'avait aucun fondement mais tout au fond de lui, son instinct lui soufflait qu'il avait raison, qu'il n'y avait qu'une seule et même personne derrière tout ça.

Pelard haussa les épaules :

– Ouais... Désolé de te le dire mais c'est totalement merdique comme arguments... Lebœuf est physionomiste non ? Il a reconnu la gamine malgré son déguisement.

Il se tourna vers Frazier :

– Et toi Bruno, t'en penses quoi ?

Frazier s'arracha avec effort à la léthargie où il était plongé depuis dix minutes. Il agita d'abord les bras puis secoua la tête avant de prononcer :

– J'ai réfléchi aussi... J'suis d'accord avec Pierre. C'est le même. On sait qu'il déguise ses victimes. Pourquoi il se déguiserait pas aussi ?

Pelard ricana.

– C'est ça ! Comme Arsène Lupin... Vous êtes vraiment incurables tous les deux... Vous surfez sur vos théories foireuses comme un étron dans une cuvette... Vous devriez écrire des romans en duo. Je suis sûr que vos lecteurs se taperaient le cul par terre en lisant vos salades.

Il tapa un grand coup du poing sur la table :

– Et la Mercedes ? Vous vous torchez le fion avec ou quoi ?

Il se redressa d'un bloc, envoyant valser sa chaise contre le mur et tendit un doigt accusateur vers Frazier.

– T'en connais beaucoup des tueurs en série qui font des montages pareils ? Ces mecs là, Bruno, tu sais très bien comment ils fonctionnent ! Et c'est pas comme ça... Quand ça les travaille, ils vont pas chercher midi à quatorze heures ! Ils tirent pas des plans sur la comète pendant des jours... Ils se mettent en chasse. Point. Alors arrêtez de délirer avec vos histoires de serial killers à la con... Vous me faites marrer !

La veille, ils avaient décidé malgré tout de faire le trajet jusqu'à Lyon.

Même si Helyne était mineure, même si les circonstances de sa disparition étaient différentes et même si le témoin n'avait pas reconnu la photo, ils restaient convaincus que cette affaire était liée aux autres. La ressemblance de la jeune femme avec les autres disparues était trop frappante pour qu'il n'y ait pas un rapport.

Ils étaient arrivés sur place en fin d'après-midi et s'étaient entretenus durant deux heures avec Pelard.

Pelard avait admis que les disparitions de la petite Paulinier et d'Élisabeth Renan ainsi que les affaires plus anciennes exhumées par Frazier pouvaient être liées les unes aux autres. Il convenait volontiers que les disparues se ressemblaient mais cela ne faisait que confirmer sa propre hypothèse.

Pour lui, pas de tueur maniaque derrière tout ça puisque le portrait du ravisseur décrit par le témoin à Lyon ne correspondait pas à celui de la photo de Palansky prise à Lille. Pelard était convaincu qu'ils avaient affaire à un réseau très organisé qui se livrait à la traite des blanches.

Et le développement de l'enquête semblait lui donner raison.

Après des heures au bout du fil, de requêtes, de prières, de prises de bec, de menaces et de supplications, les flics suisses avaient daigné se pencher sur leur fichier de cartes grises et enfin lâcher quelques informations. La Mercedes n'appartenait pas à un particulier mais à Minos SA International, une société anonyme immatriculée à Zurich. Assez vite, ils s'étaient rendu compte que l'adresse de Minos SA n'était rien de plus qu'une boîte à lettres. La suite avait été beaucoup plus complexe et ce n'est que dix minutes plus tôt, qu'ils avaient enfin appris que la société Suisse était détenue par Dédale Ltd, une société de droit chypriote qui appartenait elle-même à une troisième entité, un simple numéro, basée au Belize.

On en était là.

On allait poursuivre les investigations mais il était déjà évident qu'elles ne donneraient aucun résultat exploitable. Plus on avancerait et plus les traces du véritable propriétaire de la Mercedes se dilueraient dans un écheveau de sociétés offshore disséminées à travers les paradis fiscaux de la planète.

France, Suisse, Belgique, Ukraine, Chypre, Belize... Au vu des ramifications internationales que prenait l'affaire et devant les difficultés à obtenir le moindre renseignement, Pelard envisageait de contacter Interpol.

Frazier leva les mains en signe d'apaisement

– T'excite pas Paul… C'est ma conviction et c'est celle de Pierre. Elle vaut ce qu'elle vaut… Maintenant, j'admets que cette putain de Mercedes qui appartient à on ne sait qui semble te donner raison…

– Manquerait plus que tu dises le contraire…

– Sûr que c'est pas ordinaire un bordel pareil… Mais d'un autre côté, on sait que les enlèvements sont préparés soigneusement… Des mois à l'avance ! T'avoueras que c'est pas logique…

– Et pourquoi donc ?

– Si le but de ce business, c'est de kidnapper des blondes pour les fourguer quelque part, j'aimerais bien savoir où d'ailleurs, alors pourquoi se donner tant de mal pour embarquer celle-là plutôt qu'une autre ? Les blondes, c'est quand même pas ça qui manque non ?

Pelard lui fit signe de continuer

– Là… Je sais pas comment dire… C'est pas… rentable…. Voilà… c'est ça. C'est pas rentable. Si t'as raison et que c'est une bande qui trafique le pain de fesses, on est d'accord que leur but c'est de faire un maximum de fric en prenant un minimum de risques, non ?

Pelard acquiesça à contre-cœur.

– Ouais… C'est logique.

– Et c'est tout le contraire qui se passe… Des messages à n'en plus finir, des rendez-vous dans des lieux publics… Tu vois bien pour la petite Paulinier comment ça s'est passé ? Elle était pas là par hasard… Elle est venue d'elle-même à un rendez-vous qu'on lui avait donné. Elle a été sélectionnée elle aussi. Comme les autres ! Cherche dans son ordinateur. Tu peux être certain d'y trouver toute une correspondance entre elle et celui qui l'a embarquée.

Pelard eut un mouvement d'impatience.

– Tu crois quoi ? Qu'on est plus con ici que chez toi ? On a posé la question à la grand-mère. La môme a pas d'ordinateur. Elle utilise une tablette et son téléphone et tout était dans son sac… Et même si elles sont sélectionnées comme tu dis, ça change quoi… Peut-être que les clients sont très exigeants et qu'ils sont prêts à mettre le prix qu'il faut pour que la marchandise soit à la hauteur.

Il tapa du plat de la main sur la table.

— Mais ça change rien au fait que le serial killer capable de monter un bordel de sociétés offshore pareille, laisse-moi te dire qu'il n'est pas encore né ! Tu sais bien que la plupart du temps, ce sont des pauvres types qui agissent à l'impulsion. En général, ils ont le QI qui dépasse à peine la hauteur des pâquerettes. Alors que là, au fur et à mesure où on avance, il est de plus en plus évident que nous avons affaire à une bande. Et une bande bien organi...

Il ne termina pas sa phrase car Vincent, un des inspecteurs de l'équipe, entra en trombe dans la pièce en agitant devant lui une liasse de feuilles.

— On vient de recevoir ça. J'ai fait des photocopies pour tout le monde.

Il fit le tour de la table et distribua un exemplaire à chacun avant de s'asseoir.

Tous se plongèrent dans la lecture du document. C'était la copie du contrat de location du local E511, un open space de cent-cinquante mètres carrés situé au cinquième étage du bâtiment E. Il était établi pour une durée de trois mois, du premier avril au trente juin entre Bizness Office, société gérante du local et la société Minos SA.

Il leva les yeux du papier.

En face, Frazier avait l'air ébranlé et perplexe. Pelard les dévisagea l'un après l'autre puis demanda :

— Alors ? Encore convaincus par votre théorie ?

Frazier gratta ses cheveux en bataille et s'agita sur son siège.

— C'est sûr qu'après l'histoire de la Mercedes, ça fait beaucoup...

Pelard parut enchanté de voir Frazier céder du terrain.

— Je te le fais pas dire... Je crois que ton histoire de tueur, tu peux la planquer au fond de ta poche et mettre ton tire-jus par-dessus. Tu avoueras que vous vous êtes mis le doigt dans l'œil. Et bien profond encore !

Frazier se gratta la tête.

– Ouais… Mais d'un autre côté, on en revient à ce que je disais il y a cinq minutes… Louer un bureau pendant trois mois, c'est des frais… Et ça manque de discrétion… Franchement, j'aimerais que t'aies raison mais j'arrive pas à trouver comment ça s'emboîte cette histoire…

– Parce que tu trouves que la tienne s'emboîte mieux ? Bon allez ! Assez discuté. On a du boulot.

Pelard se tourna vers les membres de son équipe.

– On fonce là-haut. Bureau E551. On fait venir les scientifiques. On relève tout : les empreintes, les poils, les cheveux… Tout ce qu'on peut trouver. Allez, on se dépêche ! Avec un peu de chance, on pourra se coucher ce soir ! Vous faites quoi tous les deux ? Vous venez avec nous ou vous continuer à cavaler après votre tueur ?

Samedi...

31

Il a beau se bourrer d'antalgiques, son bras le lance sans discontinuer. Une pulsation sourde le taraude du coude au poignet, là où l'hématome s'étend, plus sombre, d'un bleu violacé virant au noir, à l'endroit où la béquille de la Méduse l'a frappé.

Et ça aurait pu être pire. S'il n'avait pas paré le coup, c'est son crâne ou son visage qui auraient pris.

Il s'en veut.

Il a été imprudent.

Imprévoyant.

Trop sûr de lui.

Il aurait dû s'assurer qu'il n'y avait personne d'autre que Flore dans la maison. Surtout, il aurait dû garder le Beretta à portée de main, dans une poche ou glissé dans sa ceinture, et non pas coincé au fond de sa sacoche. Ce qui s'est passé jeudi dans le parking à Lyon aurait dû lui servir d'avertissement. Il a pris ça trop à la légère, persuadé d'être infaillible et que sa bonne étoile ne le quitterait jamais.

Il a péché par manque d'humilité. Si Grand-Père était là, il le lui reprocherait. Et il aurait raison.

Jamais auparavant il n'a commis autant d'erreurs.

Certes, il est fatigué. Tous ces préparatifs l'ont occupé plusieurs mois durant. Et depuis plus d'une semaine, il n'arrête pas. Il a fait beaucoup de kilomètres, il mange mal, n'importe quoi, n'importe quand.

Et il dort peu.

La lecture du journal de Grand-Père l'a privé de trop nombreuses heures de sommeil.

Que se serait-il passé si la Méduse lui avait fracassé le radius ? Ou pire encore, si la première balle tirée avait touché Flore, l'abîmant de manière irréversible ?

Et comment va t-il faire maintenant ? Il doit encore aller chercher Chloris. Il a beau se dire que ça va aller, qu'il va y parvenir, il sait bien au fond de lui-même qu'il est incapable de couvrir les trois cent kilomètres qui le séparent de la jeune femme.

Hier déjà, le retour n'a pas été facile. Pourtant, il n'y avait qu'une heure de trajet jusqu'au manoir et la boîte automatique de la BMW lui avait permis de conduire sans avoir à utiliser son bras abîmé et douloureux.

Et puis Flore s'était montrée docile. Il avait réussi un dosage parfait.

Peut-être le seul coup de chance de cette sale journée.

Elle était restée assise sur le siège passager, le regard fixé quelque part, loin au-delà du pare-brise, se demandant sans doute ce qui se passait. Lorsqu'ils étaient arrivés, il n'avait même pas eu à se donner la peine d'ouvrir la grande porte pour rentrer la voiture dans l'atelier ni à utiliser la chaise roulante. Il s'était garé dans le garage et ils étaient passés par l'escalier. Flore marchait d'elle-même. Il lui suffisait de lui tenir la main pour la guider. Dans sa chambre, il lui avait retiré ses chaussures et l'avait aidée à s'allonger. Elle s'était endormie sans tarder.

Mais comment savoir quelle sera la réaction de Chloris ? Peut-être devra-t-il la soutenir ? Ou au contraire, être opérationnel pour la maîtriser. Avec un seul bras valide, comment faire ?

Et il y a autre chose encore. Une sensation qu'il n'a encore jamais ressentie mais qui depuis hier, revient sans cesse l'assaillir.

La peur.

En deux jours, il a laissé plus de traces qu'au cours des douze années précédentes.

Le témoin à Lyon a peut-être reconnu Vénus malgré ses cheveux teints et ses lunettes. Si c'est le cas, il aura probablement parlé aux flics. Et puis, il a vu la Mercedes et sûrement relevé le numéro. Au minimum, il a dû remarquer que la voiture était immatriculée en Suisse.

Et le corps de la Méduse a été retrouvé. Depuis ce matin, l'information tourne en boucle sur toutes les chaînes d'infos. « Une mère de famille lâchement abattue. Sa fille introuvable… » Des images de la maison, des commentaires sans fin, des questions… Il a été vu lorsqu'il est sorti de la maison et depuis ce matin, un portrait-robot est diffusé sur tous les médias. Le portrait ne lui ressemble pas mais les flics sont sur les dents. Ils doivent chercher, s'interroger, faire des recoupements…

Pour le moment rien n'indique qu'ils aient fait le rapprochement avec ce qui s'est passé à Lyon mais il sait qu'il lui faut être très prudent. Les contrôles sur les routes ont dû être renforcés et tout homme avec une jeune femme à ses côtés risque de devenir un suspect potentiel.

Un élancement le fait grimacer. Il replie son coude contre son torse, attendant en serrant les dents et en fermant les yeux que la douleur s'atténue. Quand il la sent enfin décroître, il avale trois cachets qu'il accompagne d'un verre d'eau. Il se badigeonne ensuite en couches épaisses du coude au poignet, d'une crème à base de cortisone.

Il soupire, énervé de voir ses projets contrariés. Il lève les yeux vers l'écran situé le plus à droite.

Contrairement aux autres, il est éteint. Et bien qu'il lui en coûte de l'admettre, il va sûrement le rester.

Il a rendez-vous avec Chloris en fin d'après-midi. Il dispose au plus d'une heure avant de se mettre en route s'il veut y parvenir dans les temps. Mais dans une heure, son bras n'ira pas mieux. Il le sait. Pourtant, il espère encore…

Quoi ?

Un miracle…

Il sourit.

Un miracle…? Qu'il est bête parfois…!

Non… Pas de miracle en vue…

Pourtant, il doit y avoir une solution.

Il pousse encore un soupir devant l'écran noir puis il se tourne vers les cinq autres.

Vénus est allongée sur le ventre, le visage tourné vers lui. Elle dort. Il zoome sur les traits délicats. Elle semble détendue et sereine.

Flore est allongée sur le dos les bras en croix. Elle fixe un point juste au-dessus d'elle.

Aglaé est éveillée aussi. Elle est appuyée sur son oreiller, les yeux dans le vague. Ses mains sont jointes sur ses seins et sa tête oscille doucement d'un côté et de l'autre.

Thalie est assise, les jambes ramenées contre elle et les bras passés autour de ses genoux. De temps en temps, elle a un mouvement spasmodique du cou qu'il trouve assez disgracieux. Elle doit pleurer, le visage enfoui dans ses bras. Elle a un peu maigri. C'est vrai qu'elle ne mange pas grand chose. Mais c'est mieux. Ça lui va bien. Et surtout, elle est calme. C'est l'essentiel.

L'écran suivant montre un lit vide. Il manœuvre la caméra de manière à balayer l'ensemble de la chambre. Euphrosyne prend une douche avec de petits gestes prudents.

Un sourire aux lèvres, il s'attarde sur son corps ruisselant jusqu'à ce qu'elle coupe l'eau. Elle s'enroule dans la serviette et, à pas comptés, va s'asseoir sur son lit.

Songeur, il les observe passant de l'une à l'autre, admirant un détail, une épaule, une cuisse, un profil.

Tout à coup, une idée lui traverse l'esprit. Il tente de la saisir mais elle est si fugace qu'il n'a pas le temps de s'en emparer.

Troublé, il tourne la tête à droite et à gauche comme s'il cherchait quelque chose autour de lui.

Têtue, l'idée revient. Elle virevolte un instant, repart...

Il sourit.

Elle est là. Il la sent bourdonner, toute proche, comme un insecte agaçant qui ne veut pas se laisser attraper.

Si... Il va y arriver.

Oui... C'est ça. Il la tient presque !

Il sent venir le miracle.

Ce n'est qu'un problème de composition.

Comme toujours.

Il aurait dû y penser plus tôt. C'est toujours un problème de composition.

D'éclairage aussi.

Mais d'abord de composition.

Il réfléchit. À toute vitesse, son cerveau calcule, place, déplace, retire ici et remet là... Il a la sensation qu'une machinerie enivrante et compliquée trépide dans sa tête. Il aime la sentir fonctionner à plein régime.

Oui... L'idée se précise. L'évanescence prend corps. Cette fois, il la tient et il sait qu'il ne la lâchera pas. Il se dresse et titube, ivre de créativité.

Mais pourquoi n'y a t-il pas pensé plus tôt ?

Il sourit en songeant que, si on lui apportait Chloris dans un colis, il la renverrait chez elle.

Oui... Plus il y pense, plus il en est certain. qu'elle aurait gâché l'ensemble. Il a tout ce qu'il lui faut. Nul besoin d'en rajouter.

Il a l'impression que la douleur de son bras s'estompe. Après tout, peut-être que cette épreuve n'était qu'une manière de lui indiquer son erreur. Un signe qu'il n'a pas su ou voulu écouter.

Enfin c'est fait. Il est parvenu à retrouver le droit chemin.

Il respire à plein poumon, soulagé de savoir qu'il a accompli le plus pénible de son travail. Même si elle est parfois excitante, la quête de la matière première est longue et fastidieuse.

Et dangereuse aussi.

Maintenant, place à la créativité.

Il se sent impatient, prêt à se mettre à l'ouvrage.

Plein d'enthousiasme, il s'accoude à son fauteuil pour se lever, mais son bras le rappelle à l'ordre. Il se laisse retomber contre le dossier en gémissant. Pour la centième fois au moins, il maudit cette salope de Méduse et sa béquille.

Il lève les yeux vers Flore qui vient de changer de position. Il l'observe un moment en réfléchissant.

Au pire, si vraiment il ne s'en sort pas, il peut remettre d'un jour ou deux.

Non... Il ne remettra pas. Même s'il travaille un peu moins vite, s'il est moins efficace, il commencera demain, comme prévu.

Il garde l'espoir que d'ici là, il aura suffisamment récupéré. Il va soigner son bras, se détendre, lire, se reposer, essayer de dormir un peu.

Oui.

C'est décidé.

Il commencera demain.

32

Le Capitaine Louis Bertheau les fixa l'un après l'autre par-delà son bureau. Grand, mince, environ quarante-cinq ans, visage long, rasé de frais, cheveux ras, regard bleu glacier et nez en bec d'aigle. Son uniforme irréprochable, raide comme un défilé du 14 juillet, semblait émerger d'un bain d'amidon.

À côté, Frazier avait l'allure d'un junkie.

Et lui, avec les fringues qu'il portait depuis des jours, celle d'un clodo.

Ils arrivaient de Lyon.

Les recherches menées dans le local loué par la société Minos avaient duré toute la journée et une partie de la nuit.

Sur place, la principale trouvaille avait été un support servant à poser un appareil photo ou une caméra vidéo. Le trépied faisait partie de l'inventaire du local au même titre que le vidéo-projecteur ou le paperboard mais le fait qu'il soit sorti de son placard et installé au milieu de la pièce avait retenu leur attention. Sept séries d'empreintes différentes y avaient été relevées. Pelard et son équipe travaillaient d'arrache-pied pour identifier tous ceux qui l'avaient touché. On avait aussi trouvé quantité de cheveux, des poils, quelques fragments organiques mais aucune trace de sperme ni sur la moquette ni sur le mobilier. Toutes les trouvailles avaient été envoyées au labo pour être analysées mais aucun résultat ne serait exploitable avant plusieurs jours.

Vers 9 heures, Daguasse, fou de rage de ne pas les trouver au bureau, avait appelé plusieurs fois. Frazier avait fini par répondre. Sans se démonter, il lui avait raconté qu'ils suivaient une piste susceptible de les mener au dealer du hachisch afghan. Ils avaient cependant jugé plus prudent de reprendre la route sans tarder.

Ils roulaient plein nord sur l'A6, bien au-delà de la vitesse autorisée, chacun plongé dans ses pensées. Parce qu'il prétendait que ça l'aidait à ne pas s'endormir, Frazier avait mis la radio en sourdine.

Il aurait préféré le silence mais il n'avait rien dit. Après tout Frazier était dans sa bagnole.

À midi, au moment de la diffusion du bulletin d'information, Frazier avait monté le son. Parmi un flot d'autres nouvelles, le speaker avait annoncé une « affaire bien mystérieuse » : Une femme abattue à son domicile. Sa fille qui avait disparu et dont on n'était sans nouvelle depuis hier. Le drame s'était produit à Saran, une localité proche d'Orléans.

Bien que l'Audi fut lancée à 170 km/heure, Frazier avait tourné la tête vers lui et ils s'étaient dévisagés un instant, traversés par le même pressentiment. Il s'était connecté sur un site d'information où la photo de la jeune disparue s'étalait en plein écran.

Tans pis pour Daguasse.

Ils avaient mis le cap sur Orléans.

Bertheau pinça le bout de son nez royal et plissa le front avant de les désigner l'un après l'autre.

– Vous êtes qui exactement ? Je crois que je n'ai pas exactement compris.

– Inspecteur Pierre Solarges.

– Inspecteur Bruno Frazier.

Bertheau les détailla un moment, glissa sur ses vêtements fripés puis s'attarda sur Frazier, pas rasé depuis des jours, les cheveux en bataille, les yeux cernés de noir et les pupilles engraissées par les amphets. Le gendarme plissa le nez et afficha une mimique dégoûtée avant de se détourner.

– Vous cherchez quoi exactement ?

– À en savoir plus sur l'affaire Sanpieti.

Bertheau arqua ses sourcils en accent circonflexe et pinça son nez à nouveau. Ce devait être un tic.

À sa gauche, à moitié dissimulée derrière un petit bureau encombré, la gendarmette qui tapait sur le clavier d'un ordinateur interrompit son travail et leva la tête vers eux.

– En savoir plus sur l'affaire Sanpieti ? Tiens donc !

Bertheau se redressa et sembla encore plus rigide.

– Et pour quelles raisons voulez-vous en savoir plus ? Cette affaire relève exclusivement de ma juridiction.

– Nous recherchons une jeune femme qui semble avoir été enlevée. Nous pensons que cette affaire pourrait avoir un rapport avec la disparition de Julia Sanpieti et le meurtre de sa mère.

Pincement de nez et plissement de front. Bertheau parut réfléchir puis il reprit avec un air de doute :

– Un rapport avec la disparition de Julia et le meurtre de sa mère ? Tiens donc !

– Oui. Notre hypothèse, c'est qu'il y a un seul et même individu derrière les deux affaires.

– Tiens donc ! Je serais curieux d'entendre ça ! Je vous écoute.

Est-ce le changement qu'il perçut dans l'intonation du gendarme ou l'éclat de ses yeux qui avait changé ?

Il décida d'être le plus succinct possible.

– On nous a signalé la disparition d'une jeune femme…

– Tiens donc ! Quand exactement ?

– Dimanche dernier.

– Son nom ?

Il hésita à le lui donner. Mais il n'aurait rien sans rien.

– Élisabeth Renan.

– Son âge ?

– Vingt-deux ans.

273

– Profession ?

– Étudiante.

– Où ?

– À la faculté de Lille.

– Vous venez de Lille ?

Il préféra ne pas compliquer ce qui l'était déjà assez. Si Bertheau savait qu'ils enquêtaient en dehors de tout cadre légal, il refuserait de leur lâcher quoi que ce soit. Et puis ils n'en étaient plus à un mensonge près.

– Oui.

– Et je suppose que vous avez une commission rogatoire en bonne et due forme à me présenter ?

Coincés…

Il allait falloir bluffer.

– Nous n'en sommes actuellement qu'à l'enquête préliminaire… Nous attendons d'avoir assez d'éléments en notre possession pour les présenter au procureur.

Bertheau fit claquer sa langue et se tritura l'extrémité du nez, pensif.

– Et pourquoi supposez-vous un rapport entre la disparition de cette Élisabeth Renan et celle de Julia Sanpieti exactement ?

– Même âge. Même profil. Et surtout… comment dire… Une ressemblance…

– Tiens donc ! Une ressemblance !

Pincement de nez.

– Quelle ressemblance exactement ?

Il sentit monter son exaspération. Cette manière qu'avait Bertheau de ponctuer chacune de ses phrases de *tiens donc !* et *d'exactement*, le ton sec qu'il y mettait, ses pincements de nez incessants, le hérissait à chaque fois un peu plus. Il s'efforça de répondre avec le plus de calme possible.

– Même aspect général… Toutes les deux blondes, même genre de coiffures, le même genre de traits réguliers… De très belles jeunes femmes…

– C'est tout ? C'est ça le rapport entre les deux affaires ?

Il désigna la chemise en carton qu'il avait emporté avec lui.

– Non. Nous avons d'autres éléments…

Bertheau tendit la main.

– Montrez-moi ça…

– Non mon Capitaine. C'est à vous de nous en dire un peu plus maintenant.

Bertheau se pencha en avant et s'accouda sur son bureau. Il croisa ses doigts, les fit craquer puis se mit à les tapoter les uns contre les autres. À son annulaire brillait une alliance.

Il se tourna vers sa subordonnée.

– Adjudant Lemercier, vous pouvez disposer. Nous finirons plus tard.

La jeune femme se leva, rajusta son calot sur son chignon et salua d'un signe de tête avant de sortir. Bertheau la suivit des yeux et attendit qu'elle ait refermé la porte avant de reprendre :

– Et vous voudriez savoir quoi exactement ?

– Les circonstances… Ce que vous avez trouvé sur place. Les témoignages… Les pistes que vous avez creusées…

– Rien que ça ! Vous m'en demandez beaucoup Inspecteur alors que vous refusez de me livrer vos informations.

– Je ne vous refuse rien mon Capitaine. Je veux juste que nous échangions ce que nous avons.

Bertheau posa ses mains bien à plat sur son bureau.

– Je ne peux rien vous dire. Je suis désolé. Tous ces éléments font partie d'une enquête de gendarmerie et sont parfaitement confidentiels.

Il pointa le doigt vers la chemise en carton.

– Par contre Messieurs, si vous avez des éléments ou des informations susceptibles de faire avancer mon enquête, je vous prierai de bien vouloir me les communiquer immédiatement.

– C'est hors de question mon Capitaine.

– Alors je vais être dans l'obligation d'initier une procédure à votre encontre pour entrave à l'exercice de la justice et faire saisir ces documents par la force.

Frazier qui jusque-là n'avait rien dit, bondit hors de son siège.

– Non mais ça va pas non ? C'est donnant-donnant ! On veut bien te filer nos infos mais faut nous donner les tiennes !

Le gendarme eut une sorte de haut-le-corps et sa tête pivota brusquement vers Frazier. Il le dévisagea, les lèvres cousues de colère.

– Inspecteur Fraisier, je ne sais pas exactement d'où vous sortez...

– Pas Fraisier. Frazier...

– Inspecteur Frazier, je ne sais pas exactement d'où vous sortez, mais premièrement je ne vous autorise pas à me tutoyer et deuxièmement si vous imaginez que je vais vous livrer les détails concernant cette affaire, vous vous trompez lourdement. Maintenant, remettez-moi ces documents ou j'appelle mes hommes.

Il sentit Frazier se crisper. Vu son état de fatigue et d'énervement, cet imbécile était capable de sauter par-dessus le bureau de Bertheau et de lui faire bouffer son képi. Il posa sa main sur l'épaule de Frazier.

– Laisse tomber... On lui donne ça et on se tire.

Il posa la chemise en carton sur sa chaise et força Frazier à faire demi-tour. Il l'entraîna vers la sortie.

Juste avant qu'ils ne franchissent la porte, Bertheau qui les suivait du regard, leur lança, ironique :

– Messieurs, je vous remercie pour votre précieuse collaboration.

Puis il se pencha sur son interphone :

– Adjudant Lemercier ! Je vous attends dans mon bureau immédiatement.

Il entraîna Frazier à pas pressés à travers le bâtiment. Ils fallaient qu'ils filent d'ici. Et vite... Lorsqu'ils arrivèrent devant la porte, le planton les salua d'un air placide en portant deux doigts à son képi.

Quand ils furent sortis de la gendarmerie, Frazier explosa.

– Et merde ! Merde ! Merde ! J'le crois pas un putain d'enfoiré pareil ! Non mais t'as vu cette enflure !

– Garde ton souffle. Tu t'exciteras plus tard. Magnons-nous de nous tirer d'ici. Je sais pas combien ils sont là-dedans mais sûrement plus que nous... Il se pourrait que Bertheau change d'avis...

– Que veux-tu qu'il fasse ?

– Le dossier est dans ma veste. Dans la pochette, il n'y a rien de plus que ce que je lui ai dit sur Elizabeth, des feuilles vierges et un vieux Libé de la semaine dernière qui traînait dans ta voiture.

Frazier ouvrit grand la bouche :

– Ah... Mais comment...

Il ne lui laissa pas le temps de parler :

– On verra plus tard. Grouille-toi.

Ils rejoignirent le parking en courant et grimpèrent dans l'Audi. Frazier démarra et passa la marche arrière.

Avant qu'il ne commence à reculer, trois coups impérieux tapés contre la carrosserie raisonnèrent dans l'habitacle. Ils se figèrent, attendant les somations.

La porte arrière s'ouvrit et quelqu'un se laissa tomber sur la banquette.

– Sortez du parking et prenez à gauche.

Une voix de femme.

Il se retourna et regarda entre les deux sièges.

L'adjudant qu'ils avaient vu dans le bureau de Bertheau lui adressa un sourire contrit avant de se présenter :

– Adjudant Adèle Lemercier. On s'est aperçu dans le bureau du Capitaine. Excusez-moi si je vous ai fait peur mais il faut que je vous parle. Sortez du parking s'il vous plaît.

Frazier s'exécuta.

Lorsqu'ils eurent franchi la barrière qui fermait le parking de la gendarmerie, la jeune femme se redressa et demanda :

– Le Capitaine vous a donné des informations ?

– Non. Il s'est contenté de nous piquer les nôtres.

– J'en étais certaine… C'est quelqu'un de très ambitieux et il ne veut personne sur ses plates-bandes… Prenez à droite et garez-vous s'il vous plaît.

Lorsque la voiture se fut immobilisée, elle lui tendit une enveloppe brune.

– Je n'ai pas beaucoup de temps. C'est une copie du rapport. J'étais sur place hier…

– Comment avez-vous été prévenus ?

– La factrice. Elle avait un colis à livrer. Quand elle a sonné, elle a vu du sang qui filtrait sous la porte. Elle a essayé d'ouvrir et comme ce n'était pas fermé à clé, elle est entrée. Elle a vu le corps d'Isabelle Sanpieti dans le hall. Elle a pensé à un suicide. Elle est ressortie et nous a contactés immédiatement. J'étais en patrouille pas très loin avec un collègue. Nous sommes arrivés sur place moins de dix minutes plus tard. C'est moi qui ai fait les premières constatations et appelé les pompiers.

Frazier demanda :

– Vous avez trouvé quoi jusqu'à maintenant ?

– Isabelle Sanpieti a été abattue avec une arme de calibre neuf millimètres. Deux balles ont été tirées mais on n'a pas retrouvé les douilles sur place. On attend le retour de l'expertise balistique. L'une l'a manquée et a fini dans un mur. L'autre l'a touchée à la gorge presque à bout pourtant. Elle était à demi-décapitée. D'après le légiste, elle surplombait le tireur lorsqu'elle a été abattue. On suppose qu'ils étaient en train de se battre.

– Des témoins ?

– Deux. Les voisins. Le premier n'a rien entendu. Il était en train de tondre sa pelouse et il avait un casque antibruit sur les oreilles. Par contre, il a vu Julia sortir accompagnée par un homme qui l'a fait monter dans une voiture garée devant la maison, une BMW bleu foncé. D'après lui, elle avait l'air calme. Il n'a pas eu l'impression qu'elle agissait sous la contrainte.

– Il a relevé l'immatriculation ?

– Non. La voisine d'en face a également vu la voiture mais pour elle il s'agissait plutôt d'une Volvo noire… À partir de là, ça devient bizarre et le capitaine Bertheau a préféré ne pas révéler cette info à la presse. Les deux témoins affirment qu'il s'agissait d'un taxi.

– Un taxi ?

– Un taxi. Ils sont formels.

Il échangea un regard d'incompréhension avec Frazier.

– Et concernant la disparition de Julia ?

– On a rien. À part dans le hall d'entrée, il n'y a aucune trace de violence ou de bagarre dans le reste de la maison.

Le téléphone qu'elle tenait à la main vibra. Elle jeta un coup d'œil à l'écran :

– C'est Louis XIV…

– Louis XIV ?

– C'est comme ça qu'on surnomme le capitaine Bertheau… Chut… Ne faîtes pas de bruit s'il vous plaît.

Elle décrocha.

– Adjudant Lemercier mon Capitaine ! Oui… Je vous présente mes excuses. Non… Je suis aux toilettes. Je serai là dans quelques minutes.

Elle coupa la communication.

– Il a l'air très énervé… Il faut que je me dépêche. Vous pouvez me ramener s'il vous plaît ?

Frazier redémarra et fit demi-tour tandis qu'elle reprenait.

– Tout ce qu'on sait, vous l'avez dans ce rapport… Je vous ai aussi ajouté mon numéro de portable personnel…

Elle marque une hésitation avant de poursuivre :

– Il y a autre chose…

– Quoi ?

– Une heure avant que vous arriviez, nous avons été contactés par un collègue de la brigade de l'Aube. Ils sont à la

279

recherche d'une jeune femme disparue depuis mardi. Élodie Barrier. Vingt-deux ans. Il nous a transmis sa photo et je vous l'ai mise dans le dossier. Elle est étudiante en lettres à Reims mais elle habite Troyes. C'est une amie à elle qui a signalé sa disparition. Elle avait rendez-vous pour un entretien d'embauche dans un hôtel à Troyes et...

Ils se tournèrent ensemble vers la jeune femme en criant simultanément :

– QUOI ?!

33

19 avril 1995
Je ne me sens pas très bien aujourd'hui.
Je suis plus fatigué que je ne l'ai jamais été. Je suis essoufflé et j'ai mal partout. Mes jambes sont lourdes, raides et douloureuses et j'ai de plus en plus de mal à me déplacer.
Seul point positif, mes poignets et mes mains ne me font plus souffrir et je peux à nouveau écrire presque normalement.
Dans un peu plus de deux semaines, j'aurai quatre-vingt-cinq ans.
Je n'ai pas à me plaindre. Jusqu'à ces derniers mois, la vieillesse m'a épargné la plupart de ses outrages et de ses humiliations. Mais depuis la fin de l'hiver, j'ai la sensation qu'à chaque jour qui passe, je m'use un peu plus. Ça a commencé par un banal rhume qui a évolué en bronchite avant de dégénérer en pneumonie sévère. De fil en aiguille, je suis désormais obligé d'avoir recours presque en permanence à un respirateur artificiel. Les pommades, les cataplasmes, les cachets sont inefficaces. Le médecin voulait me prescrire des piqûres journalières mais j'ai refusé.
Je préfère encore mal dormir que trop dormir.

Je ne me fais pas d'illusion. Je sais que mon heure a sonné.

Combien de temps me reste t-il ?

Quelques jours ?

Quelques semaines au mieux ?

Peu importe à vrai dire.

Ce qui est certain, c'est que je ne serai pas là pour fêter le seizième anniversaire d'Antoine. C'est dans plus d'un an.

J'ai donc pris mes précautions.

Ce matin, je me suis réveillé aux aurores et je lui ai enfin écrit cette lettre que je projetais depuis longtemps.

Je pressens ce qui va se passer et je veux qu'il sache que ce qu'il va faire, je l'ai fait aussi.

J'espère qu'il saura être patient et qu'il attendra sa majorité pour agir sinon la solution risque d'être bien pire que le problème. Mais je connais mon Antoine. S'il y a une chose dont je n'ai jamais douté, dont je suis certain, c'est de son intelligence.

Avec un petit sourire plein de fierté, il relut cette dernière phrase une seconde fois avant de poursuivre.

C'est paradoxal mais après avoir longtemps espéré que Christian parviendrait à se tuer tout seul, j'en suis maintenant à prier pour qu'il tienne encore trois ans. Trois ans et deux mois pour être précis.

Il y a quelques jours, je suis allé jusqu'à son cloaque et j'ai essayé de lui parler, de le mettre enfin face à ses responsabilités.

Peine perdue bien sûr.

Il n'y a pas eu moyen de lui dire quoi que ce soit. Autant faire la conversation à un chou-fleur.

Bien sûr, je ne vais pas donner cette lettre à Antoine. Je vais la confier à Maître Bongrain avec instruction de la lui transmettre après le décès de Christian.

Reste mon journal. Il est devenu bien encombrant et jusqu'à ces derniers jours, je ne savais qu'en faire.

Je sais que j'en demande beaucoup mais j'aurais apprécié un petit sursis. Je trouve qu'il est bien triste de mourir à cette période de l'année alors que la nature donne tout ce qu'elle a de vie, d'odeurs et de couleurs.

Hélas, le petit sursis ne me sera pas accordé et il est certain que je ne parviendrai pas à terminer ce cahier. Il lui reste bien plus de pages blanches qu'à moi de jours à vivre. Le moment de se séparer est venu. Le cent-deuxième volume sera le dernier et ces lignes seront les dernières.

Quand je songe que je l'ai commencé il y a plus de soixante-trois ans ! J'ai calculé que j'ai noirci environ huit mille pages. Une tous les trois jours en moyenne, avec des périodes d'abandon durant des semaines et d'autres où je pouvais écrire six ou sept pages en une soirée.

Depuis des années, je pense à le détruire et pourtant je ne suis jamais parvenu à m'en séparer.

Mais j'ai enfin pris une décision. J'ai passé ces derniers jours à m'organiser.

Quelle misère que la vieillesse ! Le pire est de ne plus pouvoir conduire soi-même sa propre automobile... J'ai dû commander une voiture avec chauffeur. J'ai demandé deux chauffeurs. Ils passeront me prendre demain à huit heures dès qu'Antoine sera parti au lycée. Ils se chargeront de porter la malle métallique que j'ai achetée il y a déjà si longtemps et qui n'a encore jamais servi. Ce matin, j'y ai rangé les cent-deux volumes de mon journal ainsi que mes toiles. Nous ferons l'aller-retour au manoir dans la journée. Les chauffeurs monteront la malle dans un des greniers et je n'aurai plus qu'à la cacher.

Si tout se déroule comme prévu, je pourrai être de retour ici vers dix-huit heures.

Bien sûr, je sais qu'un jour, par hasard ou parce qu'il la cherchera, Antoine découvrira cette malle.
Que fera-t-il de ces vieilleries ? Peut-être ce que je n'ai pas été capable de faire : Un grand feu...

Sans le refermer, il posa le journal sur l'accoudoir et passa une main sur son crâne lisse, un geste qu'il ne faisait jamais.

Grand-Père s'était éteint paisiblement trois jours après avoir écrit ces lignes, le surlendemain de son escapade au manoir. Il s'était endormi le soir et ne s'était pas réveillé au matin.

C'est lui qui l'avait trouvé et qui avait appelé le SAMU. Le médecin n'avait pu que constater le décès. Dans les heures qui avaient suivi, ses cheveux avaient commencé à tomber par poignées.

Deux semaines après l'enterrement de Grand-Père, il était totalement chauve.

Il avait eu du mal à se remettre de sa disparition et son existence avait été complètement bouleversée.

Il s'était replié sur lui-même et avait redoublé sa première car il séchait beaucoup de cours, n'y trouvant plus aucun intérêt. Il préférait aller se perdre au hasard des rues ou aller traîner au Louvre.

Il cherchait.

Quoi ? Il n'en avait aucune idée. La seule chose qu'il savait, c'est qu'un jour ou l'autre il trouverait.

C'est lors d'une de ses escapades, que par hasard, il avait acheté sa première perruque. Il avait adoré la manière dont ce simple artifice l'avait transformé. Avec ça, en trois secondes, il devenait un autre.

Deux ou trois fois par mois, il partait en Touraine en train puis se faisait conduire en taxi jusqu'au manoir où il passait le week-end ou une partie des vacances. Il ne quittait presque pas la bibliothèque, dévorant les uns après les autres les livres qu'elle contenait. Il y mangeait et il y dormait.

Le soir, comme il avait vu Grand-Père le faire si souvent, il écrivait, notant avec fièvre le résultat de ses réflexions dans un grand cahier à spirale.

Et du jour au lendemain, alors qu'il s'y consacrait avec ardeur plusieurs fois par jour, il avait cessé de se masturber, n'y éprouvant plus aucun plaisir.

C'est à cette époque aussi qu'il avait pris conscience que l'appartement était hanté. Des objets bougeaient et n'étaient plus là où il les avait laissés. Parfois son cahier à spirale posé sur le bureau de sa chambre lui semblait avoir été déplacé ou alors, c'est un stylo ou un livre qui ne se trouvait plus à sa place.

Durant quelques temps, il avait été persuadé que c'était Grand-Père qui revenait et qui lui signalait ainsi sa présence. Et puis, un jour d'octobre, il avait découvert juste à l'entrée de sa chambre, lové sur la moquette bleu, un long cheveu blanc enroulé sur lui-même. Il l'avait ramassé et l'avait examiné longtemps, se demandant comment il était arrivé là. Une chose était certaine, ce n'était pas Papa qui l'avait perdu. D'abord les siens était moins longs et tout gris. Et puis Papa ne s'aventurait jamais dans cette partie de l'appartement. Les rares fois où il quittait sa chambre pour aller renouveler son stock de poudre, il filait sans faire le moindre détour. Ce n'était pas non plus un cheveu perdu par le fantôme de Grand-Père puisqu'il les avaient toujours portés très court. Celui-ci, étiré, mesurait précisément quarante-trois centimètres.

Il avait réfléchit longtemps avant de se souvenir de la Belle Dame.

Il l'avait vue deux fois lorsqu'il était petit.

La première, c'est lorsque qu'il était resté couché durant des semaines, terrassé par la coqueluche. Un jour, il s'était levé pour aller aux toilettes et par la porte qu'il avait laissée ouverte, il avait vu la Belle Dame traverser le salon et disparaître dans le couloir qui menait au fond de l'appartement. Il avait eu peur mais pas trop car il avait senti qu'elle n'était pas malfaisante. Il l'avait trouvée très belle. Elle avait un visage plein de tendresse surmonté d'un épais chignon blanc. Elle portait une longue jupe et ne faisait aucun bruit en marchant. Il avait eu l'impression qu'elle volait au-dessus du parquet sans que ses pieds n'effleurent le sol. Il avait refermé la porte des cabinets et y était resté enfermé tout l'après-midi.

La seconde fois, il devait avoir neuf ou peut-être dix ans. Il n'était pas à l'école parce que la maîtresse était en grève. Il était allé se servir un coca dans la cuisine quand tout à coup, alors qu'il prenait un verre dans le placard, il avait vu la poignée de la porte de l'escalier de service s'abaisser.

Personne n'utilisait jamais cette entrée.

Effrayé, persuadé qu'il s'agissait d'un cambrioleur, il s'était caché dans le placard sous l'évier. Par l'interstice entre les deux battants, il avait vu la Belle Dame entrer dans la cuisine puis disparaître dans le salon. Il l'avait reconnue sans peine.

Il était resté longtemps dans le fond du placard, où flottait une odeur d'eau de javel. Le soir, il avait demandé à Grand-Père pourquoi les fantômes utilisaient les portes alors qu'ils pouvaient passer à travers les murs. Grand-Père lui avait expliqué que les fantômes n'existaient pas, qu'il ne s'agissait que d'une croyance populaire destinée à effrayer les ignorants.

Il avait préféré ne pas lui dire qu'il en avait vu un l'après-midi même.

Parfois, il avait la sensation que la Belle Dame était venue, mais il ne l'avait jamais revue.

Il bâilla. Il était temps de dormir un peu. Il enduisit son bras meurtri d'une épaisse couche de crème puis il avala deux comprimés. Il s'allongea sur le sofa, la tête sur l'accoudoir, juste à côté du journal de Grand-Père qu'il avait laissé ouvert. Le sommeil vint le cueillir rapidement.

Dimanche…

34

Il avait passé la nuit les yeux rivés sur son écran, à regarder défiler la sarabande sans fin des proxénètes, des violeurs et des meurtriers catalogués dans la base de données du STIC.

Frazier, décidé à aller plus vite que les gendarmes, s'était mis en tête de retrouver la trace du taxi qui avait servi à emmener Julia. Après des heures de recherches acharnées, il avait fini par renoncer sans rien avoir trouvé de concluant. Pour lui, il s'agissait d'un véhicule maquillé.

Il devait avoir terminé sa provision de dope parce qu'il s'était endormi comme une masse, appuyé sur un coin de son bureau. La tête engoncée dans les coudes, il ronflait en marmonnant de temps à autres des propos incompréhensibles.

Pour lui, pas question de dormir. Tant qu'il lui resterait une parcelle d'énergie, il continuerait à chercher. Ce soir, dès la fin de son service, il ferait le trajet jusqu'à Troyes pour essayer d'obtenir plus de renseignements sur la disparition d'Élodie Barrier.

Il passa à la fiche suivante. Chaque seconde perdue à attendre le chargement était une torture.

Avant que la page n'apparaisse, l'écran vira au bleu et le message fatal apparut :

« A problem has been detected... »

Au bout de quelques secondes, l'ordinateur s'éteignit.

Il poussa un soupir exaspéré et, en attendant que le système veuille bien redémarrer, il se pencha sur les sept portraits qu'il avait disposés devant lui.

À sa gauche, Charlotte Wuippers, Juliette Fourcelle et Davana Fodorova.

À sa droite, Élisabeth Renan, Élodie Barrier, Helyne Paulinier et Julia Sanpieti.

Un peu nauséeux, il détailla tour à tour chacune des photos, avec l'impression sinistre de contempler des petits cailloux égarés sur la piste de l'ogre.

Non, pas des petits cailloux...

Des pierres précieuses.

Il haussa les épaules.

De toute façon, semée de diamants ou de simples graviers, il avait été incapable de la suivre jusqu'au bout cette piste.

L'ogre cavalait toujours et ses chances de le trouver s'amenuisaient d'heure en heure.

Il resta prostré devant les portraits jusqu'à ce que, à travers les larmes d'impuissance et d'épuisement qui le submergeaient, les sept images n'en forment plus qu'une.

Camille...

Il se secoua. S'il se laissait envahir par l'émotion, il risquait de s'écrouler et de ne plus être capable de faire quoi que ce soit. Entre les trois portraits de gauche et les quatre de droite, il disposa un tirage de la photo prise à Lille par le barman. Au-dessous, il plaça le portrait-robot établi à Lyon grâce au témoignage de Jean-Romain Lebœuf. Au-dessus, celui réalisé à Orléans en fonction des déclarations des deux voisins recueillis par les gendarmes et largement diffusé depuis hier matin.

Il devait bien l'admettre, c'était difficile de voir un rapport entre les trois portraits.

Et pourtant, il en était plus que jamais persuadé. C'était bien le même homme qu'il regardait.

Il laissa ses yeux courir d'une photo à l'autre comme s'il pouvait y trouver une solution.

À gauche, Charlotte disparue le 24 mars 2008, Juliette, disparue le 17 novembre 2010, Davana, disparue le 5 avril 2011...

Au centre, Palansky sous trois aspects différents.

À droite, Élisabeth disparue le 10 mai, Élodie le 14, Helyne le 16 et Julia le 17...

Quelque chose le frappa.

Hormis Juliette Fourcelle, enlevée en novembre, toutes avaient disparu en mars, avril ou mai.

Y compris Camille, le 15 avril 2010.

Etait-ce important ?

Oui sûrement.

Mais en quoi ?

Est-ce que Palansky devenait plus actif au retour des beaux jours ? Et si oui, pourquoi ?

Mais alors, dans ce cas, pourquoi Juliette avait-elle été enlevée en plein mois de novembre ?

L'exception qui confirme la règle ?

Non. Une exception ne confirme jamais une règle. Elle l'infirme. Point barre.

Alors, pourquoi sept disparitions au printemps et une en automne ?

Il doit bien y avoir une raison.

Mais laquelle ?

Une coïncidence ?...

Non...

Sept au printemps... Une en automne...

Il doit y avoir un truc... Mais quoi ?

Faudrait qu'il en parle à Frazier...

Comme s'il avait entendu ses pensées, Frazier s'agita puis se réveilla.

Il ne lui laissa pas le temps d'émerger.

– Pendant que tu dormais, j'ai remarqué quelque chose...

Frazier cligna des yeux.

– Quoi ?

– En comptant Camille, sept des huit disparitions se sont déroulées en mars, avril ou mai…

– Mouais…

Frazier bâilla à s'en décrocher la mâchoire.

– Et alors ?

– Alors… Je sais pas…

Il tapota du bout des doigts sur les photos.

– Sur le coup ça m'a semblé important…

Frazier bâilla à nouveau mais en mettant sa main devant sa bouche.

– On a déjà causé de tout ça… Soit les pulsions de Palansky s'exacerbent à ce moment là…

Il s'étira puis se frotta le visage.

– Soit la période n'a aucune signification. Il enlève ses proies quand ça le toque… C'est juste qu'on a pas retrouvé les autres pièces du puzzle…

Il avait beau réfléchir, il ne gardait aucun souvenir d'avoir déjà abordé ce sujet.

Frazier poursuivit :

– Mais c'est pas ça qui va nous conduire jusqu'à lui… Moi aussi j'ai réfléchi…

– À quoi ?

– On a merdé hier avec Bertheau… À un moment ou à un autre, ça va obligatoirement nous retomber sur la gueule cette histoire…

– Tu penses qu'on aurait dû lui filer tout ce qu'on a trouvé ?

– Ouais… Là, on fait de l'obstruction pure et simple. C'est plus que notre place que l'on risque. C'est directement la taule sans passer par la case départ et sans toucher les vingt-mille… Je crois pas que cet enfoiré de Bertheau va nous oublier comme ça.

Il se leva de sa chaise.

– Putain… Quand je pense que sur le coup, j'ai failli lui foutre mon poing sur la gueule…

– Tu comptes faire quoi ? Lui servir sur un plateau toutes nos infos ?

– Exactement. Et avec un petit mot d'excuse encore. Et puis je vais aussi appeler Pelard pour qu'il se mette en rapport avec Bertheau.

– …

– Tu réponds pas ?

– …

– Mais merde Pierre ! Tu veux quoi ? Qu'on continue à bricoler notre petite enquête dans notre coin ? Qu'on garde pour nous nos petites trouvailles ? Mais putain, Palansky a chopé quatre nanas en une semaine ! Tu te rends compte ? Quatre ! Et ça, c'est ce qu'on a trouvé. Il y en a peut-être d'autres… On peut pas garder ça pour nous bordel ! Pense aux gamines. C'est pas pour jouer à la dînette qu'il les a embarquées ! Si la grosse artillerie se met en branle, ils vont peut-être réussir à les retrouver avant que l'autre malade les zigouille…

Au fur et à mesure où Frazier s'échauffait, il sentait fondre ses dernières réserves d'énergie. Il n'y croyait plus. Il ne retrouverait pas l'assassin de Camille.

Brusquement, il capitula.

– T'as raison…

– Comment ça, j'ai raison ?

– T'as raison je te dis. Hier on a merdé. Même s'il voulait rien nous dire, on n'aurait pas dû lui cacher nos infos. Envoie-les lui.

Il empila les portraits les uns sur les autres et les jeta sur le bureau.

– Et oublie pas de lui mettre ça avec…

Frazier allait dire quelque chose mais il ne lui en laissa pas le temps. Il se leva.

– Je laisse tomber. J'en peux plus. Je rentre chez moi roupiller.

Frazier le regarda se lever surpris puis jeta un œil à la pendule murale.

– Mais… On est de service dans dix minutes… Ça fait une semaine qu'on joue au chat et à la souris avec

Daguasse... Il nous a à l'œil... Il va pas nous lâcher avant un moment.

– Je m'en tape. T'auras qu'a lui dire de ma part qu'il aille se faire foutre...

Il allait sortir quand le téléphone se mit à sonner.

Frazier posa la main sur le combiné et décrocha avec un soupir excédé.

– Allô ? Oui... QUOI ?

Le visage blême, il plaqua la main sur le combiné et se tourna vers lui.

– C'est Boldiot, le planton... Il y a une petite vieille à l'accueil... Elle veut absolument te parler...

Il leva les sourcils en signe d'interrogation.

– Une petite vieille ?

– Ouais... Elle prétend qu'elle a des informations sur la disparition de Julia...

– Des informations sur... ?

Il dévisage Frazier, sidéré.

– Qu'est-ce que c'est que cette histoire ? À part Bertheau, personne ne sait qu'on bosse là dessus...

– Je comprends rien... Qu'est-ce qu'on fait ?

– Dis à Boldiot de la faire monter... On verra bien.

Frazier porte le combiné à sa bouche :

– Boldiot ?... Oui... Tu accompagnes la dame jusqu'ici s'il te plaît...

Il raccroche.

– Putain... Je pige pas. Pourquoi elle veut te parler à toi ?

– Je sais pas... Je comprends pas non plus.

– C'est dément !

– Je sais pas... Peut-être que...

Trois coups discrets à la porte.

Boldiot ouvre et s'efface pour laisser entrer la vieille dame.

Lorsqu'il la voit, ses yeux s'écarquillent et il sent son sang se figer.

– Maman ?

35

Il est dans la bibliothèque, allongé sur son sofa favori. Son corps est là, inerte et comme endormi, mais son esprit vibre, autre part dans l'espace et dans le temps.

20 septembre 2000.

Un mercredi.

Il a vingt ans.

Il a passé tout l'été en Italie. Le 28 juin, en provenance d'Orly, il s'est posé à Florence. Il s'y est attardé deux semaines avant de partir sillonner le pays d'un bout à l'autre au volant d'une Fiat cabriolet de location. Il est d'abord remonté plein nord : Bologne, Parme, Milan, Vérone, Padoue, Venise… Il s'est ensuite laissé descendre avec paresse le long de l'Adriatique jusqu'à Lecce avant de traverser la botte d'est en ouest jusqu'à Reggio Calabria. De là, il a traversé le détroit de Messine et est passé en Sicile. Il s'est attardé quelques jours à Catane puis il a poussé jusqu'à Syracuse avant de regagner Naples d'une traite. De là, il est remonté sur Rome où il s'est arrêté une dizaine de jours.

Durant huit semaines il s'est gorgé d'antipasti, de pâtes et de peintures Renaissance et Baroque. Le 7 septembre, se promettant de ne pas retoucher à un volant avant longtemps, il est de retour à Florence.

Il ne peut pas se passer de Florence.

Pas longtemps.

Il y vient trois ou quatre fois par an pour des séjours de deux ou trois semaines.

Quelques mois après que la succession de Grand-Père ait été liquidé, sur un coup de tête, il a eu envie de s'installer quelque temps ici. Il a acheté le deuxième appartement que lui a fait visiter l'agent immobilier, un trois pièces situé Via del Como, une venelle qui donne sur la Via dei Leoni, à un jet de pierre de la piazza della Signoria.

C'est petit mais agréablement agencé. La kitchenette est pratique, la salle de bain tout en marbre et, c'est ce qui l'a séduit, la grande terrasse en bois située sur les toits donne sur le dôme de Santa Maria del Fiore.

La vue est magnifique. Certaines nuits, il a la sensation qu'il lui suffirait d'étendre les bras pour étreindre la coupole.

Et puis il est à peine à cinq minutes de marche du Musée des Offices. Sauf quand c'est trop bondé, il s'y rend tous les jours. Il aime flâner de salle en salle. Chaque visite est l'occasion de nouvelles découvertes.

Ce mercredi 20 septembre 2000, il s'est levé de bonne heure. Sans qu'il comprenne bien pourquoi, il se sent transporté, transformé même, par une énergie qui pétille tout autour de lui.

Après une douche rapide, il descend prendre son petit déjeuner dans un bar où il a ses habitudes. Il avale un thé fort et deux croissants fourrés au chocolat.

À neuf heures trente, son coupe-file lui épargnant la queue interminable, il entre dans le musée.

Il sait où il va.

Ce qu'il ne sait pas, c'est pourquoi il y va. Pourquoi se sent-il ainsi poussé par cet impérieux besoin ?

Il ne prend pas le temps de se poser la question.

Il monte quatre à quatre les marches de l'escalier qui conduisent au second niveau, dépassant des hordes de visiteurs intimidés ou excités par ce qu'ils vont voir. Il ne s'attarde pas dans le vestibule, ignore les Giotto de la salle 2 devant lesquels il aime pourtant méditer. Il traverse les salles 3, 4, 5, 6 et 7 sans même lever la tête. Dans la salle 8, il s'arrête une seconde pour jeter un œil sur les panneaux de Filippino Lippi.

Oui… Ça pourrait être ça.

Mais non.

Il se remet en marche, file à travers la salle 9 consacrée aux frères Pollaiuolo qu'il déteste et, de là, il pénètre enfin dans la salle 10-14. D'habitude, il évite de s'y attarder parce que, de toutes les salles du musée, c'est la plus fréquentée. Des hordes de touristes italiens, allemands, français, espagnols, anglais, américains, russes, coréens, japonais ou chinois s'y bousculent d'un bout de l'année à l'autre, bobs sur la tête et audiophones vissés à l'oreille. La salle 10-14, c'est une Babel où s'entrecroisent dans tous les dialectes du monde les chuchotements extasiés des visiteurs. Ils sont là ce matin bien-sûr, piétinant sur place devant les deux chefs-d'œuvre exposés derrière d'épaisses protections de plexiglas.

La *Naissance de Vénus* et le *Printemps* de Botticelli.

Il les a vus des dizaines de fois mais il a la sensation de ne jamais les avoir vraiment regardés.

Il pousse un petit Asiatique d'une cinquantaine d'années qui s'écarte en émettant un couinement bref. Il se plante devant Vénus juchée en équilibre précaire sur sa coquille Saint-Jacques. Il détaille son corps à peine dissimulé derrière sa chevelure, son petit ventre rebondi, son épaule affaissée, son cou de cygne, ce petit geste aussi pudique qu'inefficace qu'elle fait pour cacher sa nudité aux regards… Il s'attarde sur le visage doux et bienveillant.

L'éclairage des Offices n'est pas fameux mais c'est encore pire ici, là où le feu des halogènes se reflète dans le plexiglas, créant des trous de lumière et faussant les couleurs. Il est sans cesse obligé d'incliner la tête, de se déplacer et de bousculer les touristes qui le cernent pour échapper aux miroitements et mieux voir tel ou tel détail.

Non… Ce n'est pas ça.

Pas tout à fait.

Il se tourne vers la droite et ses yeux accrochent les couleurs du *Printemps*.

Il s'approche, écarte sans les voir quelques visiteurs. Des protestations fusent dans différentes langues mais il ne s'en soucie pas.

Il ne voit que le *Printemps*.

Ce qu'il cherche depuis si longtemps est là.

Tout disparaît autour de lui. Les touristes, le bruit de fond permanent des chuchotis en vingt langues, le souffle des gros climatiseurs poussifs et disgracieux qui trônent au centre de la pièce…

Même l'ignoble panneau de Plexiglas se dissout pour laisser vivre les couleurs.

Il n'y a plus que lui et le *Printemps.*

S'il le voulait, il pourrait entrer dedans.

Il avance d'un pas.

Non… Pas encore…

D'abord, il efface Mercure. Cet homme au torse à moitié dénudé, le gêne. Et puis il est armé. Il pourrait être dangereux.

Il efface Cupidon. Ce petit angelot gras qui exhibe sans gène son sexe minuscule le dégoutte. Et avec ses yeux bandés, son arc et sa flèche enflammée, il pourrait le blesser.

Il efface Zéphir. Son bleu cyanosé lui heurte les yeux. Allez file. Va respirer un peu plus loin…

Voilà…

C'est bien mieux comme ça.

Il contemple les six jeunes femmes qui se dressent devant lui. Vénus et Flore le dévisage, l'une avec chaleur et l'autre avec un sourire un peu narquois. Euphrosyne, Thalie et Aglaé dansent avec insouciance au son d'une musique qu'il n'entend pas. Elles ne semblent pas l'avoir remarqué. Chloris tourne la tête vers lui et le regarde, l'air étonné de le découvrir là.

Il sent un trouble étrange l'envahir, un picotement qui le chatouille de la nuque jusqu'à la pointe des pieds.

Il lève un bras vers elles.

Et…

C'est incroyable !

Toutes se tournent vers lui tranquilles, belles et souriantes. Vénus lui adresse un petit signe de la main.

Alors, il comprend…

Elles sont d'accord.

Quelqu'un lui marche sur un pied et le ramène avec brutalité salle 10-14, musée des Offices, Florence, Italie, le mercredi 20 septembre 2000.

Le plexiglas et ses reflets sont là. Les touristes aussi et il sent dans son dos le souffle glacial et bruyant des climatiseurs mal réglés. Etonné, il regarde Mercure, Cupidon et Zéphir qui ont repris leur place immuable.

Il est hébété, bouleversé par ce qu'il vient de vivre.

Il a enfin trouvé.

La beauté sublime est là.

À sa portée.

Il sait désormais à quoi il va consacrer sa vie.

Sans force, il se laisse emporter par la foule qui vibre d'impatience à l'idée de découvrir dans la salle suivante *L'annonciation* de Léonard de Vinci.

Son regard épuisé se réveille brusquement alors qu'il passe devant *L'adoration des mages*. Il s'arrête, résiste au courant qui se laisse couler vers la salle Leonardo.

On le pousse, on murmure, on soupire autour de lui. Il croit entendre en français « Quel casse-couille celui là ! »

Il s'en fout.

Il reste planté là, comme un rocher, gênant l'écoulement du flot humain.

Il regarde avec intensité le personnage peint au premier plan, sur le bord droit du tableau.

C'est un autoportrait.

Botticelli, couvert d'un manteau fastueux, dédaigne l'enfant Jésus que sa mère présente à la royale assemblée. L'artiste fixe avec l'arrogance de son génie les spectateurs qui depuis des siècles, contemplent son œuvre.

Il s'attarde sur la mâchoire volontaire, la pommette qui creuse le menton, la bouche charnue, le nez fort, le front haut, les yeux mi-clos mais acérés et capable de saisir jusqu'au-delà de l'âme…

Il se reconnaît.

C'est lui.

C'est son portrait.

Tout à coup, il étouffe. Il a besoin d'air, de retrouver la lumière du soleil et de réfléchir.

Il est pressé. Alors plutôt que de suivre le sens de la marche et de devoir parcourir tout le musée, il remonte le flux des visiteurs à contre-sens. Il heurte une dame qui pousse un petit cri effrayé et serre fort son sac à main. Dans la salle 8, devant le diptyque de Piero della Francesca, il se fait prendre au milieu d'un groupe d'adolescents rigolards qui s'esclaffent en allemand en désignant les profils impitoyables du duc d'Urbino et de son épouse.

Il s'échappe, rejoint la galerie et file jusqu'à l'escalier. Rasant le mur, il descend la volée de marches usées. Il fait signe aux gardiens qui filtrent l'entrée qu'il ne se sent pas bien et débouche enfin à l'extérieur.

Là, il se calme.

Il longe le piazzale des Offices où sous les arcades s'étire, interminable, la file des visiteurs qui attendent pour entrer dans le musée.

Sur la rive de l'Arno, il tourne le dos au Ponte Vecchio et longe le fleuve durant une centaine de mètres. À chaque pas, la foule se fait moins dense. Il s'assoit sur le parapet de pierre, le regard tourné vers l'eau verte.

Il sait ce qu'est le Syndrome de Stendhal. Grand-Père lui a raconté l'histoire la première fois où ils sont venus à Florence. Il se souvient des mots de l'écrivain qu'il a souvent relus :

« Absorbé dans la contemplation de la beauté sublime, je la voyais de près, je la touchais pour ainsi dire. J'étais arrivé à ce point d'émotion où se rencontrent les sensations célestes données par les beaux-arts et les sentiments passionnés. En sortant de Santa Croce, j'avais un battement de cœur, ce

qu'on appelle des nerfs à Berlin. La vie était épuisée chez moi, je marchais avec la crainte de tomber. »

Rien de tel chez lui. Il ne craint pas de tomber. Il ne s'est même jamais senti aussi équilibré. Et puis, la vie n'est pas épuisée. Bien au contraire. Il la sent palpiter, bouillonner dans son corps en un flot tumultueux.

Il décide de voler le *Printemps*.

Pendant les trois jours qui suivent, il dresse des plans fiévreux. Il accumule dans son appartement toute la documentation qu'il trouve et se lance dans d'interminables recherches pour tenter de déterminer le poids du tableau et la possibilité de le démonter.

Le point faible du musée, ce sont les verrières. Il doit être assez facile de monter sur le toit et de découper les vitres.

À moins que le verre soit blindé ?

Non. Tout est vieux aux Offices. Même le système d'alarme doit dater de la Renaissance.

Mais comment transporter une œuvre pareille ? Le tableau mesure plus de trois mètres sur deux. Il sait que pour fabriquer ces six mètres carrés de surface, huit panneaux de peuplier assujettis ensemble par l'arrière ont été utilisés. Combien peut peser le tableau ? Cent kilos ? Cent-cinquante kilos ? Plus ?

Il retourne au musée, détaille les verrières situées sous les plafonds et repère les caméras qu'il n'avait jamais remarquées auparavant.

Ce sera plus compliqué qu'il avait imaginé…

Au quatrième jour, il renonce. Non pas parce que la tâche lui paraît impossible, mais parce qu'il comprend enfin que ce n'est pas le tableau qu'il veut.

Il n'est pas le collectionneur.

Il est l'artiste.

Et il sait qu'un jour, lui aussi laissera une œuvre aussi puissante que *le Printemps*, une œuvre si forte qu'elle marquera les hommes pour les siècles des siècles. Et, en dépit des esprits chagrins, des étroits, des petits, des limités, des bornés, des incapables d'envisager le sublime, il est à deux doigts d'y parvenir.

Comme Grand-Père, il est au-delà du mesquin.

Il ouvre les yeux et se redresse un sourire aux lèvres. Cette journée et cette nuit de repos lui ont fait le plus grand bien. Il tâte son bras, fait quelques mouvements. Il n'a plus mal et il peut l'utiliser presque comme à l'accoutumé.

Il regarde l'heure sur l'écran de son téléphone.

Il est temps de s'y mettre.

36

Sa mère s'avance à travers le bureau miteux. Elle est là, devant lui, à moins de cinq pas. Il la voit, tout comme il voit Frazier qui les observe tour à tour avec des yeux ronds.

Il la voit, mais sa présence est si étrange, si improbable, qu'il ne parvient pas à le croire.

Il répète, abasourdi.

– Maman… ? Mais qu'est-ce que tu fais là ?

Les hypothèses s'enchaînent, l'une chassant l'autre…

Il pense aux quelques travaux qu'il lui a promis de faire et qu'il repousse de semaine en semaine sans parvenir à trouver l'énergie de s'y mettre… Non, elle ne le dérangerait pas pour ça.

Ou alors, une maladie… Un truc incurable. Brutal et définitif… Elle n'a plus que quelques jours à vivre et elle est venue le lui annoncer…

Ou le plus probable, c'est qu'elle a perdu la tête… À son âge… Il la dévisage avec inquiétude, cherchant sur ses traits les premiers signes de démence.

Mais non… Elle n'a pas l'air folle. Elle semble juste fatiguée, flétrie, comme desséchée par une nuit d'insomnie…

Mais si… Il n'y a aucune autre explication possible. Elle a dit qu'elle avait des informations au sujet de la disparition de Julia… Elle nage en plein délire…

– Bonjour Pierre. Il faut que je te parle.

Sa voix est raisonnable pourtant… Tendue mais censée.

Elle désigne Frazier d'un mouvement de tête.

– C'est… hum… personnel… Si ton collègue pouvait…

Il se tourne vers Frazier.

– Tu nous laisses un moment ?

Frazier hoche la tête. Il sort à reculons et à regret, les traits dévorés de curiosité.

Il attend que la porte soit fermée avant de se lancer, hésitant.

– Assieds-toi… Excuse-moi de n'être pas venu te voir avant mais avec le boulot…

Elle l'interrompt d'une main levée et s'approche.

– Je ne suis pas là pour ça...

Elle fouille dans son sac et lui tend une enveloppe de papier brun.

– Il faut que tu regardes ce… cette… chose…

Il en sort un DVD sans boîtier de protection.

Il considère le disque qui ne porte aucune inscription autre que celle du fabriquant.

– Qu'est-ce que c'est ?

– Regarde d'abord. Ensuite je t'expliquerai.

– Maman, tu as dit au planton que tu avais des informations sur…

– Regarde ça d'abord. Sinon tu ne me croiras pas.

Elle désigne l'écran.

– Ça va marcher avec ton machin ?

– Je ne sais pas. Je n'ai jamais essayé…

Il glisse le DVD dans le lecteur, pas certain que l'ordinateur dispose du matériel ou des logiciels nécessaires pour le lire. Il se cale sur sa chaise.

Poussive mais docile, la machine cliquète, ronfle, mais finit par lancer la séquence.

Le compteur indique une durée totale de 8.47 minutes mais pendant une quinzaine de secondes, l'écran n'affiche rien d'autre qu'un noir d'abysse.

– Je ne suis pas certain que ça fonctionne…

Elle lui fait signe de patienter.

Il se penche pour attraper la souris et avancer le curseur de défilement quand tout à coup, l'écran s'illumine, passant sans transition du noir profond à un blanc aveuglant. L'éclairage est si intense, si violent, qu'il cligne des yeux à plusieurs reprises.

Le supplice se prolonge, interminable…

– Qu'est-ce que c'est que…

Il n'a pas le temps de terminer sa phrase. Tout à coup, la lumière semble pivoter sur elle-même et plonger vers le bas.

C'est toujours aussi brutal mais moins pénible pour ses rétines.

Il se tourne vers sa mère pour lui demander des explications quand, émergeant peu à peu du flot des watts crachés à pleine puissance par une batterie de projecteurs, il lui semble distinguer une forme. Ses yeux reviennent se coller sur l'écran.

Un picotement désagréable vient lui agacer la nuque.

En deux ou trois secondes, l'éclairage passe du déchaînement brutal à une puissance froide et bleutée.

Il voit mieux maintenant.

Il ne s'est pas trompé.

Une forme humaine, cadrée en pied, les bras tendus à l'horizontale, se dessine dans le halo surexposé. La tête penche, un peu de biais, comme privée de force ou de volonté.

La silhouette lui évoque celle d'un Christ en croix.

Il voudrait comprendre, donner un sens à ce qu'il voit. Le picotement qui lui crispe la nuque change de nature. Ce qu'il ressent maintenant, c'est la peur. Elle se répand, vicieuse et impitoyable, à travers ses veines, ses muscles, ses nerfs, ses tendons… Tout son corps se durcit.

En un zoom très lent, le cadrage se resserre.

Peu à peu la silhouette s'arrache à la gangue de lumière. Ses courbes se précisent.

C'est une jeune femme.

Il en est certain maintenant.

Elle porte un vêtement étrange, drapé autour d'elle, translucide et satiné.

Il plisse les paupières, hypnotisé par l'apparition.

Tout à coup, il sursaute.

De part et d'autre des bras étirés, il vient de remarquer deux câbles tendus dont les extrémités disparaissent au-delà du cadre de l'image.

Elle est attachée.

Merde ! Mais qu'est-ce que c'est que cette connerie…

Il sent la peur lui tomber sur le ventre et lui distordre les entrailles.

Il s'approche de l'écran pour tenter de mieux voir.

Comme une réponse à son souhait, l'image change.

La jeune femme est maintenant cadrée à mi-buste. L'éclairage puissant et précis souligne ses traits délicats.

Il s'immobilise, tétanisé.

Il vient de la reconnaître. Il stoppe la lecture et fouille parmi les papiers épars sur son bureau.

Il en sort le portrait de Charlotte Wuippers.

C'est bien elle.

Sa mère se redresse et lorgne la photo.

– Tu sais qui c'est ?

– Oui… Elle s'appelle Charlotte. Elle a disparu en 2008… Maman, où as tu trouvé ça ?

– Regarde jusqu'au bout. Ensuite tu sauras.

Il passe une main sur ses joues mal rasées qui crissent sous ses doigts. Il a la sensation que son épuisement est incrusté sur son visage.

Il laisse filer quelques secondes, le temps de rassembler ses esprits puis il relance la séquence.

Les questions commencent à affleurer.

Où ont été tournées ces images ?

Quand ?

Par qui ?

Et pour qui ?

Et Charlotte ?

Il a beau se crever les yeux sur l'écran, il est incapable de définir si elle est inconsciente ou morte.

Il n'est certain que d'une chose. Elle est debout.

Alors qu'il la fixe avec intensité, elle ouvre les yeux. Agressé par la lumière féroce, son regard vague papillote sans parvenir à se fixer.

Elle bouge les lèvres et forme un mot muet.

C'est à ce moment qu'il prend conscience qu'il n'y a pas de son sur la séquence.

Nouvelle coupe. Le plan, très serré, ne montre plus que le visage de Charlotte.

Elle semble un peu plus réveillée. Elle regarde autour d'elle avec l'air de ne pas comprendre où elle se trouve. Elle semble plus effarée qu'effrayée de se découvrir attachée.

Tout à coup, sans qu'il ne s'explique comment, deux mains surgissent au-dessus de sa tête.

Deux mains uniquement, tranchées net à hauteur des poignets.

Des mains d'homme.

Elles sont fines, blanches, avec de longs doigts aux ongles propres et manucurés.

Il frémit.

Rien n'est plus perturbant que ces deux mains qui paraissent libérées de leurs attaches et qui flottent dans le vide.

Comment c'est possible un truc pareil... ?

Charlotte ne semble pas encore avoir pris conscience de ce qui se passe au-dessus d'elle.

Les mains s'agitent.

Il se crispe dans l'attente de voir surgir du néant une lame aiguisée prête à trancher la chair tendre.

Tortures, corps suppliciés, dépecés, mis en lambeau avec un soin maniaque... Les bouquins qu'il a parcouru chez Frazier, les conversations qu'ils ont eut ces dernières nuits, reviennent le frapper de plein fouet.

Ce qu'il regarde c'est un snuff-movie.

Il va assister, impuissant et tremblant de terreur, à l'exécution de la jeune femme.

Avec douceur, les deux mains s'abaissent et effleurent la masse des cheveux blonds.

Charlotte le sent car ses traits se raidissent. Son visage déformé par la peur se superpose à celui de Camille. Ses yeux se dilatent et sa bouche se tord sur un cri qu'il n'entend pas mais qui lui vrille les tympans.

L'image se fond doucement sur un noir profond.

Il se rappelle tout à coup de la présence de sa mère. Il la regarde, hébété.

– Maman ! Mais qu'est-ce que c'est que ce bordel ? Qu'est-ce qu'il va lui faire…?

Elle le dévisage, très pâle.

– Tu vas voir…

Émergeant du noir en un long fondu, l'image réapparaît sur l'écran. Il ne voit plus le visage de Charlotte, coupé au-dessus de ses sourcils. La camera est maintenant en contre-plongée, pointé sur ses cheveux.

Il n'en croit pas ses yeux.

Avec une patience infinie et une adresse surnaturelle, les deux mains tressent des nattes ! Il y en a déjà cinq ou six reparties avec symétrie de chaque côté du crâne.

Les séquences se succèdent toutes les cinq ou six secondes, séparées par de courts fondus au noir. À chaque nouveau plan, les tresses, de longueurs et d'épaisseurs diverses, se multiplient, s'accrochent les unes aux autres, s'ordonnent.

Il devine parfois quelques rides qui s'esquissent sur le front de Charlotte mais il est impossible d'en déduire quoi que ce soit sur son état ou sur ce qu'elle éprouve. Impossible non plus de savoir si elle est assise ou si elle est encore debout. Dans ce cas, le type a qui appartiennent les mains doit se tenir sur une estrade ou au minimum un tabouret afin de se trouver au-dessus d'elle.

La durée totale de cette séquence ne doit pas durer plus d'une minute mais la séance de coiffure a dû durer des heures.

Comment a t-elle pu supporter ça ? Elle devait vraiment être défoncée au dernier degré.

Sur le dernier plan, les mains ont disparu.

Les mèches tressées se mêlent, s'enroulent en arabesques compliquées pour former un assemblage qui défit les lois de l'équilibre.

C'est à la fois improbable et magnifique.

Le fragile édifice blond semble tenir par lui-même. Aucune épingle, aucune barrette, aucun nœud, aucun ruban n'est visible. Juste ce savant empilage de mèches qui se maintient comme par magie.

Sur un dernier fondu très long, l'image vire peu à peu au noir et la séquence s'achève.

Stupéfait, il lève des yeux exorbités vers sa mère.

37

Il est content de lui.

Bientôt six heures qu'il travaille sans une minute de répit. Il n'a pas vu passer le temps. Malgré son bras qui le handicape et qui le lance parfois lorsqu'il doit forcer, il a une légère avance sur ses prévisions. Il va pouvoir souffler quelques minutes et manger un morceau avant de passer à la suite. Il faut aussi qu'il avale un ou deux antalgiques et qu'il badigeonne son bras de cortisone.

Il se redresse et s'étire. Il sent deux vertèbres craquer avec un petit bruit sec et satisfaisant.

Il a une fringale terrible tout à coup. Une irrésistible envie de sucre. Cela ne lui arrive jamais hormis lorsqu'il travaille. Il a besoin de glucose.

Il déballe une barre chocolatée et en croque la moitié. Tout en mâchouillant avec délice, il jauge d'un œil sans complaisance ce qu'il est en train de faire.

C'est toujours difficile d'estimer son propre travail, de prendre du recul et de parvenir à l'objectivité nécessaire, mais il trouve que c'est prometteur.

Pas parfait, loin s'en faut.

Il lui reste encore une multitude de détails à régler.

Mais c'est prometteur.

Il enfourne la seconde moitié de la friandise et jette l'emballage dans la corbeille à papier. Le chocolat lui a donné soif. Il remplit la bouilloire d'eau minérale et la met à chauffer. Il attend, pensif, que l'eau monte en température tout en contemplant la ronde d'Euphrosine, Thalie et Aglaé.

Ses trois Grâces.

Une fois de plus, il se félicite de ses choix. Elles sont superbes. Chacune souligne et rehausse l'éclat des deux autres. Même s'il avait cherché jusqu'à la fin des temps, il est certain qu'il n'aurait pas pu trouver mieux.

Ça n'a pas été facile de les mettre en place. Il a fallu les équilibrer. Jamais encore, il n'avait travaillé sur un groupe de trois personnes et il n'était pas certain que les solutions qu'il avait imaginé fonctionneraient. De fait, il a dû improviser à plusieurs reprises et il lui a fallu utiliser bien plus de soutien qu'il n'avait prévu. Thalie, penchée très en avant à la limite de son point d'équilibre, n'a pas été facile à positionner.

Les bras levés d'Euphrosyne et d'Aglaé, les mains mêlées au-dessus de leurs têtes, lui ont aussi causé pas mal de soucis mais le résultat est satisfaisant. La position des pieds, surtout ceux d'Euphrosyne a aussi été difficile à trouver mais il ne pouvait pas laisser passer une imperfection. Il a eu du mal à les cambrer et les maintenir sur la pointe sans déséquilibrer l'ensemble mais, en trichant un peu, il a fini par trouver la solution.

Des pieds d'Euphrosyne si joliment tendus, son regard remonte jusqu'à son visage. Il aime beaucoup la position de sa tête, un peu penché sur son épaule.

Très réussi.

Et l'expression est bonne aussi. Très parlante.

L'ensemble est excellent. De l'harmonie, de la finesse mais sans rien céder au rythme et au mouvement.

Il ferme à demi les yeux et aspire une large bouffée d'air. Il se sent maître de lui, de son savoir et de sa destinée. Toutes ses années de préparations, de tâtonnements, de recherches, d'essais, de petites victoires et de grands échecs, de découvertes, de difficultés imprévues, tout ce long chemin parcouru n'avait d'autre but que de l'amener là.

La réalisation de son chef-d'œuvre.

L'interrupteur de la bouilloire claque et le tire de sa réflexion. Il verse l'eau chaude sur un sachet de Lipton. Ce n'est pas le thé qu'il préfère, loin s'en faut, mais il a l'avantage d'être vite prêt. Aujourd'hui, le temps n'est pas à la délicatesse.

Sa tasse à la main, il va s'installer devant la console toute hérissée de manettes, de boutons et de curseurs colorés. Avec prudence, il pose le thé sur une desserte.

Il y a quelques mois, il a laissé traîner sa tasse sur la console et l'a renversée d'un coup de coude maladroit. Il a fait sauter toute l'installation électrique et plusieurs éléments de la console ont grillé, la rendant inutilisable. Depuis, il se méfie et il est beaucoup plus prudent. D'ailleurs pour parer à tout problème, en plus de la desserte, il a acheté deux autres consoles qu'il garde en réserve au cas où.

Il se penche sur l'une des rangées de boutons tout en marmonnant pour lui-même :

– Voyons voir…

Il appuie sur un interrupteur et, à gauche des trois jeunes femmes, un projecteur s'allume. Il manipule les commandes qui règlent la couleur, l'orientation et la largeur du faisceau lumineux. Il se décide pour un bleu léger et assez large qui les englobe toutes les trois dans son cercle.

Tout en procédant à différents réglages, il se félicite des semaines passées à installer tout ce matériel. Il y a passé un temps fou et dépensé une fortune mais c'est tellement pratique de pouvoir tout commander à distance. Ce qui lui prenait dix minutes auparavant se règle maintenant en quelques secondes sans effort.

Lorsqu'il estime l'éclairage satisfaisant, il allume les uns après les autres trois projecteurs d'un jaune soutenu qui donne aux peaux et aux voiles une belle couleur dorée.

Il lui faut travailler les ombres maintenant. Elles sont trop marquées et il lui faut les atténuer le plus possible.

Durant une dizaine de minutes, il s'affaire sur ses commandes, ne s'interrompant que pour avaler de temps en temps une gorgée de thé tiède.

Enfin il se rencogne contre son dossier.

– Voilà... C'est à peu près ça...

Ce n'est pas parfait mais il affinera plus tard.

– Un peu de vent maintenant...

Il pousse l'un des curseurs.

Invisible mais efficace, un ventilateur aux larges pâles se met en marche et un souffle léger vient caresser Euphrosine, Thalie et Aglaé. Les voiles qui les couvrent se mettent à frissonner avec douceur.

Il observe, ravi du spectacle.

– Un peu plus peut-être ?

Il pousse le curseur de deux centimètres jusqu'à ce qu'il sente le léger déclic indiquant qu'il a atteint la moitié de la puissance.

Les coiffures s'agitent et les voiles se plaquent contre les jambes, découvrant parfois une cuisse ou une fesse.

Une des mèches rousses de Thalie se défait et flotte à la manière d'un étendard dans le courant d'air.

– Non... C'est trop...

Il tire le curseur vers lui et la brise se fait plus tendre. La mèche de cheveux retombe sur l'épaule.

– Comme ça... C'est mieux.

Il avale la dernière gorgée de thé.

La mèche de Thalie s'est maintenant entièrement défaite. Ces cheveux indisciplinés qui ondoient dans le courant d'air le gênent. Il décide d'aller les remettre en place tout de suite. Il coupe les caméras, se lève, contourne le pupitre de commande et marche jusqu'à l'estrade qu'il escalade d'un bond.

Avec patience, il tresse la mèche rebelle et la remet à sa place mais à peine a t-il le temps de reculer d'un pas, qu'elle retombe.

Il pousse un soupir.

Cette mèche commence sérieusement à l'énerver. Il sort de sa poche un tube de cyanolite et en dépose quatre gouttes sur le long de la tresse. Il la remet en place et la maintient quelques secondes.

Voilà. Cette fois ça tient et ça ne bougera plus.

Il rebouche le tube en prenant garde de ne pas se mettre de colle sur les doigts. Sur la peau, la prise est instantanée.

Tout à coup, une idée lui vient. Il saute de l'estrade et retourne à son pupitre pour essayer, mais à peine est-il assis qu'il se relève.

– Ah non !

La main d'Aglaé a glissé et pend, inerte, le long de sa cuisse. Heureusement, le bras de Thalie, tourné vers l'arrière, n'a pas bougé.

En s'approchant, il lui semble aussi qu'Aglaé penche un peu trop sur la droite. Sans doute qu'en tombant, son bras a rompu le fragile équilibre. Il remonte sur l'estrade et la tire légèrement sur le côté pour la remettre d'aplomb. Il ressort le tube de colle et en applique une couche épaisse sur l'intérieur des doigts de Thalie avant de les mêler à ceux d'Aglaé. Il appuie fortement sur l'ensemble et compte jusqu'à dix avant de relâcher. Cette fois, ça à l'air solide. Ça devrait tenir.

Il retourne au pupitre. L'idée qui lui est venue avant de retourner encoller la main d'Aglaé s'est évanouie. Peu importe. Elle reviendra.

Il sent que son bras recommence à lui faire mal. De petites pointes douloureuses reviennent le titiller de plus en plus souvent et l'empêchent de se concentrer. Il aurait dû prendre ses comprimés plus tôt.

Il avale deux antalgiques et remonte la manche de sa chemise pour passer de la crème sur son hématome. Pendant qu'il se masse avec précaution, tout en fixant ses trois Grâces, il pense à la suite.

Il a fait le plus dur. L'installation de Flore ne devrait pas lui poser de gros problème. Il devrait y parvenir en une heure. Celle de Vénus devrait être encore plus facile. S'il ne rencontre pas d'imprévu, la mise en place devrait être terminée aux environs de 16 heures.

Il rebouche le tube de pommade et le pose sur la desserte.

Il est temps d'aller chercher Flore.

38

– Où as tu trouvé ça ?

Sa mère secoue ses longues boucles blanches et le dévisage de ses yeux pâles avant de se décider à répondre.

– C'est une longue histoire…

Son regard se fait vague.

– Tout a commencé en mars 1958. J'avais vingt et un ans. Je venais d'arriver à Paris et je cherchais du travail… Je logeais dans une chambre glaciale située sous les toits, rue Levert dans le vingtième arrondissement. J'avais bon espoir de trouver un emploi de secrétaire…

Mais de quoi parle t-elle ? Il tente de la ramener sur ce qui l'intéresse.

– Maman… Le DVD s'il te plaît… Il sort d'où ?

Sa mère le considère avec surprise.

– Mais je suis en train de t'expliquer… Si tu m'interromps sans arrêt, je n'y arriverai jamais. Ce que j'ai à te dire est difficile. Alors pour une fois, écoute-moi.

Il réprime un soupir et se cale contre le dossier de sa chaise, résigné.

– Un matin, un jeudi je m'en souviens très bien, j'ai trouvé une annonce publiée dans l'édition du France-Soir de la veille. Je ne correspondais pas vraiment à l'annonce mais je me suis tout de même présentée. Le travail avait l'air intéressant et mes économies fondaient à toute vitesse…

Elle serre ses bras contre son torse et est parcourue par un long frisson qui la fait grimacer.

– J'ai été embauchée…

Mais qu'est-ce qu'elle lui raconte ? Il l'observe, inquiet. A-t-elle perdu la tête ?

– Et ma vie en a été bouleversée à tout jamais… Oh ! Les six premiers mois ont été merveilleux. J'avais un excellent salaire, un travail varié et prenant…

Peut-être qu'en lui posant des questions, il parviendra à gagner du temps.

– Tu faisais quoi au juste ?

– J'organisais les journées de mon patron. Je m'occupais de son agenda, des factures… Parfois je l'accompagnais en visite chez un client. Des choses magnifiques passaient entre mes mains… J'étais une sorte de secrétaire de confiance… Enfin, c'est ce que je croyais à ce moment là…

Il se doute de ce qui va suivre mais il demande :

– Comment ça ?

– Tout s'est bien passé jusqu'à la fin de l'été. Et puis un jour, mon patron m'a fait une proposition.

Cette fois il soupire franchement. Il n'a pas du tout envie d'entendre ce qui va suivre. Et surtout il faut qu'elle lui explique d'où elle sort ce DVD.

– Maman, c'est vieux tout ça...

Elle ne doit pas l'avoir entendu car elle poursuit :

– Il a commencé à me harceler. Ça a duré plusieurs mois. Tous les jours, il revenait à la charge. Oh bien sûr, j'aurais pu démissionner mais c'était quelqu'un de très impressionnant. Je crois… Je crois qu'il me tenait en son pouvoir. Et puis, il y avait tout cet argent qu'il me promettait. Une petite fortune à l'époque… Alors un jour, j'ai dit oui…

– Maman, s'il te plaît... Ça ne regarde que toi.

Elle le dévisage avec dureté.

– Non. Ça te regarde aussi. Tu dois savoir parce que c'est ton histoire aussi. Quand j'ai vu cette fille disparue hier soir à la télé, j'ai compris que le moment de tout te dire était venu.

J'ai déjà perdu beaucoup trop de temps. Alors maintenant tu te tais et tu m'écoutes.

Il ne saisit pas le rapport entre ce que lui raconte sa mère et la disparition de Julia Sanpieti mais le ton de sa voix lui donne la sensation d'avoir pris une gifle.

Elle le fixe de ses yeux clairs.

– Ce n'est pas moi qu'il voulait…

Il hausse les sourcils.

–… mais un enfant. C'est pour ça qu'il m'a choisie. Uniquement pour ça… Depuis le début, c'était ça son projet. Il ne cherchait pas une secrétaire mais une… génitrice. Il m'a sélectionnée. Une fois l'enfant né, je devais le lui abandonner.

Il écoute, fasciné, attendant et redoutant ce qui va suivre.

– Et je l'ai fait…. Pour l'argent… Pour avoir la paix… Pour échapper à son emprise surtout…

Elle ricane en le dévisageant froidement.

– Ne t'inquiète pas… Je ne vais pas te raconter nos parties de jambes en l'air… J'aurais bien du mal à t'en dire quoi que ce soit. Il détestait à ce point les femmes qu'il ne m'a jamais touchée. Jamais. Tout s'est passé avec une seringue…

Elle a encore ce petit ricanement dérisoire qui se termine sur un sourire sans joie.

– On peut dire que nous étions des précurseurs…

L'idée que sa mère divague, qu'elle ait sombré dans la mythomanie et le délire, le frappe à nouveau avec une douloureuse certitude. Blouses blanches, pilules colorées et liens de contention s'imposent à son esprit.

– J'ai eu une grossesse très difficile… Selon les termes de notre… contrat, j'habitais chez lui, un appartement immense situé boulevard Saint-Michel. J'étais cloîtrée. Je ne pouvais sortir que s'il m'accompagnait. La journée, quand il était absent, j'étais enfermée à l'intérieur. Mais ce n'était pas le pire… Je pensais sans cesse à ce bébé qui grandissait dans mon ventre et que j'allais abandonner. Je culpabilisais… D'autres fois, j'étais persuadé que nous avions défié la nature en le concevant de cette façon et que j'allais donner naissance à un enfant monstrueux... D'ailleurs, d'une certaine manière, c'est ce qui est arrivé... J'ai voulu renoncer et me faire avorter. Quand je lui ai dit, j'ai cru qu'il allait me tuer...

Elle frissonne.

– Il est devenu tout blanc et il est parti dans son bureau... Il est revenu avec un rasoir qu'il m'a mis sur le cou en hurlant que si je perdais le bébé, il m'égorgerait... Oh, ce regard qu'il avait... J'étais sûre qu'il l'aurait fait... J'étais terrorisée.

Une larme déborde et roule sur sa joue.

– Et puis les semaines ont passé... J'ai essayé de m'enfuir à deux reprises mais à chaque fois il m'a rattrapée...

Il l'écoute, incrédule mais hypnotisé.

– Et puis un jour, au cinquième mois, lors d'un examen de routine, la sage-femme qui m'examinait m'a dit que j'attendais deux enfants...

Elle se redresse sur son siège. Lui aussi.

– Elle sentait deux placentas donc des jumeaux dizygotes... Des faux-jumeaux si tu préfères. Sur le coup, j'ai été assommé par la nouvelle... Je n'ai rien dit. Et puis au fil des jours, une idée folle a germé...

Elle prend sa tête dans ses mains.

– Il aurait un enfant... et moi je garderais l'autre. Je me suis débrouillée avec la sage-femme... Je lui ai dit la vérité tout simplement et je lui ai donné cinq mille francs, en lui en promettant encore autant si nous réussissions. Pour manipuler les gens et apaiser les consciences, j'avais été à bonne école... En fait, ça a été assez facile à organiser. Les pères étaient tenus très à l'écart des choses de la maternité à l'époque.

Il s'éclaircit la gorge et demande :

– Le... hum... le deuxième enfant, c'était moi ?

– Le premier, le deuxième... Quelle importance ? Tu étais l'un des deux en tous cas...

Une larme perle au coin de ses yeux et son regard se fait lointain :

– Juste après l'accouchement, j'ai dû choisir. Ça a été la chose la plus terrible de toute ma vie... J'étais épuisée, je ne tenais pas debout et il fallait que je choisisse... Comme si vous étiez une portée de chatons. Celui-ci ? Celui-là ? J'avais moins d'une heure devant moi… C'était épouvantable…

Les larmes coulent maintenant sans retenue.

– Je t'ai choisi… Je ne sais pas comment ni pourquoi toi plutôt que ton frère… Je ne me souviens de rien… C'est étrange non ?

Il ne sait pas quoi répondre. Il est abasourdi. Elle tire un mouchoir en papier de son sac et s'essuie les yeux. Sa voix est plus ferme lorsqu'elle poursuit.

– Ton père biologique s'appelait Louis Decize. Il est mort en 1995.

Il s'éclaircit la gorge, pas certain que sa question va sortir.

– Hum… Et mon… mon frère ?

– Il s'appelait Christian.

Il note l'emploi du passé.

– C'est lui qui a fait ce DVD ?

– Non... Christian est décédé en 1998… Une overdose… Il se droguait depuis l'adolescence…

– Où as-tu trouvé ce DVD ? Dis-le-moi… C'est urgent…

– J'y viens… Dès que je suis sortie de la maternité, Louis a récupéré Christian et m'a donné la seconde moitié de l'argent qu'il m'avait promis. Toi, tu es resté quelques jours chez la sage-femme, le temps que je m'organise… Quelques mois plus tard, j'ai rencontré ton père… Enfin, je veux dire Jean-Charles. Nous nous sommes mariés et il t'a adopté… Voilà. Tu sais tout…

Il est sonné par ce flot de révélation. Mais il n'a pas le temps d'y réfléchir, d'en mesurer les conséquences. Il verra plus tard. Pour le moment, une seule chose compte. Il doit savoir.

– Maman… Le DVD s'il te plaît…

– J'y viens… J'ai abandonné Christian mais je ne l'ai jamais oublié. J'ai essayé mais je n'ai pas pu… Dix ans ont passé. Et un jour, ça a été plus fort que moi… Un samedi après-midi, je suis retourné guetter devant l'appartement du boulevard Saint-Michel. J'ai attendu une bonne heure sur le

321

trottoir d'en face, perdue dans la foule. Vers quinze heures, j'ai vu Louis partir. C'était la première fois que je le revoyais depuis tout ce temps et il avait beaucoup vieilli. Sitôt qu'il a tourné au coin de la rue, je suis montée. Je ne savais pas si Christian était là. J'ai frappé et il m'a ouvert... Je ne savais pas quoi dire... J'avais imaginé des tas de choses mais rien ne se passe jamais comme on l'imagine, n'est-ce pas ? Alors je lui ai juste dit « Bonjour Christian ». Il m'a regardé avec des grands yeux étonnés et m'a demandé : « Tu sais comment je m'appelle ? Tu es une fée ?... » J'ai failli fondre en larmes... Je me suis reprise et je lui ai dit que oui, j'étais une sorte de fée... Il m'a laissée entrer.

L'histoire qu'elle raconte le captive mais il est dévoré par l'impatience de savoir d'où elle a sorti le DVD. Et partie comme elle est, elle risque de faire durer son récit jusqu'à ce soir. Il attend une respiration pour l'interrompre mais elle enchaîne :

— Ce que j'ai découvert m'a horrifié. Christian était très différent de toi. Très fermé. Complètement recroquevillé dans un monde imaginaire. Presque attardé. Des problèmes terribles avec son père... Nous avons passé l'après-midi ensemble, à jouer, à parler... Il était enchanté... Je lui ai fait jurer de garder le secret de ma visite... Je suis allée le retrouver comme ça durant des années. J'avais un double de la clé de l'escalier de service. Je l'ai toujours d'ailleurs... J'y allais presque tous les samedis après-midi... Tu t'en souviens ? Tu m'as souvent reproché de n'être jamais là pour t'accompagner au ping-pong ou à la piscine... Plusieurs fois j'ai failli t'amener avec moi mais vous étiez si différents... Avec Jean-Charles aussi, ça a été compliqué. Il a longtemps été persuadé que j'avais un amant...

Elle soupire.

— Je n'ai jamais dit à Christian qui j'étais vraiment. Pour lui, je suis restée une fée pendant longtemps. Quand il a grandi, je suis devenue une sorte de grande sœur...

— Maman !... Le DVD...

– J'y viens je te dis… J'ai cru qu'à mon contact Christian avait vaincu ses démons… Mais non… Quand j'ai découvert qu'il se droguait, il était trop tard. Beaucoup trop tard…

– Maman !… S'il te plaît…

– En 1979, Christian a rencontré une jeune femme, Claire… Il se droguait déjà auparavant mais ensemble, ils ont passé le point de non-retour.

Son corps se tasse. Il a l'impression qu'elle va disparaître et qu'il ne restera d'elle que ses vêtements.

– Claire a mis au monde un enfant… Mon petit-fils donc… Et ton neveu. Il s'appelle Antoine. C'est lui qui a fait ce DVD…

Elle pousse un soupir de désespoir et ajoute plusieurs tons en dessous.

– Et je suis certaine que c'est lui qui a abattu cette femme à Orléans et qui a kidnappé sa fille…

Il se presse le front.

– Explique-moi. Il faut que je comprenne… Où et quand as-tu trouvé ce DVD ?

– Ce matin dans l'appartement du Boulevard Saint-Michel… Mais il vaut mieux que je t'explique dans l'ordre sinon je vais m'embrouiller… Pendant la grossesse de Claire, je n'ai pas pu voir Christian. Il y avait en permanence plusieurs infirmières dans l'appartement. Je l'ai guetté mais je ne l'ai jamais vu en sortir. Je ne l'ai revu que deux ans plus tard… Il ne faisait plus rien d'autre que d'écouter un disque, toujours le même, et de se piquer… Même devant moi… Il m'est même arrivé de l'aider… C'était désespérant. J'y allais de moins en moins souvent. C'était trop désespérant…

– Et Antoine ?

– C'est son grand-père qui l'a élevé… Les rares fois où j'allais voir Christian, c'était en semaine quand Antoine était à l'école. Pourtant, de loin en loin, je l'ai vu grandir… Je l'ai croisé une fois de très près : le jour de l'incinération de Christian. J'ai appris son décès par hasard en lisant la rubrique nécrologique d'un journal….

Elle s'interrompt. Elle fait un effort visible sur elle-même avant de reprendre.

– Mais pour que tu comprennes, il faut que tu saches qui était vraiment Louis… Un jour, je suis entrée mais Christian dormait. Je n'ai pas voulu le réveiller. Je ne sais pas ce qui m'a pris… Je suis allée fureter dans le bureau de Louis. Lors de ma grossesse, j'avais l'interdiction formelle d'y entrer et c'était toujours fermé à clé. Mais ce jour là, c'était ouvert. J'ai fouillé… Dans un placard, j'ai trouvé son journal. Des dizaines de cahiers… J'ai commencé à le lire et… et… C'était effroyable… C'était un assassin… Il racontait chacun de ses crimes… Dix-neuf en tout… Avec le sang de chaque victime…

Elle hoqueta.

– … il peignait un tableau.

– Quoi ?

– Je pense que Christian le savait aussi… Du coup, beaucoup des choses étranges de son comportement s'expliquaient. Les histoires qu'il racontait quand il était petit, ses dessins macabres… Il a dû lire ce journal, au moins en partie. Je pense que c'est pour ça qu'il a sombré dans la drogue… Ah, si je l'avais su à l'époque… Mais c'était trop tard… Beaucoup trop tard…

Il est si sonné qu'il ne pense même plus à lui demander où elle a trouvé le DVD.

– Je te disais que j'ai vu Antoine grandir. À travers ses livres, ses jouets, ses cahiers de classes, ses vêtements, ses passions… Et puis avec ce qu'en racontait Louis dans son journal que je continuais à lire… J'étais certaine qu'il allait commettre les mêmes erreurs et refaire avec Antoine ce qu'il avait fait à Christian. Mais non… Ils s'entendaient à merveille.

Il commence à ressentir un élancement douloureux aux tempes.

– Quelques jours après le décès de Louis, je suis retournée à l'appartement. Son journal avait disparu. A ce moment là, je pensais que sentant la mort venir, il l'avait détruit. Maintenant, je suis presque certaine que non. Je pense que c'est Antoine qui l'a... Après la mort de son Grand-Père, Antoine a fait une pelade. En deux semaines, il est devenu chauve. Ses cheveux n'ont jamais repoussé. À cette époque, il a lui aussi commencé une sorte de journal. Il racontait les faits les plus marquants de sa vie mais c'était surtout une sorte de réflexion au jour le jour sur la quête de ce qu'il appelait « l'absolue beauté ». Une grande partie de ce qu'il écrivait était consacrée à l'analyse de tableaux italiens de la Renaissance... Il avait à peine seize ans à l'époque mais ce qu'il écrivait était... comment dire... très pointu. Je ne comprenais pas tout. C'était très technique mais aussi par moment assez effrayant...

À chaque seconde qui passe, l'élancement de ses tempes se fait plus prégnant. Il a la sensation qu'un tocsin résonne derrière ses yeux.

– Après la mort de Christian, j'ai continué à aller fouiner dans l'appartement. Je voulais savoir comment Antoine grandissait... Une fois, je suis tombée sur des choses étranges...

– Quoi ?

– Des photos... Comment dire ?... bizarres. Des portraits de jeunes filles. Toujours le même genre. Je ne sais pas comment t'expliquer. Ça ressemblait à de vieux tableaux. Mais le plus étrange, c'était le regard des modèles. Je n'arrivais pas a comprendre ce qu'il y avait dans leurs yeux. Parfois on aurait dit qu'elles étaient... Comment dire... Mortes... Oui c'est ça. Mortes. Elles paraissaient à la fois vivantes et mortes. En même temps...

Son cœur manque un battement. Il regarde sa mère mais ce qu'il voit, ce sont les yeux ouverts mais vides de vie de sa fille. Il est a deux doigts de lui révéler la vérité, de lui expliquer que c'est cet Antoine qui a assassiné Camille. Et puis il se tait.

Elle lui jette un regard inquiet.

– Tu me prends pour une folle ?

– Non... Continue...

– Et puis, hier soir, j'ai vu le portrait robot à la télé… Ce n'était pas très ressemblant mais j'ai tout de suite reconnu Antoine… Et cette fille kidnappée, elle ressemblait tellement à celles des photos… Et puis sa pauvre mère abattue avec sauvagerie… J'ai compris que comme son Grand-Père, il était devenu fou… Alors je suis retournée à l'appartement. J'ai fouillé partout et j'ai fini par trouver ça…

Elle désigne l'écran du menton.

– Où il est ? Est-ce que tu sais où je peux le trouver ?

Elle essuie son nez et affermit sa voix avant de répondre.

– Oui…

Il bondit de son siège.

– … Je pense le savoir.

39

Il ouvre la porte et entre dans la petite chambre.

Flore est dans son lit. Elle repose, couchée sur le côté, le visage tourné vers lui. Ses yeux sont clos mais, à sa respiration, il devine qu'elle est éveillée.

Il s'approche.

Elle l'entend et elle essaie sans y parvenir tout à fait de se redresser sur un coude.

– Bonjour Flore…

Au son de sa voix, le visage de Flore se crispe. Son bras se dresse devant elle en un geste de protection dérisoire et maladroit.

– Eh bien jolie Flore… Tu as l'air bien énervée dis donc…

Il s'approche, écarte la défense insignifiante de ce bras dressé, se penche sur elle et lui caresse les cheveux.

– Allez… Détends-toi. Tu n'es pas belle quand tu fais cette tête là.

Elle essaie de prononcer quelque chose. Aucun son ne sort de sa bouche mais il lui semble lire sur ses lèvres cette phrase silencieuse articulée syllabe par syllabe :

Je-m'ap-pel-le-Ju-lia.

Il secoue la tête de droite à gauche et fait claquer sa langue.

– Tss tss tss… Ça c'était avant. Maintenant tu es Flore.

Elle a une sorte de tremblement qui lui secoue les épaules et son visage se referme. Avec douceur, il lui caresse la joue.

– Tu as le trac… ? Remarque, je te comprends. C'est une journée bien particulière. Pour toi comme pour moi… Tiens, si tu veux tout savoir, moi aussi j'ai le trac !

Il sourit, content de sa plaisanterie.

– Allez, on n'est pas là pour raconter des âneries. Toi et moi, nous avons beaucoup de travail qui nous attend aujourd'hui…

Il tâte son pouls, examine ses pupilles et décide de lui administrer une dose légère de scopolamine. Un demi-milligramme devrait suffire pour qu'elle se tienne tranquille le temps qu'il la prépare.

Ah mais quel idiot !

Tout préoccupé qu'il est, il a oublié de prendre la trousse qui contient les doses et les seringues.

– Je reviens tout de suite. Ne fais pas de bêtise pendant que je ne suis pas là !

Décidément, il se sent d'humeur taquine aujourd'hui…

Il sort de la petite pièce et tire la porte derrière lui sans la fermer. À quoi bon ?

Il prépare une seringue qu'il dose avec soin. Pas question de trop l'assommer. Il faut qu'elle se tienne un minimum parce que sinon, avec son bras blessé, il aura du mal à s'occuper d'elle.

Puisqu'il est là, il décide de prendre aussi la robe. Ça lui évitera de revenir la chercher dans cinq minutes.

Il remet le capuchon sur l'aiguille et glisse la seringue dans la poche de sa chemise. Dans l'armoire, il retire la robe de son cintre et les bras chargés du lourd vêtement, il retourne jusqu'à la chambre de Flore.

En débouchant sur le couloir, il s'arrête brusquement.

La porte est ouverte.

Pourtant il est certain de l'avoir poussé en sortant. Pas fermée à clé mais poussée.

Se pourrait-il que… ?

La robe lui tombe des bras tandis qu'il se précipite.

La chambre est vide.

Il en reste bouche bée de saisissement.

Ce n'est pas possible...

Il y a encore trois minutes, elle ne tenait pas debout. Comment a-t-elle pu se sauver ? Comment a-t-elle pu trouver ne serait-ce que la volonté de se lever ? Et comment ensuite a-t-elle pu mettre un pied devant l'autre ?

Impossible.

Pourtant il doit se rendre à l'évidence.

La chambre est vide.

Il retient un cri de rage et de frustration.

Pas de panique. Elle n'a pas pu filer bien loin.

Il n'y a que deux issues et elle n'a pas pu prendre le tunnel qui mène au manoir. Il l'aurait vue pendant qu'il préparait la seringue. Et la sortie qui conduit au garage est fermée à clé.

Mais souvent il laisse la clé sur la serrure.

Il essaie de se souvenir s'il l'a retirée la dernière fois où il a utilisé la porte.

Oui...

Non...

Il ne sait plus.

Pas de panique. Même si elle est sortie par là, elle ne peut pas être loin. Et puis le garage est fermé.

Le ventre noué, la sueur aux tempes, il fonce jusqu'à la porte.

La clé est sur la serrure, le battant d'acier est clos et les pênes solidement engagés dans les gâches.

Il respire. Elle n'est pas sortie.

Il empoche la clé et fait demi-tour. Il va devoir fouiller tout l'atelier pour la retrouver. C'est grand et les cachettes sont nombreuses.

La garce !

Déjà que sa salope de mère lui a à moitié cassé le bras. Et maintenant la fille qui...

Que de contretemps...

Il file jusqu'au placard et s'empare de la torche électrique. Il y beaucoup de recoins obscurs dans l'atelier et il ira plus vite avec un peu de lumière. Pour parer à toute éventualité, il prend aussi sa sarbacane dans laquelle il introduit une fléchette contenant une dose standard de trois milligrammes.

Il se lance à la recherche de Flore, fouillant avec soin les uns après les autres tous les recoins possibles.

Il sait qu'elle ne répondra pas mais il ne peut pas s'empêcher de l'appeler.

– Flore… Où es-tu ?

Il tend l'oreille avec l'espoir de percevoir un gémissement ou une respiration.

– Reviens, s'il te plaît…

Il passe devant l'estrade où Euphrosyne, Thalie et Aglaé semblent ondoyer dans le vent du ventilateur.

– Allez Flore… Assez joué maintenant. Tu nous fais perdre du temps.

Il a parcouru presque tout l'atelier maintenant. Et toujours rien.

Mais où a-t-elle pu se cacher ?

– Flooore… Je sais que tu es là…

Sa voix est pleine de certitude et sonne ferme mais il sent à nouveau son ventre se contracter.

Mais où a-t-elle bien pu se fourrer cette petite conne ?

Il s'arrête et réfléchit. Peut-être qu'elle a profité du moment où il est allé vérifier la porte qui conduit au garage pour prendre l'autre sortie. Dans ce cas, une fois qu'elle sera parvenue à la bibliothèque, rien de plus simple que d'ouvrir une des portes-fenêtres et de filer dans le parc… L'alarme est en panne depuis longtemps et il ne l'a jamais fait réparer.

Non.

Impossible.

Elle n'était pas en état. Comment pourrait-elle ? Elle ne connaît pas les lieux. Comment aurait-elle pu concevoir un plan d'évasion puis le mettre en application ?

Et pourtant elle n'est pas là…

À moins qu'elle lui ait joué la comédie tout à l'heure ? Elle était peut-être beaucoup plus éveillée qu'elle ne lui a fait croire…

Non.

Sa dernière injection remonte à moins de vingt-quatre heures. Se rappeler son nom devait être le maximum qu'elle pouvait faire…

Ou peut-être a-t-il fait une erreur dans le dosage ? Il n'était pas très frais hier matin…

Ou alors c'est ce nouveau lot qu'il a utilisé… Etait-il de moins bonne qualité ?

Non…

Les quatre autres ont réagi comme à l'accoutumé…

Il jette un coup d'œil à ses Grâces.

Il faut qu'il se décide. Et vite. Son pire ennemi, c'est le temps qui passe.

Il considère sa sarbacane. S'il faut qu'il cavale après Flore à travers le parc, elle risque de ne pas lui servir à grand-chose. Il se décide à prendre le petit .22 Ruger MK III qu'il garde dans l'atelier. Il espère ne pas l'avoir à l'utiliser mais il préfère être prévoyant. Si pas malheur il doit tirer, il faut qu'il évite de la toucher au visage ou aux jambes. Et aux bras aussi. Il n'y a guère que le dos qui soit envisageable. Avec un si petit calibre, les dégâts devraient être minimes. Du moins il l'espère.

Au pas de course, il enfile le long couloir oblique qui conduit à l'escalier qu'il escalade aussi vite qu'il le peut. Il traverse le palier d'un bond. La porte qui donne sur son bureau est tirée. Il l'ouvre et traverse la pièce sans un coup d'œil sur les moniteurs de contrôle éteints.

Enfin, il pénètre dans la bibliothèque.

Il file jusqu'à la première des portes-fenêtres. Elle est fermée.

La suivante aussi.

De même que les trois autres.

Si elle a quitté le manoir, ce n'est pas par là.

La porte d'entrée ? Elle aussi est fermée et il est certain que la clé n'est pas sur la serrure.

Il cavale dans le hall et va vérifier. La porte est bien fermée.

Il s'arrête pour réfléchir.

Elle a dû se cacher dans une des pièces. Il y en a presque une trentaine, dont certaines sont remplies d'un bazar invraisemblable.

Sans compter les greniers.

Il en a pour des heures à tout fouiller.

Et il n'a pas des heures devant lui.

Il sent la colère monter, autant contre lui-même pour avoir laisser la porte de la chambre ouverte que contre Flore qui est en train de lui gâcher son travail.

Il hurle :

– FFFFLLLLLOOOORRRRRREEEE !

Il tend l'oreille.

Rien. Pas un craquement. Pas un soupir.

Il entre dans la cuisine et en fait le tour en marmonnant entre ses dents crispées par la rage :

– Espèce de petite salope… Je te promets que quand je te vais te retrouver, tu vas avoir mal… Très mal…

Il ressort de la cuisine et hésite entre le couloir de droite et celui de gauche. Il se décide pour la droite. Il y a huit pièces. Quatre de chaque côté.

Il pose la main sur la clenche de la première porte quand tout à coup, il se rappelle que s'il a fait le tour de l'atelier dans un sens et dans l'autre, il n'a pas pensé à fouiller les chambres voisines de celle de Flore. Et si elle s'était tout simplement cachée là ?

Mais quel idiot !

Il fait demi-tour. En trombe, il traverse le hall puis la bibliothèque et fuse dans le bureau. Il allume les six moniteurs. Ses mains cavalent sur la console de contrôle vidéo.

Panoramique à droite.

Panoramique à gauche.

La chambre d'Euphrosyne est vide.

Celle de Thalie aussi.

Son regard passe sur l'écran où s'affiche la chambre de Flore puis se précipite sur celui de la chambre d'Aglaé mais quelque chose l'arrête.

Il zoome.

Elle est là, petite chose tremblante aux yeux clos, recroquevillée sur elle-même, les deux bras serrés autour de ses épaules.

Tout bêtement cachée sous son lit.

Il comprend.

Quand il est entré dans la pièce tout à l'heure, le drap qui pendouille la lui a dissimulée. S'il n'avait pas paniqué, il n'aurait pas mis plus de trois secondes pour la retrouver.

Il se laisse choir dans son fauteuil et pousse un grand soupir de soulagement.

40

– Gare-toi le plus près possible… Je veux jeter un coup d'œil de l'autre côté.

– Comment tu veux t'y prendre ? T'as vu la hauteur du mur ?

– C'est pour ça que je veux que tu te gares le long. En montant sur le toit de ta voiture, on devrait pouvoir…

– Tu veux monter sur ma caisse ? Non mais tu déconnes ! Elle est toute neuve merde !

– Fais pas chier avec ta bagnole… Approche-toi je te dis.

De mauvais gré, Frazier serre son Audi le long du haut mur qui cerne la propriété. Il coupe le contact.

– Tu fais gaffe… Ça fait à peine quatre mois que je l'ai… Tu la rayes pas hein ?

Frazier prend son téléphone.

– Pendant que tu mates, j'appelle des renforts…

Il ne lui laisse pas le temps d'activer l'appareil.

– Pose ça…

Frazier se tourne vers lui.

– Quoi ! Mais t'es mala…

Frazier laisse sa phrase en suspens. Stupéfait, il louche sur l'embouchure du canon du Sig-Sauer pointé à trente centimètres de son front.

– Tu fermes ta gueule et tu mets ça…

Il lui tend une paire de menottes.

– T'en accroche une au volant et l'autre à ton poignet.

Blanc comme un linge et la bouche toujours ouverte sur la phrase qu'il ne finira jamais, Frazier s'exécute.

– Maintenant, tu me files ton téléphone…

Frazier ferme enfin la bouche et, de sa main libre, il lui tend son Samsung. Par la vitre ouverte, il lance l'appareil dans le champ de l'autre côté du chemin où un blé rabougris profite du soleil enfin revenu.

– La clé de contact aussi…

Il la fourre dans une poche.

– Je suis désolé mais vaut mieux pas que tu me colles aux basques… Tu m'attends là sans bouger. Je fais ce que j'ai à faire et je reviens. J'en ai pas pour longtemps…

Il détourne le Sig de la tête de Frazier.

– Tu te vengeras bientôt… Quand j'aurai fini, ce sera à ton tour de me passer les bracelets…

– Putain Pierre ! Mais tu vas pas…

Il le coupe.

– Merci pour le trajet… À tout à l'heure.

Frazier a serré le mur de près. Il doit se contorsionner pour s'extraire de la voiture.

Il glisse le pistolet dans le holster puis considère l'obstacle. Au moins trois mètres du haut.

Il prend appui sur le capot de l'Audi et monte sur le toit de l'habitacle. En tendant les bras, il peut toucher le faîte du mur.

Ça devrait aller.

Il saute et s'agrippe. Il se râpe les genoux, s'écorche un doigt mais il parvient à se rétablir sur le sommet.

Il jette un coup d'œil circulaire mais le jeune feuillage plein de vigueur d'un rideau d'arbres lui masque la vue.

Il patiente quelques secondes puis il se laisse glisser au bas du mur.

Il se met à courir droit devant lui à travers les hautes herbes.

Sa Golf l'avait lâché à hauteur de Janville. Il roulait pied au plancher en ruminant ce que lui avait raconté sa mère lorsque brusquement, il avait ressenti un claquement, puis un à-coup brutal. Par réflexe, il avait enfoncé la pédale d'embrayage et, en roue libre, il s'était rabattu sur la bande d'arrêt d'urgence. La courroie de distribution qu'il se promettait de faire changer depuis des mois venait de déclarer forfait. Il était sorti de la voiture, sans trop savoir quoi faire mais avec le vague projet de se mettre en travers de la voie pour tenter d'arrêter de force un automobiliste et réquisitionner son véhicule.

Frazier était arrivé à ce moment là.

Ce petit con l'avait suivi.

Il débouche des frondaisons. Devant lui, miroite un étang. Incurvé comme un haricot, il est entouré d'un grillage fatigué et écroulé par endroit. Sur les berges, des saules-pleureurs difformes et ventrus mouillent leurs branches dans l'eau verte où un tapis de nénuphars prend ses aises.

Par delà, à environ trois cent mètres, posé sur le flanc doux de la colline, une vaste bâtisse barre le paysage. Le corps principal, tout en pierres de taille claires, se dresse sur deux étages et est couronné d'un toit pentu d'ardoises sombres. Cinq larges cheminées dressées comme des sentinelles, surmontent l'édifice.

Il oblique à droite pour contourner l'étang.

Une centaine de mètres plus loin, il repère au milieu des roseaux qui ont colonisé la rive, un solide embarcadère en béton qui s'avance dans l'eau de cinq ou six mètres. Accrochée au ponton, une grosse barque en aluminium à fond plat, semblable à celles utilisées par les ostréiculteurs, luit sous le soleil. L'embarcation est équipée d'un gros moteur Yamaha de quatre-vingts chevaux. Pas besoin d'être marin pour comprendre que l'engin est surdimensionné par rapport à la surface de l'étang. À quoi peut servir un bateau pareil sur un plan d'eau à peine plus grand que deux terrains de foot ?

Peu importe. Ce qui l'intéresse, c'est le manoir.

Il reprend sa course sans quitter le bâtiment des yeux, attentif au moindre mouvement.

Il se fige à une cinquantaine de mètres, dissimulé derrière un buis retourné depuis longtemps à l'état sauvage. Passant d'un côté et de l'autre du feuillage compact, il observe la bâtisse par delà une vaste terrasse surélevée d'une dizaine de marches et mangée par les mauvaises herbes. Deux salons de jardin finissent d'y rouiller, entourés de pots de fleurs où ne poussent plus que des pissenlits.

Aucun signe de vie.

Il contemple avec attention la vingtaine de fenêtres qui ponctue la façade encore plongée dans l'ombre. Certaines sont masquées par des volets intérieurs.

Cinq baies vitrées, larges de deux mètres et hautes de trois s'ouvrent sur le rez-de-chaussée de la demeure.

Plié en deux, le pistolet en main, il escalade en deux bonds l'escalier moussu qui mène à la terrasse.

Il choisit la baie de droite et s'en approche.

Il colle son nez au carreau.

La pièce est immense et les murs sont couverts de rayonnage pleins de bouquins.

Une bibliothèque.

Il passe d'une baie à l'autre, observant à chaque fois quelques secondes à travers la vitre. Les lieux semblent déserts.

Il faut qu'il se décide.

Il pourrait faire le tour de la bâtisse pour tenter de trouver une autre entrée.

Non. Il n'a pas de temps à perdre et cet accès là en vaut un autre.

Son regard tombe sur le plus proche des deux salons de jardin.

Voilà qui devrait faire l'affaire.

Il s'approche et laisse glisser sa main sur le marbre froid de la table. Il jauge le piétement de fonte. Au moins quarante kilos.

Beaucoup trop lourd.

Il soupèse l'une des six chaises en fer forgé. Elles sont un peu rouillées mais c'est du beau travail. Du dense. Du costaud.

Il porte la chaise jusqu'à la plus proche des baies vitrées. À deux mètres de distance, il la projette de toutes ses forces contre le carreau. Les pieds métalliques percutent les six mètres carrés de double vitrage qui s'écroule avec fracas.

Il s'attend à ce qu'une alarme se déclenche ou que quelqu'un surgisse. Il se plaque contre le mur, prêt à faire feu. Mais au bruit du verre brisé ne succède que le calme du parc.

Il se décide à entrer. Accroupi, en prenant soin de ne pas s'accrocher à un gros morceau de vitre resté coincé dans le chambranle, il se faufile à l'intérieur. Ses semelles crissent sur les morceaux de verre.

C'est bien une bibliothèque. Trois des murs sont couverts du sol au plafond de milliers de livres.

Il tend l'oreille mais il est quasi certain qu'il n'y a personne. Il s'avance et regarde autour de lui.

Sur le mur qui donne sur l'extérieur, entre chacune des baies vitrées sont accrochés des tableaux qu'il ne prend pas le temps de détailler.

Posé sur une table basse, il repère un Macbook Pro. Il appuie sur la barre d'espace du clavier mais l'ordinateur est éteint. Sur l'accoudoir du canapé voisin, il remarque un livre ouvert. Il s'approche.

Non. Ce n'est pas un livre mais un journal où s'épanche une écriture tracée à l'encre noire qui a dû être belle mais qui semble maintenant chevroter.

Il lit la dernière phrase.

« *Bien sûr, je sais qu'un jour, par hasard ou parce qu'il la cherche, Antoine découvrira cette malle. Que fera t-il de ces vieilleries ? Peut-être ce que je n'ai pas été capable de faire : Un grand feu.* »

Il sent un long frisson le parcourir.

Deux portes, l'une à gauche et l'autre en face de lui, desservent la pièce. Il choisit celle de gauche. Elle donne sur ce qui doit être le hall d'entrée. Il en fait le tour. En face, une cuisine très bien équipée mais sale et en désordre. Au fond, un double escalier de pierre blanche, conduit à l'étage. À droite et à gauche, deux longs couloirs où s'alignent des portes de bois clair.

Il hésite. À droite ? À gauche ? En haut ?

Il se décide pour le haut.

Il s'approche de l'escalier et pose un pied sur la première marche.

Un long hurlement le cloue sur place. C'est si aigu, si puissant, qu'il se recroqueville sur lui-même et plaque ses paumes sur ses oreilles. Dans sa précipitation, il s'écorche le cuir chevelu avec le guidon du pistolet. Mais il a beau appuyer ses mains le plus fort possible, le cri ne baisse pas d'intensité.

Il ferme les yeux.

Et tout à coup, il comprend.

Ce cri, c'est dans sa tête qu'il résonne. Uniquement dans sa tête. C'est celui de Camille qui hurle de douleur sous la torture de son bourreau. Il l'a souvent entendu mais jamais avec une telle brutalité.

Son pied quitte la marche et revient se poser sur le marbre du hall.

Le cri s'arrête.

Il sait maintenant que Camille le guide, qu'elle lui montre le chemin.

C'est l'autre accès qu'il doit prendre. Il en est convaincu.

Il retourne à la bibliothèque et s'immobilise devant la porte cernée par les étagères surchargées de livres. Le battant est tiré contre le chambranle mais la clenche n'est pas engagée dans le pêne. Il pousse le panneau de bois.

Il s'arrête sur le seuil.

À droite, posés sur une longue table, cinq MacPro sont en veille.

Au milieu, un vaste et confortable fauteuil couvert de cuir monté sur roulettes.

À gauche, sur une table identique à celle qui porte les ordinateurs, six moniteurs vidéo. Tous sont allumés et montrent un lit sous différents angles.

C'est une sorte de salle de contrôle.

Tandis qu'il s'approche des écrans, il sent son épine dorsale se contracter, devenir aussi dure qu'un rail d'acier.

Quelque chose ne colle pas.

Ce n'est pas le même lit qu'il regarde. Sur l'un, le drap est tiré. Sur l'autre, il traîne par terre. Le troisième n'en a pas.

Il comprend qu'il contemple cinq endroits différents.

Son regard tombe sur une console encastrée dans la table. L'engin est couvert de boutons et deux gros joysticks se dressent de chaque côté. Il pousse celui de gauche vers l'avant. L'angle de vue du troisième écran change. En tâtonnant un peu sur les deux manettes, il explore l'ensemble de la pièce.

Ça ressemble à une grotte. Les parois sont creusées dans la roche mais le sol est carrelé. Regroupé contre le mur du fond, des toilettes, un lavabo et pendant du plafond, un pommeau de douche. Une grille d'évacuation est scellée à même le sol. Sur la droite, une porte métallique fermée.

Une cellule.

C'est une cellule qu'il est en train de visiter grâce à un système vidéo sophistiqué.

Une cellule vide. Sans personne dedans. Rien qu'un lit au drap froissé.

Un nouveau frisson lui rétracte l'échine.

Il manipule les boutons de la console pour explorer les autres pièces. Sans trop savoir comment, il finit par trouver la bonne commande.

C'est maintenant sur le second écran que les images défilent, suivant les impulsions qu'il donne à la manette. Il découvre une cellule creusée dans la roche tout à fait semblable à l'autre. Et déserte aussi.

Où se trouve cet endroit ? Sous le manoir ? Comment y accéder ?

Il considère les cinq écrans, s'efforçant de visualiser les caméras qui se trouvent à l'autre extrémité.

Les câbles !

Il va suivre les câbles.

41

Voilà.

C'est fait.

Il se redresse, descend de l'estrade et recule pas à pas jusqu'à embrasser toute la scène du regard.

Elles sont là, enfin réunies.

Toutes les cinq.

Et pour la première fois dans l'histoire du monde, quelqu'un peut les contempler.

Lui.

Il en éprouve une sorte de vertige.

La disparition de Flore ne lui a fait perdre qu'un petit quart d'heure. Quinze minutes à peine mais qui lui ont paru durer des heures.

Heureusement, elle ne lui a plus posé de problème par la suite.

Sa robe par contre... Déjà pour la lui enfiler, ça a été toute une affaire. Ensuite l'installation a été plus complexe qu'il ne l'avait imaginé. Il a eu un mal fou à placer ses pieds, à trouver la délicatesse indispensable pour esquisser le pas... Sans parler de cette robe qui ne voulait pas prendre les bons plis... Ce tissu lourd, toutes ces broderies, ces fleurs... Rien à voir avec les voiles si légers des trois Grâces, si aisés à enfiler et à faire vivre avec le simple souffle d'un ventilateur.

Comble de tout, il s'est piqué au pouce avec la tige d'aubépine. Et profondément encore. Il a saigné pendant dix bonnes minutes.

Pour ne pas tacher la robe ou les cheveux de Flore, il a été obligé de s'interrompre. C'est là, pendant qu'il suçait son doigt pour stopper l'hémorragie, qu'il a eu ce long moment de doute. Sans Chloris, la scène lui a paru manquer de relief.

Bras blessé ou pas, il aurait dû aller la chercher.

Il a tâtonné un moment sans parvenir à avancer. Ce n'est que lorsqu'il a installé Vénus que le doute s'est dissipé et que la solution lui est apparue dans toute son évidente logique.

Elle a été parfaite la belle et jeune Vénus. Le temps qu'il a perdu avec Flore, il l'a rattrapé avec elle. La coiffer a été très rapide. Une légère teinture à la bombe pour roussir le blond trop clair, trois coups de peigne avant d'ajuster sa coiffe et le tour était joué.

Il la regarde.

Il adore l'inclinaison de sa tête et le petit signe qu'elle fait avec sa main. Le manteau est bien aussi. La couleur est magnifique. Le bleu est parfait. L'orange est un peu trop clair mais ce n'est qu'une question de lumière à affiner.

Par contre, il se demande s'il n'a pas exagéré la taille de son ventre. Il a tout à coup l'impression qu'elle porte une baudruche sous sa robe…

Non… C'est juste l'éclairage qui crée cet effet. Il note qu'il va devoir régler ça.

Ah oui aussi… Il a remarqué que la paupière d'Aglaé s'est un peu affaissée. Ce n'est pas joli. Il faudra qu'il s'en occupe aussi.

Mais il n'y a pas urgence. Il dispose de deux bonnes journées pour peaufiner.

Il s'arrache enfin à sa contemplation et fait demi-tour sur lui-même pour aller s'installer derrière la console.

C'est au moment où il se laisse tomber sur son fauteuil que la voix résonne sous la voûte de pierre.

– *Plagiaire…*

Il sursaute.

Cette voix !

Ce timbre !

Il lui semble l'avoir reconnu.

– *Grand-Père ?*

Il sait que c'est ridicule mais il ne peut s'empêcher de tourner la tête à droite puis à gauche, persuadé que Grand-Père va surgir par l'une ou l'autre des deux issues.

Il se reprend. Il a rêvé bien sûr. C'est son imagination qui lui joue des tours… Ou la tension. Oui ça doit être ça… Rien d'autre que la tension.

– *Tu n'es qu'un plagiaire…*

Cette fois, il se redresse, le rouge aux joues. D'où que vienne cette voix, il ne peut pas laisser passer un tel affront.

– *Moi ? Un plagiaire…!?*

– *Tout juste ! Un misérable petit plagiaire…*

Il en suffoque d'indignation mais, impitoyable, la voix reprend :

– *Tu n'es pas capable de faire autre chose que de t'accaparer le travail des autres… De le voler ! Tu n'as aucune créativité.*

– *Quoi ? Aucune créativité ?*

– *Rien ! Tu ne vaux pas le quart de la moitié d'un kopeck…*

– *Mais…*

– *Tu n'es qu'un copieur ! Un pilleur !*

Il ne peut pas laisser passer ça !

D'un geste ample il désigne Euphrosyne, Thalie, Aglaé, Vénus et Flore…

– *Et ça alors ? Ce n'est pas de la créativité peut-être ?*

– *Ça ? De la créativité ? Laisse-moi rire ! Ce que tu fais là n'est que la copie maladroite d'un tableau peint il y a cinq cents ans… Et tu n'as même pas été capable d'y faire figurer l'ensemble des personnages. Ça ne veut rien dire… C'est juste le travail d'un petit besogneux qui n'a rien compris. Voilà ce que tu es. Un petit besogneux. Sans aucun talent.*

Il voudrait expliquer, raconter son bras blessé par la Méduse, justifier pourquoi Chloris n'est pas là mais il est si estomaqué qu'il ne trouve rien à répondre.

Un petit besogneux !

Sans aucun talent !

Il décide d'ignorer la voix, de la nier jusqu'à ce qu'elle disparaisse. Il va se concentrer sur ce qu'il a à faire. Mais la voix ne lui laisse aucun répit.

– *Alors mon petit Antoine ? Tu n'as rien à répondre ?*

Il se tend en entendant la voix prononcer *mon Petit Antoine*. Grand-Père sait qu'il a horreur de ce surnom et jamais il ne se serait permis de l'utiliser.

Même si c'est sa voix, ce n'est pas Grand-Père qui lui parle.

Il en est certain maintenant.

Il en éprouve d'abord un vif soulagement. Il n'aurait pas aimé que Grand-Père dénigre ainsi son travail. Mais le soulagement fait vite place à l'inquiétude. Si ce n'est pas lui, à qui appartient cette voix.

Il hésite avant de demander.

– *Qui es-tu ?*

– *Peu importe qui je suis. Ce qui compte, c'est qui tu es toi...*

Il réfléchit un moment au sens de cette phrase qui le déstabilise. Il demande, hésitant :

– *Et qui je suis ?*

– *Pour le moment, rien. Rien d'autre qu'un petit besogneux... Un petit besogneux dépourvu du moindre talent.*

Cette fois s'en est trop. Il veut bien discuter avec la voix mais il en a assez de se faire insulter. Il s'empare du petit Ruger, prêt à tirer.

Mais tirer sur quoi ?

Il a beau tourner l'arme à droite et à gauche, il n'y a personne sur qui il puisse décharger sa colère. Rien que cette voix qui maintenant ricane.

– Ha ! Ha ! Ha ! Mais c'est qu'il est colérique le petit Antoine ! Si tu crois que c'est avec ton engin que tu vas me faire taire…

Vaincu, il repose le pistolet sur la console et se saisit la tête a deux mains.

– Mais qu'est-ce que tu me veux à la fin ?

– Je ne veux rien d'autre que ce que toi tu veux ! Je veux que tu te surpasses… Je veux que tu ailles au-delà de toi-même… Bien au-delà ! Je veux que tu atteignes l'absolu, que tu ailles jusqu'au sublime…

La voix n'est qu'une voix, désincarnée, sans corps ni matière. Et pourtant il a la sensation de la voir faire un geste de la main, englobant Vénus, Flore, Euphrosyne, Thalie et Aglaé. Le même qu'il a fait quelques seconde auparavant.

– Tu dois les emmener plus loin. Bien plus loin ! Tu dois les emmener par delà l'éternité.

– Mais… Comment ? Aide-moi ! S'il te plaît, aide-moi !

– Il n'y a que toi qui puisse trouver. Cherche…

Et la voix s'évanouit.

Il a la certitude qu'elle ne reviendra pas.

Il s'affale, épuisé, mais il se redresse presque aussitôt. Il est hors de question de prendre ne serait-ce qu'une minute de repos.

Fébrile, il se remet au travail.

Il lui reste tant de choses à faire avant d'atteindre l'absolu…

42

Les câbles attachés avec soin en un unique faisceau pendent jusqu'au sol puis disparaissent sous le tapis épais aux motifs compliqués. Du pied, il suit le léger bourrelet qui file en ligne droite jusqu'au mur couvert de boiseries. Il s'accroupit et se rend compte que le réseau de fil passe de l'autre côté de la cloison par un trou ménagé au ras du sol. Il se redresse, et traverse au pas de course la salle des écrans et la bibliothèque. Il se précipite dans le couloir de droite.

Première porte. Du pied, il appuie sur la clenche et repousse le battant. Comme à l'exercice, le Sig rivé dans ses deux mains tendues à hauteur du visage, il attend.

Les volets doivent être tirés car la pièce est plongée dans l'obscurité. Pour autant qu'il puisse en juger, elle paraît très grande et aussi haute de plafond que la bibliothèque. Il écoute avec attention mais il ne perçoit pas le moindre bruit.

Il tâtonne contre le chambranle, à la recherche de l'interrupteur et il allume.

Une sorte de grand salon encombré d'un mobilier d'un autre âge. Quelques-uns des meubles sont recouverts de housses ou de draps blancs.

Il entre et fait le tour des lieux d'un regard circulaire.

Personne.

La pièce ne doit pas être aérée souvent. Il y règne une odeur poussiéreuse, rêche et piquante. Il contourne les vieux meubles et avance jusqu'au mur qu'il parcourt du regard sur toute sa longueur.

Pas de câbles.

Impossible...

Si ces putains de fils entrent dans le mur de l'autre côté, il faut bien qu'ils ressortent quelque part.

Il sort et s'immobilise dans le couloir. Il observe le mur avec attention et essaie de déterminer l'endroit où se situe la cloison qui sépare les deux pièces. Il prend comme point de repère la tuyauterie du chauffage central qui court contre les plinthes et les dérivations qui desservent les radiateurs.

Quelque chose ne colle pas. Si ses calculs sont justes, la cloison séparant les deux pièces doit faire au minimum deux mètres d'épaisseur. Même s'il s'agit d'un mur porteur, c'est beaucoup.

Il doit y avoir quelque chose *entre les deux*.

Il fonce jusqu'à la salle de contrôle et se penche sur le mur où disparaissent les câbles. Il prend un peu de recul et examine les boiseries. Il ne lui faut que quelques secondes pour y découvrir une porte équipée d'une clenche qui se fond dans le décor. Comment a-t-il pu ne pas la remarquer tout à l'heure ?

Se maudissant d'avoir perdu cinq minutes, il s'approche et colle son oreille contre le battant de bois.

Aucun bruit.

Il appuie sur la poignée et tire le battant en silence.

Un réduit vide d'environ deux mètres de profondeur sur trois de large éclairé par une ampoule nue qui pend au fil électrique. À ses pieds, les câbles posés à même le sol de béton traversent la petite pièce avant de disparaître dans un trou obscur.

Il entre dans le réduit et s'approche avec la sensation d'avoir trouvé l'une des portes de l'enfer.

Durant une seconde, il imagine Camille jetée comme un paquet en travers des épaules du tueur... Elle hurle tandis que le monstre s'enfonce, entraînant sa proie dans les ténèbres...

Il se secoue pour chasser la vision qui le paralyse.

Il s'approche et se penche.

Un escalier.

Au moins une trentaine de marches, équipées d'une rampe solidement fixée, où brillent trois ou quatre néons. Bien calé sur la droite, tout contre la paroi talochée d'un ciment grossier, le faisceau de câbles qui dévale la pente lui évoque un fil d'Ariane, funeste et inéluctable.

Il descend trois marches puis s'accroupit, les oreilles aux aguets.

Pas de bruit.

Si... Une sorte de bourdonnement qu'il ne parvient pas à identifier.

Encore une dizaine de marches. Il s'arrête à l'endroit où le coffrage de ciment fait place à la roche nue.

Il s'immobilise et écoute à nouveau.

Oui... C'est ça. Un bourdonnement.

Un générateur peut-être ? Non... Le son est trop doux. Il lui manque cette note dure et agressive qu'émet ce genre d'engin. D'ailleurs, à bien écouter, il lui semble plutôt percevoir un bruissement qu'un bourdonnement.

Il reprend sa progression, de plus en plus lentement. Il espère que le son qu'il entend suffira à couvrir le bruit de ses pas.

Dernières marches.

Il débouche sur un couloir voûté long d'une dizaine de mètres qui oblique sur la gauche. En rasant les parois taillées à travers la roche, il le parcourt sur toute sa longueur et arrive à son extrémité.

Et là, la stupeur le fige sur place.

Devant lui s'ouvre une caverne gigantesque. Peut-être quarante mètres de long sur vingt de large. Le plafond se trouve à sept ou huit mètres au-dessus de sa tête.

À sa droite, six caisses longues en bois brut empilées sur une hauteur de trois mètres, lui masquent la vue. Par delà les caisses émane une lumière étrange, bleutée et si puissante qu'elle suffit à éclairer la majeure partie de l'énorme volume.

Le bruissement, beaucoup plus audible, lui évoque maintenant les pales d'un gros ventilateur brassant l'air à pleine vitesse.

À sa gauche, montée sur un rail, une porte métallique assez large et haute pour laisser passer un camion. Il suppose qu'il doit se trouver dans une de ces caves creusées un peu partout dans la pierre tendre de la région et utilisées pour y stocker du vin.

Fixé dans la roche du plafond, il remarque un système complexe de rails métalliques et de palans.

Le Sig pointé droit devant lui, il avance afin de contourner l'obstacle formé par les caisses de bois. Il ne fait que deux pas.

L'homme qu'il cherche est là.

De dos, à moins de cinq mètres de la gueule de son flingue. Il est penché en avant, l'air affairé devant un pupitre hérissé de boutons et de curseurs.

Il ne voit pas son visage mais il sait que c'est lui.

Il a la tentation de tirer, là, tout de suite. À cette distance, il est certain de lui coller les quinze balles de son chargeur dans le dos avant que l'autre n'ait le temps de s'effondrer au sol.

Son doigt se crispe sur la détente.

Non…

Il veut le voir mourir.

En face.

Il veut voir son visage se contracter de douleur quand les balles le déchireront. Il veut voir sa terreur quand il comprendra que sa vie s'échappe des quinze orifices qui lacèrent son corps et que rien ne pourra la retenir.

Et surtout, il veut qu'il sache qui le tue et pourquoi il meurt.

La pression de son index se relâche.

Il l'interpelle.

– Antoine !

Sa voix est ferme, précise et coupante. Elle résonne sous la voûte rocheuse.

Il voit l'autre sursauter puis se figer sur place.

– Retourne-toi. Sans geste brusque…

Antoine obtempère et pivote avec lenteur sur lui-même. Il se place de profil, et tourne la tête dans sa direction.

Il est différent de la photo prise par le barman à Lille, différent des portraits-robots établis à Lyon et à Saran, mais c'est bien lui. Il ne porte plus ni moustache ni lunettes. Son crâne chauve où se reflètent la lumière bleue brille d'une manière étrange.

Mais c'est bien lui.

Il reconnaît le nez fort, le menton volontaire où s'épanouit une fossette et la bouche dont la lèvre supérieure, tout en arrondie, esquisse un cœur. L'éclat des yeux est atténué par les paupières qui tombent bas sur la cornée et lui donne ce regard étrange, à la fois méprisant et absent.

Enfin, il le tient.

Une joie sauvage lui étreint les tripes.

Il fait un geste avec son pistolet. Comme une invite.

– Tu dis pas bonjour à ton oncle ?

Antoine ne répond pas mais ses paupières se soulèvent. Il a l'air de ne pas comprendre.

Sa voix se fait tendre, presque enfantine :

– Tu ne sais pas qui je suis ?… Ton oncle… Ma mère, c'était aussi la mère de ton père… Tu me suis ?

Il repointe le Sig qui a dévié de sa cible pendant qu'il parlait. Sa voix reprend le tranchant d'une lame :

– Et surtout, je suis le papa de Camille… Tu t'en souviens de Camille ? Espèce d'ordure ! Tu t'en souviens ?

Antoine reste figé.

– Me dis pas que tu t'en souviens pas ! C'était ma fille. Ta cousine donc… T'as pas pu oublier quand même…

Antoine ne bouge pas d'un pouce, aussi immobile que s'il était taillé dans le tuf de la caverne.

– T'as rien à dire ?… C'est pas grave… Je suis pas venu pour entendre tes explications.

Il avance d'un pas, le Sig pointé entre les paupières qui paraissent le défier.

– Je suis là pour te buter. Tu comprends ça ? Te tuer ! Comme tu as tué Camille.

Son doigt comprime la détente, il avance de deux pas, dépassant les caisses qui lui masquent le côté droit de la caverne.

Alors, du coin de l'œil, il les voit.

Sur une estrade, devant une sorte de décor peint, cinq silhouettes se dressent dans la lumière puissante de projecteurs fixés sur un grand portique en aluminium.

Il garde son arme pointée sur l'homme mais ne peut s'empêcher de tourner la tête.

La scène qui s'offre à ses yeux est effroyable, sauvage et stupéfiante.

Et sans qu'il comprenne pourquoi, elle lui semble vaguement familière aussi.

Il regarde, halluciné.

À droite, Julie Sanpieti sourit. Elle est couverte de fleurs. Ses cheveux en sont tressés et une lourde couronne printanière pend à son cou… Elle ressemble à un bouquet. Elle est ceinte d'un barbelé d'aubépine et sous son ventre gonflé, un repli de sa robe déborde de roses rouges et blanches. Elle y plonge une main, comme si elle s'apprêtait à les jeter en pluie.

Au centre, couverte d'un épais velours aux reflets précieux, Helyne Paulinier, la tête penchée, lui fait face, une main tendue en signe de paix. Elle porte une robe blanche brodée d'or. Son visage reste celui d'une jeune fille mais, avec ses seins lourds et son gros ventre, elle paraît prête à l'enfantement.

Sur la gauche, elles sont trois, formant un groupe serré. Élisabeth Renan, Élodie Barrier et une rousse qu'il ne parvient pas à identifier. Les voiles arachnéens dont elles sont couvertes suffisent à peine à masquer leurs formes. Bien qu'immobiles, elles semblent danser une ronde barbare et magnifique.

Un souffle invisible agite avec douceur les voilages et les chevelures.

Quelque chose de puissant, d'aussi puissant que la vie, émane de chacune d'elles.

Pourtant, pas un geste, pas une respiration, pas un battement de paupière... Telles des statues de chair et de sang, elles restent pétrifiées.

Le pistolet retombe le long de sa cuisse.

Subjugué, il dévisage les cinq jeunes femmes, les unes après les autres.

Et brusquement, la lame du souvenir taille dans les recoins sombres de sa mémoire et en déchire le rideau opaque.

Tout lui revient.

Il pousse un hurlement silencieux.

Camille... Camille ! Oh non... Non !...

Une convulsion brutale le plie en deux. Son arme lui échappe et tombe au sol avec un bruit clair.

Il croit entendre une détonation en même temps qu'une brûlure fulgurante lui laboure l'épaule.

Il s'écroule tandis que du fond de son cauchemar résonnent encore ces mots : *Non... Non !... NON !...*

43

Au bout de son bras tendu, le Ruger fume encore.

Par-delà la ligne de mire, il fixe l'homme qui gît à terre. Il est pâle. Mal rasé. Son visage est creux et ses yeux soulignés de cernes sombres. Il doit être âgé d'un peu plus d'une cinquantaine d'années. La tache de sang qui imbibe sa chemise s'élargit à chaque instant un peu plus.

Il ne comprend pas ce qui s'est passé. L'homme a surgi par le tunnel d'accès intérieur et l'a menacé avec une arme. Il frissonne en revoyant la gueule du flingue pointée à trois mètres de sa tête.

Ce... dingue allait tirer.

Il l'a vu dans ses yeux.

Il a cru vivre ses derniers instants.

Ensuite ?

Il doit faire un effort pour essayer de reconstituer ce qui s'est passé.

Oui... C'est ça... Le dingue s'était tourné vers son œuvre. Et là, son attitude a changé du tout au tout. Comme s'il l'avait oublié dans l'instant...

Le pistolet s'était détourné de sa tête.

Un miracle.

Encore un.

Le dingue était resté les yeux exorbités, le corps figé durant d'interminables secondes. Et tout à coup, comme foudroyé, il s'était plié en deux.

Il avait lâché son arme comme si elle était devenue brûlante.

Le voyant désarmé, il en avait profité pour s'emparer de son petit .22 long rifle et lui tirer dessus. À cette distance, il n'avait pas eu besoin de viser.

Il a beau tourner et retourner les questions, chercher une explication, il ne comprend pas. Il fouille sa mémoire, essaie de se rappeler s'il a déjà vu ce type. Il est certain de ne l'avoir jamais rencontré. Et pourtant, il lui semble le reconnaître.

Qui était-il ? Comment était-il arrivé là ?

Qu'avait-il dit au juste ? Une histoire d'oncle, de père, de mère, de cousine…

Une fille aussi. Comment déjà ?

Camille ?

Un dingue… Il ne voyait pas d'autre explication. Un furieux échappé de l'asile. Il y a un hôpital psychiatrique à une vingtaine de kilomètres d'ici. Il a dû s'enfuir et arriver au manoir par hasard.

Non.

Pas par hasard.

Il l'a appelé par son prénom.

Il entend encore résonner la voix sèche et haineuse qui l'a interpellé.

Si c'était vraiment un dingue, comment pouvait-il connaître son prénom ? Et puis ce gros pistolet avec lequel il se trimballe. Pas un calibre d'amateur un truc pareil.

Que faire maintenant ? Il hésite. Le dingue est passé par le manoir. Sans doute a t-il forcé une porte ou une fenêtre. Il va devoir aller vérifier. Que de temps perdu…

Il lève la tête et admire ce qu'il est en train de faire. Normal que le dingue en soit resté saisi. C'est si beau…

Il se secoue. Maintenant qu'il a commencé, il ne peut pas s'interrompre. Il doit aller au bout.

Mais d'abord, il faut évacuer le cadavre. Impossible de se concentrer et travailler avec sérénité avec cette charogne à côté.

Il s'en débarrassera plus tard de manière définitive. Dans l'immédiat, il décide de le mettre dans la chambre d'Euphrosyne. C'est la plus éloignée et puis elle n'en aura plus besoin.

Reste à savoir comment il va s'y prendre. Le palan qu'il utilise d'habitude ne lui est d'aucun secours parce qu'il ne dessert pas cette partie de l'atelier. Il va devoir le soulever mais toucher ce corps d'homme couvert de sang le dégoûte profondément.

Il dispose d'un chariot qu'il peut abaisser à ras du sol. Peut-être parviendra-t-il à faire basculer le cadavre dessus en le tirant avec quelque chose.

Un râteau peut-être ?

Ou en le poussant avec une fourche ?

Il a ce genre d'outil dans le garage.

Il s'approche du cadavre pour tenter d'évaluer son poids. Au moins quatre-vingt kilos. Ça ne va pas être une mince affaire.

Tout à coup, il tressaille.

Il est certain de l'avoir vu bouger. Il se penche et le fixe avec attention.

Oui. C'est certain. Le dingue respire encore.

Il va devoir l'achever.

Il soupire.

Que de soucis…

Il recule d'un pas et pointe le .22 à la base du front, juste entre les deux yeux.

Il vise…

Et puis non.

L'idée d'être obligé de tout nettoyer le retient. Il a déjà perdu bien assez de temps.

Une injection sera beaucoup plus propre.

Il glisse le .22 dans sa ceinture et file à l'autre bout de l'atelier. Il veut régler ce problème au plus vite afin de pouvoir se concentrer sur l'important.

Il déballe une seringue et y fixe une aiguille. Il ouvre une caisse en plastique et en sort un flacon neuf de T61. Il plante l'aiguille à travers le bouchon de caoutchouc et aspire le liquide.

Tout à coup, la sensation d'avoir oublié quelque chose interrompt son geste.

Le flingue !

Il a laissé le pistolet là où il est tombé, à portée de main du dingue ! Il jette un regard fébrile vers le corps.

Le dingue ne semble pas avoir bougé.

Il vit encore mais il est quand même salement touché.

Il n'aura pas le temps de reprendre conscience.

Il pompe cent millilitres de produit. C'est plus qu'il n'en faut pour tuer un taureau. Il enfile une paire de gants en latex et revient vers le corps, la seringue tendue devant lui.

Puisque c'est l'endroit le plus accessible, il décide de faire l'injection dans la jugulaire.

Du pied, il repousse la tête de manière à dégager le cou puis il se penche sur le corps immobile. L'artère est bien apparente.

Ce sera facile.

Il approche l'aiguille et l'appuie contre la peau, là où court le relief bleuté du vaisseau sanguin.

Une légère pression et…

– Stop ! Police ! Lève les mains !

Le cri le fait sursauter. La pointe d'acier écorche la peau.

Un flic !

Un dingue d'abord et un flic ensuite !

Il lève la tête. Accroupi à la sortie du couloir, un homme le menace avec un pistolet.

Un type d'à peu près son âge. Peut-être un peu plus jeune. Il porte un blouson en cuir fatigué et un jean sale. L'homme est en sueur et son arme tremble au bout de son bras. Il remarque une paire de menottes qui pend à son poignet gauche.

Est-ce que ce flic était à la poursuite du dingue ?

– Pose ta shooteuse par terre et lève les mains. Très haut.

Malgré les menaces, malgré l'arme qu'il pointe sur son torse, il sent que le flic a peur.

Bien plus que lui.

Il obéit. Il lâche la seringue et lève ses mains. Il se redresse sans perdre le flic du regard. Il guette le moment où l'autre fera un pas dans sa direction et où son flingue dévira de sa trajectoire.

– Va t'appuyer face au mur…

Le flic se redresse et avance vers lui.

Maintenant !

Il bondit et se précipite derrière les caisses. L'autre n'a même pas le temps de tirer.

Il traverse l'atelier en courant tout en sortant le Ruger coincé dans sa ceinture. Il s'attend à ce que le flic tire mais il parvient sans encombre jusqu'au couloir qui dessert les chambres.

Là, il se retourne.

Le flic ne l'a pas suivi.

Il a dû s'arrêter auprès du dingue. Pour lui faire comprendre qu'il est armé, il tire un peu au hasard en direction des caisses. La détonation du .22, même amplifiée par les murs de pierre, lui semble dérisoire. Il sait qu'au-delà de dix mètres, le petit calibre perd presque toute efficacité. Il dispose de beaucoup plus puissant mais il lui faut aller jusqu'au garage.

Il a l'idée de couper les lumières mais il renonce. Le tableau électrique se trouve à l'autre bout, et il ne veut pas prendre le risque de traverser l'atelier à découvert.

Il s'engage dans le couloir en courant. Il laisse les chambres sur sa droite et prend sans ralentir la bifurcation à gauche. Il arrive devant la porte en acier.

La clé ?

Elle n'est pas sur la serrure !

Où est-elle ?

Il se souvient que lors de l'escapade de Flore, il l'a glissée dans l'une des poches de son pantalon. Il se tâte, la sent à travers le tissu. Il s'en empare.

Vite.

Il s'énerve sur la serrure.

Il lui semble entendre un bruit de course derrière lui. Coincé dans ce couloir, il fait une cible parfaite.

Enfin la porte s'ouvre. Sans prendre le temps de récupérer la clé, il s'engouffre de l'autre côté.

À peine a-t-il tiré le battant derrière lui que deux détonations claquent, monstrueusement amplifiées par l'espace clos. Sous les impacts, il sent l'acier de la porte vibrer dans sa main.

Vite.

Encore un couloir.

Il le traverse en trombe.

L'escalier. Trente-deux marches.

Il les monte quatre à quatre.

Ça y est. Il est dans le garage. Il y fait sombre. Il n'y a que les veilleuses pour l'éclairer.

Il glisse sur une flaque d'huile, perd l'équilibre mais se rattrape de justesse à la carrosserie du vieux coupé Mercedes qui a appartenu à Grand-Père.

L'armoire.

Vite.

Le flic est juste derrière. Il l'entend hurler.

Heureusement, il n'a pas cadenassé les portes. Il ouvre en grand les deux battants et s'empare du fusil à pompe.

Dans un même mouvement, il l'arme, se retourne et fait feu en direction de la silhouette qu'il devine dans la pénombre.

Il n'a pas le temps de doubler son tir.

La première balle lui laboure l'épaule gauche.

La deuxième lui transperce le poumon droit.

La troisième lui déchire le cœur.

Tandis que de ses yeux jaillissent deux larmes amères, il s'écroule avec une ultime pensée pour l'œuvre qu'il laisse inachevée.

Son cœur broyé palpite à vide encore une fois, puis le dernier fil qui le raccroche à la vie se rompt.

44

Il erre quelque part entre mirages, fantasmes et chimères. Du fond de son cauchemar, il lui semble percevoir des éclats de voix, un bruit de course... Des détonations qui claquent.

Peu à peu les sons s'estompent puis disparaissent... D'autres s'imposent. Des rires... Des cris joyeux... des bruits d'eau et d'éclaboussure.

Des enfants jouent au bord d'une piscine. C'est l'été. Le ciel a le velouté d'une opale et le soleil, la douceur d'une caresse. Seule la fumée d'un barbecue en train de chauffer vient troubler la pureté de l'atmosphère.

Tout à coup, les cris des enfants s'éteignent.

Tous, sauf un.

Un cri joyeux, effilé et piquant qu'il peut reconnaître entre mille.

Le cri de sa chair.

Mais peu à peu, le cri s'altère, monte dans l'aigu et gonfle en intensité...

Le cri devient hurlement.

Un hurlement strident où s'enchevêtrent la terreur, la souffrance et le désespoir. Un hurlement qui lui perfore les tympans puis explose dans son cerveau en gerbes effroyables et brûlantes.

Camille hurle et c'est un brasier qui le dévore. Les flammes des souvenirs déferlent, le cernent, le lèchent, le happent… Il sait qu'il est en enfer et qu'il va s'y consumer pour l'éternité.

À travers ce feu, une séquence se précise peu à peu. Elle passe, repasse, file, revient et finit par s'imposer avec le poids d'une évidence.

Les yeux de Camille.

Ce dernier regard où il peut lire l'incrédulité de sentir sa vie s'enfuir…

Les couleurs s'éteignent et le monde vire au noir. Même le regard mort qui le dévisage fini par se dissoudre dans le néant.

Maintenant qu'il sait, il n'a plus qu'un désir.

Que ça cesse.

Il ouvre les yeux.

Il écoute mais ne perçoit rien d'autre qu'un bruissement continu.

Il tourne la tête à droite puis à gauche.

Pour autant qu'il puisse en juger, il est seul alors qu'il avait la certitude que quelqu'un était penché au-dessus de lui.

Il essaye de se redresser mais une douleur fulgurante l'oblige à se laisser retomber sur le dos. Il prend conscience qu'il a une balle dans le corps.

En se tordant le cou, il essaie de localiser sa blessure. Epaule gauche. Il constate que sa chemise est déjà toute imbibée de sang.

Depuis combien de temps est-il là, inconscient, à se vider comme un gibier ?

Peu importe. Ce qui compte, c'est de savoir comment il va faire pour se remettre debout. Ou au moins assis.

Il plie son bras gauche et le tient serré contre son torse. Ainsi, il a l'impression que la douleur est moins lancinante. Il tente à nouveau de se redresser en basculant sur le flanc et en portant son poids sur son bras droit. La souffrance le fait haleter mais, il parvient à s'asseoir.

En face de lui, les cinq filles sont toujours là. Figées. Seuls les cheveux et les voiles qui drapent les corps s'agitent au souffle doux et régulier du ventilateur.

Vivantes ?

Mortes ?

Impossible de savoir.

Mais cela ne le concerne plus.

Il ne lui reste qu'un désir.

Il plisse les yeux comme si cela pouvait lui permettre de mieux voir et regarde autour de lui. Le Sig est là, presque à portée de sa main. Il se penche en avant autant qu'il le peut et tend le bras. Il ne faut pas qu'il bascule parce qu'il n'est pas certain de pouvoir se relever. Ça fait un mal de chien mais il parvient avec deux doigts à accrocher l'arme et à la rapprocher. Il la tire vers lui et, avec un grognement de bête, il l'empoigne avec fermeté.

Sans une hésitation, il fourre le canon dans sa bouche et pousse le guidon derrière la barrière de ses dents. Il sent l'acier froid et graisseux buter contre son palais.

Un goût douceâtre et écœurant.

Il ferme les yeux et s'efforce de retenir un haut-le-cœur. Il glisse son doigt dans le pontet et vient effleurer la détente.

Elle a la douceur de la délivrance…

Non !

Pas comme ça.

Maintenant qu'il sait, il lui faut raconter.

Mais à qui ?

Frazier !

Mais il n'est pas là Frazier. Il n'est jamais là lorsqu'on a besoin de lui.

Mon téléphone…

Il sort le canon du Sig de sa bouche et pose le pistolet devant lui. Il crache une salive âcre et collante. Il manque de souffle et le glaviot pâteux atterrit sur son menton et le col de sa chemise. Il s'essuie sur le revers de sa manche puis à petits gestes maladroits et douloureux, il fouille sa poche, espérant que le sang qui coule de sa blessure n'a pas endommagé son téléphone. Il le sort et l'examine. L'appareil est propre et semble intact. Il appuie sur le bouton de mise en marche.

Pas de signal.

Il se souvient qu'il est sous plusieurs mètres de roche et qu'il a balancé le téléphone de Frazier au milieu des blés...

Tant pis.

Il va faire autrement.

Il tâtonne sur les icônes à la recherche du système d'enregistrement vidéo. Il lui faut un moment avant de se rappeler qu'il doit sélectionner d'abord la fonction appareil photo.

Il tend l'appareil à bout de bras, l'objectif tourné vers lui.

– Frazier, il faut que je te raconte... J'espère que tu trouveras ce message. Je ne sais pas où tu es en ce moment...

Il plisse les yeux pour se souvenir.

– ... Ah oui... Ça me revient... Tu dois être encore accroché au volant de ta bagnole... J'espère que tu vas pouvoir te libérer... Il faut que je t'explique. Tout m'est revenu... Maintenant je sais...

Il grimace et crachouille la salive qui lui empâte à nouveau la bouche.

– ... Tu te rappelles sûrement de ce que je t'ai raconté... Comment j'ai élevé Camille...

Il laisse retomber son bras, épuisé de le tenir tendu devant lui et se demande comment il va poursuivre.

Droit au but.

Il n'y avait pas d'autre solution.

Et puis, il est pressé.

Il tousse pour essayer de s'éclaircir la gorge.

– Quand elle a eu quinze ans, j'ai commencé à dérailler... Je crois que... que je l'aimais trop... Mais pas comme un père doit aimer sa fille... J'ai lutté des mois contre moi-même. Un soir, je sais pas ce qui m'a pris... Je suis devenu fou...

Il se tait quelques secondes, écrasé par le poids de ce qu'il va dire.

– C'est moi qui l'ai tuée…

Il tousse encore. Et il sent arriver l'envie de vomir.

En finir.

Vite.

– J'ai essayé de la violer…

La gerbe monte et la contraction brutale de son estomac vide enflamme la douleur de son épaule blessée.

Il grimace.

– Elle hurlait… Elle se débattait… Elle est tombée et sa nuque a cogné le coin d'un meuble. Je lui ai cassé le cou… Elle est morte dans mes bras.

Les larmes dévalent de ses yeux avant d'être canalisées par ses rides et de se perdre sur ses joues mal rasées.

– Et j'ai oublié. J'ai oublié ! Tu te rends compte Frazier ? Je l'ai tuée et j'ai oublié !

Sa bouche est à la fois sèche et grasse. Chaque mot qu'il prononce est un calvaire.

Un dernier effort et il sera libéré.

– Elle est enterrée dans la cave du pavillon à Arcueil dont je t'ai parlé l'autre soir. Trouve-la Frazier… Fais ça, s'il te plaît… Fais ça pour elle…

Sans interrompre l'enregistrement, il pose le téléphone sur le sol et empoigne le Sig avec fermeté.

Sans hésitation, et même avec impatience, il embouche le canon.

Il n'a pas le temps de percevoir le goût douceâtre et graisseux de l'arme.

Pas plus qu'il n'entend Frazier qui hurle.

Il appuie avec fermeté sur la détente et rien d'autre que la charge ne lui traverse l'esprit.

Epilogue

Un épilogue ?

Faut-il vraiment épiloguer sur cette histoire ?

Bon, c'est vrai, que quand je l'ai lue, quand je l'ai découverte couchée sur le papier, je me suis rendu compte que tout n'avait pas été dit. Et même, qu'il y manquait l'essentiel.

Pourtant, j'ai d'abord refusé. Tant pis pour les inexactitudes, les erreurs, les oublis. Tant pis même pour l'essentiel. Et tant pis aussi pour l'impact narratif qui aurait, paraît-il, été plus saisissant si le mot de la fin m'était revenu.

J'ai donc renvoyé l'ami Darlanuc à ses stylos.

C'est toi qui a voulu l'écrire cette putain d'histoire. Alors démerde-toi avec. J'ai d'autres choses à penser. Toi, tu n'as que des macchabées pour horizon. Moi, les cadavres, j'en ai ma dose. Maintenant, je ne veux rien voir d'autre devant moi que la vie... Même si c'est difficile, j'essaie de toutes mes forces.

Ton épilogue, écris le tout seul !

Et puis ce matin, allez comprendre pourquoi, j'ai changé d'avis.

Après m'être réveillé, je me suis tourné vers Béatrice. Elle dormait encore.

Elle est fatiguée ces temps-ci, et je prends garde à ne pas la déranger trop tôt.

Elle reposait paisiblement. Son visage tourné sur le côté disparaissait presque tout entier derrière le voile de ses boucles blondes. La couette avait glissé. Ou alors, peut-être avait-elle trop chaud ? Quoi qu'il en soit, l'une de ses épaules était découverte et dans la lumière matinale qui filtrait à travers les persiennes, je l'ai trouvée si belle, si émouvante que les larmes me sont montées aux yeux. Je crois que c'est cette épaule qui se soulevait au rythme lent de sa respiration qui m'a fait changer d'avis.

Après tout, pourquoi pas ?

Même si je n'ai jamais été adroit avec les mots, je vais essayer.

Pour moi d'abord. Avec l'espoir que cet épilogue mettra un point final à mes cauchemars.

Et puis pour elle aussi...

Je ne vais pas tenter de vous enfumer en vous en mettant plein la vue avec de grandes phrases. C'est pas mon truc et j'en serais bien incapable. Je vous raconte ce qui s'est passé.

Tel quel.

Sans fioriture.

Tout d'abord, trois choses avant de commencer :

Je ne m'appelle pas Bruno Frazier. Lorsque Darlanuc s'est mis en tête d'écrire cette histoire, il m'a demandé de me choisir un nom. J'ai ouvert un annuaire et pointé un doigt au hasard :

Frazier Bruno.

Adopté.

Ensuite, je tiens à préciser qu'il est tout à fait faux qu'à l'époque où j'étais flic, je racontais mes exploits sexuels à mes collègues, pas plus que je passais mes journées à répéter des mots tels que concupiscent, truculent, lapsus ou confesse.

Les scribouillards ont parfois l'imagination qui déborde. Ou qui coince. C'est selon.

Passons.

Pour le reste, dans les grandes lignes, l'histoire qu'a tiré Darlanuc de ce que je lui ai raconté me paraît correcte.

Évidemment, je n'étais pas dans la tête de Pierre, et encore moins dans celle d'Antoine. Mais la façon dont les choses sont racontées me semble conforme à la manière dont elles se sont déroulées.

Et puis, pour quelqu'un qui se définit lui-même comme un plumitif de troisième zone, l'ami Darlanuc a mis le doigt sur quelques points sensibles... Des choses dont je n'avais pas moi-même conscience...

Bon, je me lance.

Béatrice ne va pas tarder à se réveiller et je voudrais terminer avant qu'elle se lève. Elle ne sait rien de cette histoire. Je n'ai aucune envie qu'elle vienne la lire par-dessus mon épaule. Et si je ne la termine pas ce matin, il y a de fortes chances que je ne la finisse jamais...

Par où commencer ?

Aux menottes m'a suggéré Darlanuc... J'ai beau chercher, je ne trouve pas d'autre idée. Aux menottes donc...

Quand Pierre me les a tendues, il n'y a pas eu d'instant d'éternité ou de salade de ce genre. Juste la contraction désagréable de mon estomac au moment où j'ai vu la gueule de son flingue pointée à trente centimètres de la mienne. Je n'ai pas essayé de discuter. J'ai pris les bracelets, j'en ai passé un à mon poignet gauche et l'autre au volant de l'Audi. Pierre a pris la clé de la voiture, mon téléphone qu'il a balancé puis il a filé. Il est monté sur le capot puis sur le toit de la voiture et il a escaladé le mur d'enceinte.

J'avais beau essayer de faire fonctionner mes méninges, pas grand chose n'en sortait. La seule certitude que j'avais, c'est que j'étais en train de m'enfoncer à vue d'œil dans une merde de plus en plus compacte. Ça m'empêchait de gamberger efficacement.

On était loin de tout. Le plus proche patelin devait être à plus de dix bornes. Soit j'attendais là qu'on vienne me libérer et il n'était pas exclu que je meure de faim avant, soit il fallait que je me démerde tout seul.

Le problème, c'est que le seul outil à ma disposition, c'était mon flingue rangé dans la boite à gant. Outre les dégâts que j'allais infliger à ma bagnole neuve et que mon assureur refuserait à coup sûr de me rembourser, le risque de m'arracher la main n'était pas négligeable.

J'ai estimé que le moins dangereux, c'était de me mettre à l'extérieur et de tirer par la fenêtre ouverte. Je me suis positionné et j'ai visé le point d'attache du bracelet accroché au volant en évitant de penser aux trente-deux traites qu'il me restait à payer.

Je n'ai jamais été un très bon tireur mais je n'étais qu'à une quarantaine de centimètres de ma cible...

Pourtant j'ai manqué mon coup. Je n'ai pas touché le point d'attache mais la balle a fracassé le volant. Je me suis salement écorché mais en tirant un peu, je suis parvenu à décrocher le bracelet.

Si j'avais eu ne serait-ce que deux neurones en état de fonctionner à ce moment là, je me serais mis à la recherche de mon téléphone et j'aurais appelé des renforts. Mais non. Tête baissée, j'ai foncé.

J'ai couru jusqu'au manoir. Là, j'ai repéré la baie vitrée que Pierre avait défoncée et je suis entré. Je n'ai eu aucun mal à suivre sa piste grâce aux traces laissées par ses godasses.

La suite reste confuse malgré des nuits passées à tenter de la reconstituer.

Le plus vivace, ce dont je me souviens le mieux, c'est la peur. Plus j'avançais et plus je flippais. Une trouille épaisse dans laquelle je m'engluais à chaque pas comme dans un sable mouvant. Je percevais les battements de mon cœur comme jamais auparavant. Quand je suis arrivé dans la pièce pleine d'écrans, j'ai failli faire demi-tour et m'enfuir en courant. J'aurais peut-être dû...

Ensuite je ne sais pas. Je n'arrive pas à me souvenir de l'escalier ni du long couloir qui conduisait à la caverne. C'est seulement quand j'ai vu Decize poser l'aiguille sur le cou de Pierre que j'ai émergé et que j'ai crié.

Je crois que j'ai atteint le zéro absolu de la pétoche quand il s'est tourné vers moi. Son regard froid, son crâne chauve qui brillait d'une manière étrange, l'énorme piquouse qu'il tenait à la main... J'avais l'impression que le Diable en personne était en train d'évaluer le poids de mon âme. Je me suis secoué pour essayer de me faire une tête de flic crédible mais je n'ai pas dû être convaincant puisque Decize a filé dans le fond de son antre.

Je me rappelle m'être penché sur Pierre et avoir posé une main sur son torse. Il était couvert de sang mais il respirait. J'ai dû lui dire quelques mots, mais je ne me souviens plus quoi.

À ce moment là, je n'avais plus qu'une idée en tête. Si je n'arrêtais pas Decize maintenant, il allait disparaître, se volatiliser, et jamais nous ne saurions ce qu'il avait fait des filles. Plus rien d'autre ne comptait. J'allais me lancer à sa poursuite quand il a tiré. Au hasard, puisque la balle est venue frapper la paroi rocheuse à deux mètres sur ma gauche. Avec prudence, j'ai jeté un œil au-delà des longues caisses en bois qui me masquaient la vue.

Et là...

Je l'ai eu mon instant d'éternité. J'ai même cru que je n'en reviendrais jamais.

C'était délirant.

Merveilleux et monstrueux à la fois.

D'abord, j'ai pensé qu'elles étaient vivantes. C'est juste mon cerveau, rongé par le speed et par une semaine sans sommeil, qui faisait un blocage. Une sorte d'arrêt sur image. Un peu de patience et tout allait redevenir normal. Les filles allaient éclater de rire et se mettre à danser.

Mais non... L'éternité n'en finissait pas de durer. J'ai remué la tête, je me suis donné un coup sur le crâne avec le canon de mon flingue, j'entendais Pierre derrière moi qui commençait à gémir...

Je ne rêvais pas.

Peu à peu, j'ai fini par admettre l'inadmissible, par accepter l'inacceptable, par concevoir l'inconcevable... Alors qu'elles semblaient à un souffle de la vie, il les avait tuées.

Comment était-ce possible ? À vrai dire, je ne me suis pas posé la question.

Une rage froide m'a envahie. Non... Pas la rage. La haine. À l'état brut... Il fallait que Decize paye. Oubliant toute prudence, j'ai couru dans la direction où il avait disparu et je l'ai poursuivi jusque dans le garage.

S'il n'avait pas tiré en premier, me serais-je contenté de l'arrêter ou l'aurais-je abattu comme un chien ? Je ne sais pas et je préfère ne pas trop me poser la question...

Et puis il ne m'a pas laissé le choix. Au point où nous en étions, c'était lui ou moi.

Lorsqu'il a fait feu, son coup est parti beaucoup trop à droite. C'est la vieille Mercedes du Grand-Père qui a pris l'essentiel de la chevrotine. Je n'ai eu droit qu'à quelques ricochets, dont l'un m'a labouré la cuisse gauche. J'ai tiré à mon tour. Jamais à l'entraînement, je n'étais parvenu à un tir aussi précis.

Après m'être assuré que Decize ne nuirait plus jamais, boitant et saignant, je suis retourné dans la caverne. Je suis arrivé juste à temps pour voir Pierre enfoncer le canon de son arme dans sa bouche et se faire sauter la tête.

Qu'ajouter ?

Des questions, je m'en suis posé des milliers... Je ne crois pas avoir trouvé une seule réponse.

Comment a-t-il pu faire ça à sa propre fille ?

Et comment a-t-il pu l'oublier ? Comment un tel déni est-il possible ? Certains traumatismes sont si insupportables que le seul moyen d'y survivre, c'est de les enfouir tout au fond de son subconscient, là où la mémoire ne pourra jamais les exhumer...

Je me suis penché sur le dossier de l'enquête qui a été menée suite à la disparition de Camille. Dans ce genre d'affaire, c'est toujours l'entourage qui fait partie du premier cercle des suspects. Pierre a été cuisiné en long et en large.

Six interrogatoires lors des quarante-huit heures qui ont suivi la disparition... Je ne sais pas comment il a fait, mais il est parvenu à passer à travers. Peut-être est-ce parce qu'il était flic lui-même et qu'il savait comment s'y prendre ? Mais je pense plutôt qu'il avait déjà oublié et qu'il se croyait vraiment innocent.

Je ne sais pas...

Camille a été retrouvée là où il me l'a indiqué, dans la cave, enfouie sous un mètre de terre. Elle repose maintenant auprès de Martine, sa mère.

La mère de Pierre a choisi de le faire incinérer. Durant la crémation, elle a eu une crise terrible et hurlait qu'elle était maudite et qu'elle avait engendré des monstres. À sa demande, j'ai dispersé les cendres de son fils dans la Seine. La pauvre femme est décédée trois semaines plus tard.

Plus d'un an après les faits, l'enquête concernant Antoine Decize vient de se terminer.

Vingt-neuf corps de jeunes femmes, âgées de dix-neuf à vingt-quatre ans ont été retrouvés au fond de l'étang, coulés dans des sarcophages de béton.

Le premier enlèvement remonte à octobre 2001. Toutes les victimes ont été exécutées par injection de T61, un produit vétérinaire utilisé pour euthanasier les animaux. Grâce aux objets conservés, à la fouille des ordinateurs, aux films et aux jeux de photos retrouvés sur place, elles ont toutes été identifiées.

Sous les doigts déments d'Antoine Decize, elles se sont métamorphosées. Certaines sont devenues Vénus, d'autres Flore, d'autres Chloris, d'autres Euphrosyne, Thalie ou Aglaé. Ces vingt-neuf premiers meurtres lui ont permis de se préparer, d'affiner sa technique avant de se lancer dans l'exécution de son « chef-d'œuvre ».

Il passait des jours avec chacune de ses victimes, les filmant, les photographiant, les améliorant au fil de son inspiration, jusqu'à ce qu'il soit contraint de s'en débarrasser.

Hormis les trente-cinq meurtres qui lui ont été imputés, l'enquête a révélé qu'il était un citoyen modèle. Honnête à ce point, ça en devient suspect... Casier vierge, à jour de ses taxes et de ses impôts, douze points au permis, inscrit sur une liste électorale... On n'a rien trouvé d'autre que quelques amendes pour stationnement interdit toutes acquittées dans les temps. C'est vrai qu'un compte en banque créditeur d'environ quarante millions d'euros, ça aide à payer ses PV.

On a pu remonter le fil des sociétés off-shore qu'il utilisait pour se procurer armes, voitures ou poisons sans laisser de traces.

Avant de se lancer, il s'était formé afin d'exercer au mieux son futur « métier ». Au retour de son tour du monde, Decize s'est inscrit dans une école de photographie d'où il est ressorti diplômé.

À vingt et un ans, il a suivi durant deux années une formation de thanatopracteur. C'est là qu'il a appris à manipuler, à conserver et à redonner une illusion de vie aux corps. L'un de ses professeurs se souvenait très bien de lui. Un élève brillant mais qui avait dû avoir du mal à faire carrière puisqu'il refusait de travailler sur les cadavres masculins.

Parallèlement, il a décroché une licence de pharmacologie ainsi que, par correspondance, un BTS de commerce international.

Et un CAP de coiffure aussi...

Pour tenir les corps en équilibre, pour les forcer à sa convenance, il utilisait tout un assortiment barbare : Du plastique, des barres métalliques, des colles, des injections d'une sorte de mousse de polyuréthane... Aussitôt après avoir exécuté sa victime, il la vidait de son sang avec une pompe spéciale et lui injectait une solution à base de formol qui lui permettait de la travailler durant plusieurs jours.

Avec un éclairage savant et beaucoup de maquillage, il parvenait à créer des illusions abominables. J'en sais quelque chose...

D'après le légiste, aucune des filles n'a été violée. Deux psychiatres ont été mandatés pour tenter de mieux comprendre cette personnalité complexe. Bien que n'ayant pas examiné le sujet, ils ont pondu des kilomètres de rapports abscons que je préfère vous épargner.

Etrange famille...

Le grand-père, meurtrier en série. Le fils, junkie. L'autre fils, père incestueux et infanticide. Le petit-fils, meurtrier en série...

Le journal intime du grand-père a été épluché en détail. Des demandes ont été effectuées auprès des services des différents pays où le vieux a sévi mais elles n'ont donné aucun résultat. Tous ces évènements sont beaucoup trop anciens... Guerres, révolutions, ou simplement négligence et manque de place en ont effacé toutes traces. Les toiles ont été analysées. Sans aucun doute possible, les personnages qui y figurent ont été peints avec une mixture contenant du sang humain.

J'entends du bruit à l'étage. Béatrice a dû se lever. Il faut que je me dépêche de terminer.

Pour moi, après quarante-huit heures de garde à vue et quelques journées compliquées, les choses ont fini par s'arranger. La légitime défense a été reconnue et avec un statut un peu bâtard, moitié témoin et moitié flic, j'ai participé activement aux premiers mois de l'enquête. Mais le cœur n'y était plus. Dès que ça a été possible, j'ai présenté ma démission.

C'est vrai qu'entre temps, j'ai rencontré Béatrice et que ma vie en a été transformée. Ça a dû jouer.

Si vous avez eu la curiosité de jeter un œil sur le Printemps de Botticelli, vous avez remarqué qu'il a représenté six personnages féminins dans son tableau.

Dans le plan dément d'Antoine Decize, c'est Béatrice qui devait tenir le rôle de la sixième. Elle devait être Chloris.

L'été dernier, quelques semaines après ces évènements, j'ai eu un sale passage à vide. L'image des cinq filles qu'à quelques heures près, nous aurions pu sauver me hantait... De même que celle de Pierre avalant son flingue et se faisant exploser la cervelle.

Peut-être que c'était la solution... Plusieurs fois, j'ai pensé à faire comme lui. La culpabilité du survivant me rongeait chaque jour un peu plus... Mais avant de me fourrer à mon tour le canon d'un calibre dans la bouche, j'ai éprouvé le besoin irrésistible de voir, de croiser au moins une fois celle que Decize avait épargnée. J'espérais que la survivante pourrait atténuer la sarabande des cadavres qui venait hanter mes nuits.

Et puis les choses ont tourné autrement et la vie a recommencé. Un tourbillon nous a jeté dans les bras l'un de l'autre...

Depuis presque un an, nous vivons ensemble à la campagne. Avant de quitter la banlieue, j'ai donné ma collection de bouquins et mes trois meubles aux Emmaüs. De mon ancienne vie, je n'ai emmené avec moi que Mister Roudoudou. Après un temps d'adaptation à la chlorophylle et aux poules du voisin, le chat des villes s'est transformé en chat des champs. Le pain et les croissants du boulanger du village l'a aidé à passer ce cap difficile.

D'ailleurs je l'appelle Mister Roudoudou mais Béatrice le surnomme Toxoplasmose.

Elle l'évite comme la peste depuis qu'elle est enceinte. Elle doit accoucher dans un peu moins de quatre mois.

Il y a deux semaines, lors de la dernière échographie, le gynécologue nous a demandé si nous voulions connaître le sexe du bébé. Nous avons refusé mais depuis, j'y pense sans cesse.

Quand c'est Pierre qui hante mon esprit, j'ai peur que cet enfant soit une fille.

Mais le plus souvent c'est Antoine qui est là, tapi dans un recoin noir de ma tête. Alors, je tremble à l'idée que Béatrice accouche d'un garçon...

www.ingramcontent.com/pod-product-compliance
Lightning Source LLC
Chambersburg PA
CBHW060927030726
47503CB00003B/499